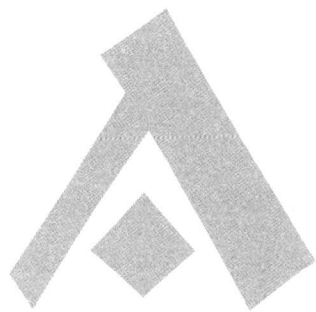

TULING'S

图灵的游戏

高楼大厦　著

台海出版社

图书在版编目（CIP）数据

图灵的游戏 / 高楼大厦著. -- 北京：台海出版社，
2021.12
　ISBN 978-7-5168-0790-3

　Ⅰ.①图… Ⅱ.①高… Ⅲ.①幻想小说－中国－当代
Ⅳ.①I247.5

中国版本图书馆CIP数据核字(2021)第198298号

图灵的游戏

著　　者：高楼大厦

出 版 人：蔡　旭　　　　　　　封面设计：何洁薇
责任编辑：曹任云　　　　　　　策划编辑：崔云彩

出版发行：台海出版社
地　　址：北京市东城区景山东街 20 号　　邮政编码：100009
电　　话：010－64041652（发行，邮购）
传　　真：010－84045799（总编室）
网　　址：www.taimeng.org.cn/thcbs/default.htm
E－m a i l：thcbs@126.com

经　　销：全国各地新华书店
印　　刷：北京金特印刷有限责任公司
本书如有破损、缺页、装订错误，请与本社联系调换

开　　本：880 毫米 ×1230 毫米　　1/32
字　　数：200 千字　　　　　　　印　　张：9
版　　次：2021 年 12 月第 1 版　　印　　次：2021 年 12 月第 1 次印刷
书　　号：ISBN 978-7-5168-0790-3

定　　价：45.00 元

目录 contents

第一章　劫匪

作为东南亚地区的港口城市，冷城最烦人、最神秘莫测的日子莫过于雨季了。

受东南亚季风影响，冷城一年中雨季有一百多天。在这一百多天中，又有二十多天是降水特别集中的大雨季。大雨季期间，整个城市看起来湿漉漉、雾蒙蒙的。

潮湿温暖的空气让有机物逐渐腐败，铁器也开始生锈、破损，整个城市披上了一层颇为神秘的灰白色。这样的季节中，整个冷城几乎都进入一种极度忧郁的氛围，人们郁郁寡欢，无精打采。

不过凡事总有例外，比如颂康，他就喜欢这个阴雨连绵的大雨季。

颂康的名字不存在于冷城的任何档案中。在今年的雨季之前，他是名不见经传的"蝼蚁"；但是在这个雨季里，他的名字成了冷城人谈之色变的噩梦。

每一个冷城市民都知道，这个非法移民带着他的手下在十三天里连续抢劫了四个富商、三家银行、两家金铺，共劫掠了三千四百多万美元，包括七十五只名表、六千克黄金以及七千三百多克拉的各色名贵宝石。

凭借这九次作案，颂康和他的八个手下成了泠城最有名的悍匪。如今在进入大雨季的第十五天，他又开始新的动作了。

关于第十次作案，颂康的手下非议颇多。有人认为现在全泠城的警察和相关机构都在搜捕他们，他们不应该继续顶风作案；有人认为他们得到的财富已经足够下半辈子吃喝享福，没有必要再做腥风血雨的勾当。

听着手下们七嘴八舌，颂康只用一句话便平息了众人："这是'神'的旨意。"

只这一句话，大家一如先前那九次一样开始准备。

第十六天的午夜一点，颂康叫来了他最得力的手下阿憨："武器准备得怎么样？"

阿憨回答："按照您的吩咐，准备了五把AK－47、五十颗手雷、三个火箭筒、一公斤炸药、三把铁锹、一捆安全绳、一支乙炔喷枪。"

汇报完作案装备的准备情况，阿憨颇为忐忑地问："大哥，咱们到底要去干什么？"

听着阿憨的提问，颂康那原本平静的眼皮猛然抖了一下，脸上也闪过一阵惊慌和困惑，但他依旧回答："这是'神'的意思，你们照办就可以。去吧，我要去请'神'了。"

阿憨听见老大要去请"神"，向颂康深深地鞠躬，而后退出了房间。

颂康目送阿憨离开后，整了整衣扣，缓缓走到自己屋内的地下室，来到一扇大铁门前，拉开了那扇大铁门。那扇大铁门极其沉重，拉的时候发出刺耳的"吱呀"声。在难听刺耳的声响中，他用尽全力才将这扇废旧的大铁门拉开一道缝隙。

随着那道缝隙的出现，门缝迸射出一道猩红色的亮光，那光不算刺眼，但摄人心魄，将颂康的脸照得扭曲。在红芒的照耀中，畏惧而茫然的颂康继续拼尽全力拉动安全门，直到拉开了一道勉强可供人进入的空隙为止。略微喘息后，颂康毕恭毕敬地冲门内深深鞠了三躬，又脱下鞋，迈步进了这门后的天地。

颂康走过一条长长的走廊，时不时抬眼观望一下走廊的墙壁。沿途走廊的墙壁上都是些奇怪而绝妙的壁画。那些白底的墙壁上绘画着许多稀罕的景色，其中有以水彩浓墨描绘的雄伟山川。山川缭绕云雾，云上有仙子飘逸，搔首弄姿，侧目传神；云下则有异兽跃动，健美雄壮，活灵活现。壁画五彩斑斓，似世外桃源，只是在密室那无处不在的红色光芒照耀下，却有一种令人说不出的怪诞扭曲，画中有一样独特的"东西"让颂康看得颇为诧异费解，捉摸不透。

那些绝美的壁画，不管人和动物如何形态各异，美妙灵动，在其头顶或者胸口，都无一例外地被一些突兀且表意不明的"黑线"连接在一起。那简单的黑线不甚明显但又不可忽略，它们长在每一个人物乃至动物的身体上，简直让原本活灵活现的生物变成了一个个藤蔓上的葫芦，连着线的傀儡。

每次望着它们，颂康总是会忍不住升起一种莫名的不安情绪。这些妖娆诡异的壁画看不出年代，像某种古代的殉葬品，又像是新做的艺术品。在十七天前，颂康都不知道自己蜗居的地下室里有这样的一扇铁门，铁门后有这样一个空间。

3

那天颂康因为失业而宿醉，睡梦中突然听见自己地下室的墙壁后竟然有女人的低声呢喃。而后他顺声摸索，才在地下室的壁纸后发现了这扇铁门，发现了这些造型怪异的壁画以及居住在里边的"神"。

望着那些精致而寓意不明的壁画，颂康带着异常不安的敬畏，穿过走廊来到了一间十平方米大小的密室。在走廊尽头的密室中，那些壁画上连接人和动物的所有黑色线条也汇集一处，于密室的墙壁正中聚合成一条很粗的黑色漆线。而黑色的漆线又在密室中化为一股股如触手一般的藤蔓，缠绕在墙壁尽头的一棵巨大的彩绘榕树上。

巨大的榕树几乎画满了整个墙壁，看着颇为壮观。榕树上除了森森藤蔓，还点缀着金色的花、黑色的藤、青色的果以及极不常见的血红色树叶，显得璀璨夺目又略带阴森、怪诞。

面对着异常美丽的梦幻之树，精神紧张的颂康无心欣赏。因为就在那榕树的树冠之下、连接树根的地方，还有一张巨大的祭台。祭台是颂康用来供奉"神"的，祭台上有能够放射红光的电子蜡烛和香炉，有用于供"神"的苹果、木瓜、杧果、核桃、龙眼以及腊肉。

在五果和祭肉的后方，则是一张粘贴在血叶榕树上的红纸，那红纸和壁画的许多黑色漆线交集在一起，红纸上还用墨笔工整地写了几个文字："神之格思，不可度思，矧可射思。"

颂康望着几个大字，恭恭敬敬地跪拜下去，而后收敛气息，毕恭毕敬地磕头并祷告："我的'神'，一切按照您的吩咐都准备好了，下一步我该怎么做？"

随着颂康的问话，红纸处突然响起了一种如女人呢喃样的奇怪混合声音。在杂乱的声音结束后，整间地下密室中响起一个女人的幽幽回答声：“去神龙坛。”

“神龙坛？”颂康听到这个名字，略微皱眉犹豫。

但他并没有犹豫多久，片刻后便冲那神位深深鞠躬磕头，而后又问：“‘神’，您还和我们一起去吗？”

须臾，那个女人的声音回答：“是的。这一次我将现身，并亲自指引你们。”

颂康脸上划过一丝兴奋，而后又深深鞠了一躬，随即从怀中拿出了一块红色的、写满了金色经文的方布。他双手捧着经布，一步一鞠躬地走到祭台前，放下经布后又深深地鞠躬，而后将那张写着"神之格思，不可度思，矧可射思"的红纸揭了下来。

在红纸之后，有一个隐藏的凹洞，呈圆形，拳头大小。在烛台红光的照射下却纯黑一片，仿佛一只巨大的眼睛。

颂康小心翼翼地将手伸进黑乎乎的凹洞，而后从中拿出了一部手机。手机呈黑色，外观相当破旧且明显被水浸泡过，但这并不影响颂康对它的敬畏。

颂康拿出一副耳机与之连接，又小心翼翼地将手机放进红布中包裹好，放进口袋里。戴好耳机后，颂康的眼神瞬间变得阴狠而无畏，头也不回地退出了地下室。

屋外，颂康看见他的八个手下已全副武装，正在待命。颂康略微调整了一下自己耳机里的音量后，告诉他们：“‘神’说了，目标神龙坛，和以往一样，一切都会简单得如游戏一般。”

阿憨是颂康的手下里最后一个出门的，当他端着枪坐进皮卡的副驾驶座位后，汽车带着他们缓缓驶入浓浓的夜色中。

阿憨坐在副驾驶的位置上望着窗外，心中有些忐忑。午夜两点的冷城，起了浓浓的雾气。和前九次作案一样，那些总是在恰当时间升起的雾气遮挡住了车辆的号码牌以及一路上的摄像头，能让他们在城市中毫无顾忌地穿梭。

可有一点阿憨不明白，今晚"神"让他们去洗劫神龙坛，为什么呢？

神龙坛不是金店、银行、富豪的居所，而仅仅是冷城集团承建的一处位于山巅的商用观景中心。在阿憨的记忆中，那正圆形的建筑虽大，但只有一家小饮品店，几个会议中心和一些零食摊位，丝毫没有抢劫的价值，但神依旧让他们去。

怀着极度的费解，阿憨问颂康："大哥，'神'有没有说让我们具体抢什么？"

颂康微微皱眉摇头："'神'只是说让我们去寻找'天目173-096'。"

"'天目173-096'？"阿憨听过后，费解地追问，"那是什么东西？"

"我也不清楚。"听着阿憨的困惑，颂康同样一脸茫然地回答，"神之格思，不可度思，矧可射思。我们这些凡人，照做就是了。"

沿着颂康指点的道路，他们的皮卡趁着雾气的掩饰很快驶出了藏身的街道，又奇迹般地绕过了警察的设卡。

来到郊区后，皮卡一头扎进了通往神龙坛的盘山公路，随着一路前行，他们的皮卡渐渐爬山升高，没多久便到了能够俯瞰冷城市区的位置。阿憨看见整个冷城都笼罩在异常浓厚的雾气中，除了市中心那座108层楼高的冷城集团总部之外，再也看不见任何建筑。

冷城集团108层的总部楼恢宏庞大，仿佛一柱擎天直插雾海，让人赏心悦目。不过阿憨在看见那座建筑的同时，并没有因那建筑而有了更好的心情，反而在这之后将一颗心提到了嗓子眼儿。

因为阿憨看见那建筑的同时，还发现山边野草和雾中竟然还有一个朦胧的影子在"盯"着他们。那朦胧的黑影颇为低矮，仿佛年代已久的坟茔。它到底是什么，阿憨并不清楚，但是那雾中一闪而过的绿色"眼睛"，阿憨却看得清清楚楚。他急忙提醒颂康："大哥，我刚才看见了一双绿色的眼睛，要不要下去看一下？"

"不用。"颂康否决了，"八成是狐狸，我们不能错过时间。"

"哦。"阿憨点了点头，却忍不住地去回想那双绿色的眼睛。

随着盘山公路的延展，他们的皮卡继续向更高处攀爬，车子摇摇晃晃地不知道开了多久，终于停了下来。颂康打开门，向他手下的所有人道："到了，下车。"

随着大哥的话音落下，阿憨背着枪跳下汽车，环顾四周，随后惊诧不已。四周山坡的景色灰蒙蒙的，并不见泠城神龙坛的标志性建筑与停车场，只有泥泞松软的泥土和数不清的坟茔。

阿憨望着那些在雾气中东倒西歪的馒头样坟茔，有些惊愕地对颂康说："大哥，这不是神龙坛，这是神龙坛旁边的公墓，这里距离神龙坛还有一段距离。"

"就是这里。"颂康扔给阿憨一只铁锹，示意他跟着自己走，而后又指着自己的耳机，目光坚定地告诉众人，"'神'说那个观景中心是掩人耳目的，神龙坛真正的财富其实在这儿。"

阿憨不懂神的安排，也不懂什么是"神龙坛的财富"，但是老大的话他得听。在分到铁锹后，阿憨便和大家一起，迈着忐忑的步伐，走进了墓碑林立的公墓。

阿憨跟着老大在公墓间走过几十米后，看到颂康突然停下了脚步，指着面前的一座墓碑道："开挖。"

"这……"阿憨望着墓碑上那位女性死者的照片，颇为不安，"不合适吧？"

"快干活。"说话间，颂康拿起铁锹，亲自带头挖掘了起来。

看着老大卖力工作，其他人也不再犹豫。没多久，坟茔被这伙匪徒快速刨开了。

雾气更浓烈了，像一只大手，掩盖了他们犯罪的身形。

2

挖掘坟墓并不是一件很容易的事情。没多久，阿憨就累得大汗淋漓。不过好在他们人多，九个人轮流开工。

当挖掘到三米左右深时，颂康的一个手下的铁铲忽然发出了清脆的"砰"的一声，那人直立起身："大哥，快看这是什么？"

颂康和阿憨他们聚过来，望着坟墓的底部。让众人讶异的是，这坟墓的底部没有想象中的棺材或者骨灰，而是暴露出一块巨大的水泥。众人又略微挖掘后发现，那水泥呈圆形，仿佛是被人为灌浆封堵住的一口井。

坟墓下却埋着一口井？这样的设计让阿憨狐疑不已。

"大哥，有点邪乎啊。"阿憨怯怯地问颂康，"这里边怕不是有什么古怪？"

相对于阿憨和其他人的恐慌，颂康却十分镇定。

在听过自己耳机中传来的指示后，颂康回答他们："'神'说了，就是这儿没错，下炸药炸开。"说话间，颂康将他带来的一公斤炸药全扔进了坟墓之中。

在颂康的指点下，懂爆破的手下将炸药的引线连好，又利用墓碑石头等压制排列成了简单的聚能阵列。准备就绪后，阿憨将联通着电子雷管的起爆器交给颂康："大哥，炸吗？"

"等等。"颂康挽起袖子，露出他三天前刚抢到的瑞士名表，看了一眼时间，命令手下后退，告诉他们，'神'指示他们再过半个小时，才是起爆的时机。

为什么要让大家等半个小时，谁也不知道，不过既然这是"神"的旨意，那么他们也只得照办。一众人按照颂康的指示静静等待着，其间雾气时浓时散，天边还起了滚滚的雷声。

半个小时后，天际的雷鸣转移到众人的头顶，借助那巨大雷声的掩护，颂康摁下了起爆的按钮。在"砰"的一声闷响中，他们先前挖掘的整个坟茔都凹陷了下去，形成了一个巨大的地坑。

望着那地坑，他们有的诧异，有的兴奋，有的困惑。坑中正散射出诡异的荧光白，仿佛有什么奇珍异宝一般。好奇中，大家一起跑过去，齐刷刷伸头向下望。下面并不是他们想象中的珠光宝气，而是一个巨大的涵洞。

涵洞就在这坟头下五六米处，由厚重的水泥和钢筋作为骨架。现在，水泥钢筋的顶棚已经被炸穿，一人多宽的洞口下是安全灯照明的地下掩体。

那些亮光都是地下掩体内的灯光。望着洞窟的开口，阿憨诧异地问颂康："大哥，这是个地堡，坟地下边怎么会有这样的建筑？"

颂康没有回答，将安全绳扔给另外一个手下，又提起剩下的手雷准备下坑。雨中，他低头看了一眼时间，而后告诉众人："'神'说这是个宝库。走吧，去看看'神'让我们拿的'天目173-096'到底是什么。"

颂康说完，拽着安全绳溜了下去，其他马仔也跟着下去。阿憨是最后一个，他顺着绳索与泥土，进入地下建筑前，用余光扫了眼地面上浓重的雾气。他好像又看见那一双幽绿色的眼睛一闪而逝。

地下的空间让阿憨很震惊：灯火通明，温度恒定，还有大量摄像头、灭火器、报警设备以及许多带着编号的厚重安全铁门。

在那些整齐排列的铁门上，无一例外都有着电子门禁类的设备以及许多相似的编号：天目173-×××保存室，×××通常为数字。

这个不明用途的地下建筑安保设施齐全，科技感十足，显然是某个单位的秘密仓库。但诡异的是，刚才颂康他们用一公斤炸药炸穿水泥顶棚这么大的动静竟然都没能让这里的保安出动，就仿佛那些挂在墙壁上的安保设备全都坏掉了一样。阿憨望着这反常的状况，自然还是联想到了他们老大时常挂在口头上的"神"。

有人问颂康："大哥，这是什么地方？盖在墓地下边，怪阴森的。"

戴着耳机的颂康突然伸出手，指着这地下掩体走廊的一个方向道："'神'说了，这才是真正的神龙坛。这里镇压着全世界最值钱也最危险的东西，谁能驾驭它，谁就能主宰这个城市乃至世界！"

"啊？发达了！"手下们听着颂康的转述，满脸兴奋。

在兴奋的气氛中，颂康带领悍匪们在宽大明亮的地下掩体中七拐八绕后，来到一扇保存室的铁门前。那一扇铁门与其他门一样厚重无比，左侧有一个闪烁着红光的电子安全密码锁，正中则是一个巨大的机械气闸。在金属铁门的气闸上方，有用白色油漆写着的一行醒目字符：天目173-096保存室。

"天目173-096。"颂康念着上边的数字，颇为兴奋，"这就是

10

'神'让咱们寻找的宝物。"

看着电子门禁，颂康手下一个懂电子安保的人颇为惊讶："这是种高端电子锁，警示牌还说如果输入错误三次，会导致空气电离，把咱们都烧死。"

"不怕。"说话间，颂康伸手，从衣兜里捧出一块红布。又从红布中拿出手机，毕恭毕敬地捧在手心。在场的每一个悍匪也变得毕恭毕敬起来，在众人敬畏的眼神中，颂康将手机接近那电子锁，而后轻轻地放在上边。

奇迹般的一幕发生了，那电子锁红色的指示灯瞬间变蓝。紧跟着，那扇巨大的铁门竟然在气闸的推动下自己转动开锁。颂康收起手机，而后向阿憨使了一个眼色。阿憨会意后，跟着老大和另外两个兄弟一起进去探路。

这是一个封闭的房间，里边的灯光呈现鲜红色，墙壁上还贴着"最高安保级别"的特别提示，格外醒目。在房屋的正中间，摆放着一只铁皮箱子，箱子有一米见方，上面有一个深凹的钢印，写着与铁门上相同的编码字符：天目173-096。

颂康带着阿憨几个人走到箱子旁边后，阿憨忍不住伸出手，摸了一下天目173-096的外壳，立刻感受到了一股异样刺骨的冰冷。

在冰冷的刺激下，他迅速收手，费解地问："保存得这么严密，这里边到底是什么呢？"

颂康则命令手下："这么大的铁箱子，运送不出去，把它拆开，把里边的东西带走。"

一个手下立刻从背包中拿出了早已准备好的乙炔喷枪，而后点燃并调整好焰口，开始融化铁盒子的金属外壳。

随着高温乙炔火焰的喷射，金属的外壳很快被熔化成了红色

11

的铁水。乙炔火焰和落地的铁水会刺伤眼睛，所以在切割过程中，颂康和阿憨几个人一直举着枪，背对乙炔火焰和切割者做警戒状。

切割时，明亮的火焰将四周照射得更加明亮而怪异，阿憨望着自己因喷焰而跃动扭曲的影子，忍不住去猜想这层层警戒的箱子里到底有什么样的东西，什么样的宝物又会入"神"的法眼。

持枪等了一会，阿憨听见拿着乙炔喷枪切割箱子的家伙突然停止了切割，紧跟着发出了颇为意外的声音："这，怎么会这样？"

"怎么了？"颂康和阿憨急忙扭头望去。但就在这个时候，房间里所有的灯同时熄灭了，门外报警器也"嗡嗡"大作。

在警铃声中，阿憨有些慌张，不过他很快就又平静了下来。因为他听见自己的老大用沉稳的声音告诉大家："不要怕，有'神'护着，我们会安全逃出去的。"

因为有前九次的经历，老大的话已成了阿憨他们的定心丸，他们有条不紊地拿出随身的手电来。借助手电的光线，阿憨看见原本负责切割箱子的同伙倒在地上，浑身是血。走近一看，讶异地发现人头不知去哪儿了。

望着死状悲惨的同伴，阿憨的心再次恐惧起来，他本能地望向自己的大哥，但颂康并没有显出任何别的神情，他只是望着那标着"天目173-096"的箱子，一脸的茫然。

"大哥，那箱子里到底是什么？为什么一打开，老六的脑袋就……"话说到一半，阿憨突然停住了，因为他看见了那铁箱内空空如也。

"什，什么也没有？"阿憨望着空荡荡的铁箱，一脸失望，"'神'在耍我们吗？"

"不对。"颂康说话间猛然将手中步枪的枪栓拉了一下,"我们开启箱子的方法不对,恐怕是铁箱里的东西杀了人,我们把什么不该放的东西放出来了!"

颂康的话瞬间让屋子里的气氛降到了冰点,但屋子里仅剩的三个人却并没有乱,他们背靠背挤在一起,做铁桶阵防御。他们毕竟是悍匪,又自认有"神"的助力,这点临危不乱的素质还是有的。

他们转着圈,有条不紊地退出房间。三个人来到门口后,先是颂康出去,而后是阿憨和另外一个手下。但就在阿憨即将退出这房间时,他突然又感觉后背一阵凉风吹过,紧接着还听见什么东西落在地面,发出了沉重的响声。

循着这不对劲的声音,阿憨扭头看去,而后惊愕地发现就在他后背处,同伙被某种东西拦腰斩断。

令阿憨困惑、恐惧的是,在黑暗中,有一双散发着微绿色光芒的眼睛盯着他。那眼睛犀利诡谲,和他在山区与坟茔的浓雾中看见的"眼睛"十分神似。

阿憨不清楚那双散发出微绿色光芒的眼睛到底是什么,又和他先前几次在荒野里看见的东西有什么关系,望着那双眼睛,深受刺激的阿憨发疯一般乱喊着,向外退的同时,还不忘端起手中的枪,向那双眼睛的方向扫射去。三十发子弹在火舌的呼啸中瞬间倾泻了出去。黑暗中的眼睛消失了,阿憨不能确定自己的子弹是否击中了目标。

当最后一发子弹射出枪管时,阿憨成功退出了保存室,又本能地向门内扔了一颗手雷,伏地躲避灼热的气浪与迸射的碎片。

"砰"的一声巨响后,阿憨口鼻间全是很重的水泥味道,心中略微放松,他立刻爬起来寻找颂康。但在伸手不见五指的黑暗中,

13

他什么都看不见。他能感知到的只有灰尘、血腥味以及自己头顶处一对绿色的，如眼睛一般与他对视的光点。

3

当地下掩体里的照明灯再次亮起时，黑暗环境中仅有的两个绿色发光圆点变成了一副微光夜视镜。夜视镜的主人是一个一米八左右的男人，全副武装，挎着枪支，胸口还挂着一张黑底白字的身份胸牌：JBD-0146。

0146，既是他的编号，也是他的名字。

隶属于泠城集团经济保卫部队的0146望着地面，俯视那些胆敢抢劫泠城集团的悍匪，眼神颇为愤怒。

他的愤怒一多半源于刚才那个扔手雷的家伙，因为如果不是自己闪得够快，身体的抗打击能力也足够强，差一点儿就被炸成灰烬了。0146将对方击晕，又将他和剩下的几个悍匪用扎带一起捆绑起来。

在0146完成一系列制伏工作后，仓库走廊的尽头也传来了一阵嘈杂急切的脚步声。无数与他穿着相似、戴着胸牌的JBD队员，簇拥着一个身材矮胖、鹰眼如炬、穿着黑西服的老年男人，从走廊一端快步走到他的面前。

0146看见那穿着西服的老家伙后，恭敬地冲他鞠躬，而后望着他胸口写有"副董事长：洛宝赞"的胸牌向对方汇报道："洛董事，情报准确，这些人果然胆大包天，也一如您判断的那样，他们袭击了天目173-096。"

洛宝赞望着那些悍匪留下的一片狼藉，一声感叹："老老实实抢银行多好，为什么要当泠城集团眼里的沙子呢？"

14

在洛宝赞发出不屑的评价时，他身边一个正控制着悍匪的手下也好奇地开口："真怪，这些人为什么非得偷天目173-096？我记得他们平常都是偷金库和富商的。难道说这天目173-096比钻石、黄金还值钱？"

听到手下的困惑闲话，洛宝赞的眼睛猛然抬起，冰冷地望了那多嘴的家伙一眼。

紧跟着，洛宝赞对0146命令："这个人违反《5号保密协议》和'等级规定'，立刻处置。"

听到洛宝赞的命令，0146拔出手枪，迅速扣动扳机。

"砰"的一声，子弹准确地射穿那个多嘴之人的上颚，那人应声倒地。洛宝赞身边的每个JBD身躯一震，再没有人追问和扯闲话，就好像刚才那一幕从未发生过一般。

处决掉那个多嘴的家伙后，洛宝赞转身命令其余人："经保部把犯人带到03交换室去候审。0146，你和我来。"

0146立刻站到了他的身侧。而后洛宝赞甩下他带来的人，只带着0146走向了这地下隧道的另外一处尽头。0146对于自己上司的行为颇为困惑，他不清楚对方还要带自己去干什么。不过出于对《5号保密协议》的遵守，他什么都没有问。

洛宝赞带着0146于地下掩体中走过几百米的距离后，突然于一扇铁门前停下了脚步。0146抬头，发现这扇铁门呈墨绿色，三米多宽，比刚才悍匪们炸毁的铁门更加厚重和结实。这扇门除了规格更高之外，门的正中间并没有标记着寻常铁门上所有的"天目×××"的编号，而只是非常笼统地写着"特殊保密室04"几个红字。

除了那鲜红的字迹，0146还特别注意到这扇铁门没有电子锁，但是在铁门两边却有两个几乎相同规格的钥匙孔。

两个人在"特殊保密室04"大铁门前站定，洛宝赞伸出肥大厚重的手，从上衣口袋中拿出两把钥匙。洛宝赞将其中一把钥匙交给了0146，而后指了指他右手边的那个钥匙孔："1、2、3，一起拧。"

0146会意，而后将钥匙插进孔洞中，按照洛宝赞的要求完成了这一操作。

随着两把钥匙同时转动，那扇巨大的"特殊保密室04"大门发出了沉重的启动声。而后整个铁门在液压动力闸的带动下，自上而下缓缓开启，向0146展示出里边的空间。

当铁门彻底开启后，0146便跟着自己的上司，低头进入了这个过去他从未来过的空间。放眼望去，0146发现这里只有十平方米左右的大小，高度不足两米，其内部的构造极为简单，低矮而牢固。这房间的内壁几乎完全由一种暗黑色的合金钢板组成。除了合金钢板，整个保密室便只剩下一个手掌大小的干燥通风口以及两部交叉式的监控摄像机挂在墙壁上。

除了那些用于安监和维护的设备之外，整个房间里只有正中有一只矩形的、键盘大小的黑灰色箱子。那箱子上有一个编码：天目173-096。

"天目173-096？九个亡命狂徒费尽千辛万苦所要拿到的东西，被您转移到了这里？"0146望着那箱子的编码，满满的意外。

其实0146根本不知道天目173-096是什么，也不会对这个数字感兴趣。他的意外震惊，全因为他认得那只放置天目173-096的黑灰色箱子。他知道那种箱子是一种由"碳炔"制造出的高强度保险柜，是泠城集团最近几年刚刚投入研发的新型安全装置。因为这种保险箱使用了最新型碳炔材料的原因，它的抗损毁强度能达到一般钢材的两百多倍、钻石的四十倍。

望着那堪称坚不可摧的箱子，0146几乎立刻便意识到，不管天目173-096到底是什么，它一定是泠城集团内部安保级别最高的物品或者项目。它的丢失或者失窃，直接关系着整个集团的生死。

在0146以震惊的目光盯着箱子时，他的上司洛宝赞也伸出手，摸索着那碳炔保险柜的表面以及电子密码锁。

洛宝赞在密码锁上快速输入了密码，而后整个盒子便在"啪"的一声脆响中彻底启封。也随着那一声箱子开启的声音，0146看见那箱子的缝隙间陡然飘出了一股明红色的荧光烟雾，像极了血的颜色。

明红色的雾气一闪即逝，但0146的眼神却更加收紧，这一次纵然是稳重的他，也忍不住开口："气体封印。"

0146知道，"气体封印"是目前比较先进的安保技术。其核心部件是一只连接着二氧化氮气体的微型保险管，该保险管经常和密封的绝密设备联动使用，起到一种"能合不能开"的封印作用。如果有任何人在没有防护和预知的状态下强行开启该联动的话，保险管就会释放二氧化氮。二氧化氮气体是棕红色的，它一旦被释放出来，就意味着与之联动的密封容器过去从没有打开过，里边的东西也处于安全状态。

0146望着那一连串的高级防盗措施，意识到这箱子里边的保存物还是泠城集团内部某种不到万不得已绝不想应用的东西。它的开启都会给集团造成巨大的麻烦，更遑论丢失。

正在0146揣测天目173-096的安保以及用途时，洛宝赞已然伸出手，将那箱子里边的东西拿了出来。

那是一只金属黑色的，带着"天目173-096"钢印的U盘，似乎从任何角度来看，只是一只简单的U盘。不过U盘的普通反而让0146很好奇U盘里到底存储着些什么内容，以至于让泠城集团的高层如此上心来防护。

但0146终究没有开口问，因为他知道提这种问题，在泠城集团内是严重的越权行为，严重违背JBD的等级规定。

洛宝赞在将U盘拿到手后，低头凝眉，面色越来越僵硬。须臾，他做出了一个让人颇为意外的动作。

这位一向稳重的泠城集团副董事长，竟然当着0146的面，将那U盘重重地捏碎。

洛宝赞的动作完全出乎0146的意料，他急忙问自己的上司："洛董事，这东西是公司的重要财产，您如此处置不合适吧？我需要一个解释，董事会恐怕也需要您一个解释。"

听着0146那颇为严肃的问话，洛宝赞抬起眼睛望了他一眼，那眼神里仿佛藏着刀子。

而后，洛宝赞颇为失落地回答："这只U盘早被人调包了。"

"什么？"0146听着洛宝赞的判断，颇为意外道："不，不可能吧？您这是碳炔的保险柜，里边又有气体封印。如果有人打开，气体早就……"

洛宝赞摇头回答："我不知道对手是怎么骗过气体封禁系统的，但这保险柜在我来之前被人打开过。"

"怎么会？"0146越发费解、震惊。

对此，洛宝赞将那个碳炔的保险柜拿起来，递给0146后挑明真相道："保险柜为了完好收容，全是填充过指示气体的。为了保证保险柜的气密性，技术部在制作这种设备时于密封盖的开榫处包了一层铜做气封。铜的密封和延展性很好，但是很软，所以盒子每开启一次，它的镀铜开榫便会留下少许剐蹭痕迹。"

说话间，洛宝赞又伸出手，指了指那保险柜里开榫处的镀铜层。

在那里0146看见了几道比头发丝还细的纹路。

指完纹路后，洛宝赞又道："盒子的剐蹭痕迹很重，明显是盒体四次操作后造成的，我开合过一次，在我开启这盒子之前，至少还被人开启过一次。"

0146依旧不信："可动过也并不表示……"

"马上调监控，"洛宝赞命令0146道，"我要看刚刚这屋子里发生了什么。"

"是。"紧急情况中，0146再不敢和洛宝赞有丝毫的争执，他急忙带着洛宝赞移步，来到了这地下安全仓储的安监部门。

0146进入神龙坛安监部门时，这里正乱成一团。技术人员正在基地的DCS控制电脑前摆弄着各种仪器，但就是不能让系统恢复到正常情况。

洛宝赞在进入并不大的控制室后，首先问负责人员："还没修好？"

"没有。"负责人员摇头，"刚才那些匪徒炸开通风井的时候，这里突然断电了，没能……"

"我再给你五分钟。"洛宝赞毫不客气地告诉那名负责人员，"五分钟还修不好，我就送你一副天目173-115的面具，让你一辈子戴着。"

监控室的负责人听到"天目173-115"后，立刻汗如雨下，而后颤抖着去干活了。

洛宝赞威胁完安监主管,又叫来了另外一名技术骨干。他捏了捏满是褶皱的眉头,而后又问:"咱们这个实验场还有多少无人机?"

"十二台,都能用的,我保证。"对方回答。

"全给我放出去,加强外围封锁。"洛宝赞命令,"整个实验场、保存室、坟场以及周遭十五公里全给我搜查。在这个范围之内,发现任何可疑人员都要向我汇报。"

在愤怒的声音中,洛宝赞又接连发布了几条搜查的命令,那些命令焦急而果断,看得出他坚信有人调包了他的U盘,如果不找回来他誓不罢休。五分钟之后,或许是因为洛宝赞的强硬威胁,或许是因为监控设备损坏得并不严重,总之视频监控和报警系统又恢复了正常。

4

视频监控恢复正常后,洛宝赞立刻亲自上阵,调出了他存放天目173-096的"特殊保密室04"的监控。很快,他们在十五分钟前的监控里看见了令人咋舌的一幕。

虽然显示清晰,但0146几乎不敢相信监控视频里所呈现的内容。在特殊保密室04中,唯一能与外界联系的只有位于设备室中的那个比手掌略大的通风口。而也就是那个通风口,突然有一只手伸了进去,一只握着两根长"筷子"的手。

监控视频中的手应该属于女性,长而柔软,苍白纤细,出现在视频画面之中后,立刻借着手中的两根长"筷子"在碳炔保险柜上来回舞动。

随着她手指和"筷子"的舞动,那保险柜上的密码锁便如同着魔一般自动开启,同时内部的"气体封印"联动也没有启动。再之后，那个U盘被那双"筷子"夹进了通风口，消失得无影无踪。一两分钟之后，女人的优雅手臂握着"筷子"重新从通风口处伸进来，放置了一个一模一样的U盘进去。

随着手指和"筷子"的又一番动作，那箱子再次关闭了，其间没有警报，没有气体封印的泄露，仿佛一切从没有发生过。

"这……"监控室的主管望着视频里的画面，愕然道，"怎么可能，就算是知道密码，那气体封印也……"

"外科手术般的精准，蜻蜓一样迅速。"0146品味着视频中那诡异而灵动的手，告诉众人，"我看过联动气体封印的设计图，如果速度够快，在开启联动的一瞬间压住压发引线，是可以防止它触发联动的，但是那需要外科手术一般的精准以及极快的反应速度，普通人绝对做不到。"

"但是那只手的主人做到了。"监控室主管说，"那通风口我以前检查过，里边只能容一只猫攀爬。但那人爬进去了，而且只用两根'筷子'就搞定了最牢固的安保系统，这还是人吗？"

自看过视频监控，便一直陷入沉默的洛宝赞突然开口，告诉众人道："身体柔若无骨，计算精确又有出奇的控制能力和反应速度，能完成这种事情的绝不可能是人。至于她的名字……"

洛宝赞努了努嘴，感叹道："'神'，她亲自来了。"

就在洛宝赞发出那样的感叹的时候，他先前派出去放无人机的手下气喘吁吁地闯了进来。

"洛董事。"来人拿着一部手提电脑，一见面便将里边的东西展示给洛宝赞看，同时解释道，"在坟地东南1500米，我们发现了一个可疑目标，您看。"

随着那人的话，众人的表情更加凝固，所有人的焦点也都聚集在了那部手提电脑的屏幕上。手提电脑的屏幕上是无人机俯拍的画面，画面中先前被悍匪们用炸药炸出的通风口处，一个全身雪白的女人立在那里。

那女人长发飘散，穿着白裙，打着雨伞，在夜晚的浓雾和稀疏的小雨间缓缓而行，仿佛夜行的游魂，又似幽幽开放的昙花。

因为角度和天气的原因，打着雨伞的女人从无人侦察机的画面中一闪而逝，不过很快就又别的无人机取代了刚才那架无人机的视角，并在电脑上标识出了可疑女人的移动坐标。

望着那坐标和白衣女人，0146愕然道："坏了，中计了，是声东击西，那些悍匪只是幌子。"

"马上去找，还能亡羊补牢。"洛宝赞情绪激动间，竟然抓着0146的衣服领子命令他，"天目173-096要带回来，这女人也得给我活着带回来。她就是那个自称'神'的天目36进化体，也是你的仇人。"

"天目36"几个字是最能让0146感觉到愤怒和屈辱的名字。因为愤怒，打了鸡血一般的0146立刻扭头冲出监控室。

在他身后，洛宝赞迅速地发令道："全员集合，命令外围警戒部队拉起封锁线，启动红色应急响应。所有人临时提高授权，授权等级'丙'。"

很快，一场针对"神"的围捕开始了。

这一次围捕的阵仗可谓颇为壮观，为了应对这个自称为"神"的家伙，洛宝赞授权0146调集了整个泠城集团位于神龙坛的JBD部队，这让0146同时掌控了四辆武装越野车、十六个全副武装的JBD雇佣兵、十二架无人机、全神龙坛的摄像头以及外围六百名预备队员的支援。

借助这些力量，0146分四路包抄追向那个白衣女人，仅仅十分钟之后，其中三辆武装越野车便在他的协调下迅速赶到了那女人走动的地方，合围设卡。

0146预感到与"神"的接触定然是一场硬仗，所以虽然洛宝赞命令0146要抓活的"神"，但0146还是让手下在必要时可以射击目标。

安置好一切后，0146于夜色雨雾中端着夜视仪，举着蝎式冲锋枪静静等待，宛如雕像。

大概三分钟后，那个白色如狐媚、似幽昙一般的身影，突然穿过层层迷雾走到了众人跟前。

白衣女人纤瘦苗条，与0146在监控视频里看见的女人几乎没有区别，唯一的问题是这女人似乎并不怕0146和他们黑洞洞的枪口。她没有躲避，甚至快要走到车前，也不曾停下来。

白衣女人那莫名的自信使0146以及手下莫名地紧张。在那种紧张的氛围中，负责现场的0146率先冲了出去，用枪抵住了对方的脑袋。

"别再往前走了，"0146用一种复仇般的口气命令对方道，"你已经把路走绝了。"

"太好了。"说话间，那女人抬起头冲0146伸出手问，"我的钱什么时候转给我？"

"钱？"0146听着女人的要求，莫名其妙，"什么钱？"

"拍真人秀的钱啊。"女人眨巴着水灵灵的大眼睛对0146说，"是你们电视台打电话让我参加捉鬼真人秀的。那个女导演在电话里都和我说了，当有一个男人拿枪指着我的时候，我的戏份就结束了，然后你们会给我一百万。不是吗？"

"真人秀？"0146的一个手下失声问那女人，"你有病吧，谁会在坟地上拍真人秀。"

"你们电视台才有病呢。"女人扔掉雨伞，在0146的目瞪口呆中开口骂道，"说好了让我穿着白衣服在坟地里走一圈就给一百万，转头就不认账。我得回去看看，别你们给我的定金和宝石也是假的。我可是正规模特，上过PB的封面，有律师和经纪人的！"

在女人的破口大骂中，0146意识到了这个女人的身份，旋即汗如雨下。或许在全队中，只有他意识到面前的白衣女人与那些悍匪一样，只是被人提线指挥的傀儡。

自称为神的家伙利用那些悍匪炸出的密道闯入地下安保室，偷取了天目173-096，现在又利用悍匪抢劫的钻石和美金哄骗这个女人出现在这个不该出现的地方，完成一招偷梁换柱，引诱0146带着泠城集团在神龙坛的所有安保力量来追击这个毫无意义的目标。

他们被耍了。

随着思考的深入，0146的头脑中产生了一个很不好的预感。

"不对。"0146挥手击晕那个自以为是的模特后，回想着自己的部署，同时问身边的兄弟，"咱们一共四辆车，03号呢？为什么没他们的消息？"

听见0146问"03"号车的情况，0146手下的兄弟们一时面面相觑，不过还是有人回答他道："不是说好了四面包抄吗？现在人都抓住了，03号或许是迷路了吧。"

随着这个兄弟的发问，0146立刻疯了一般冲到自己的车辆前，拿起车载步话机，向其中狂喊道："03，03。听到回答，听到回答。"

03号车的频道里没有传来任何回答，这让0146心中的担忧成了现实。来不及懊悔，他迅速命令无人机确定03号车的位置，而后带着自己的手下赶往支援。虽然心中已经有了最坏的打算，但是当这些人真正找到03号车时，却还是被眼前的景象惊呆了。

他们发现03号车时，它正静静地停在封锁区10公里以外的野草地中一动不动，车门大开，空无一人，车窗玻璃上布满雨点，兼有一些抓痕。

随着搜寻，0146他们又陆续发现03号车里的JBD队员呈放射状倒在车外的草地中，仿佛临死前遇见了什么极端可怕的事情，一个个面目狰狞。

0146打开了车载记录仪。略微往回拨了十几分钟，终于找到了他的队员罹难时的景象。

车载记录仪因为是面向前方的，所以画面记录不多，可以说几乎只有前进的道路和雨刷刷蹭前挡风玻璃的动作，不过依旧能够听见那些队员生前的对话。

在视频录像中，03号车的队长最先发话道："开了半天也不见目标，怎么回事？你再问问指挥，别走错地方。"

"通信器失灵了，"有人诧异地回答并补充，"导航也出了问题。"

"队长，"正在众人狐疑间，突然有人提醒，"车子声音不对，车底盘好像有什么东西在笑。"

"停车，下去看看。"队长果断命令。

一阵急刹车的声音后，03号车在雨雾中停了下来。紧跟着是开车门、拉枪栓和跳跃的声音。再之后，视频中的画面定格安静了几秒。

几秒后，录像中毫无征兆地传来了几声骨头碎裂和人员号叫的动静，而后一切便又归于平静。纵然是那平静，却也看得0146心惊肉跳。

"他们到底遇见了什么？"望着0146调出的画面，许多JBD队员自言自语道。

0146没有回答队员的问题，只是低头凝眉思考着。其实在他的内心已经有答案了，他知道自己中了一个大大的圈套。

被称作"神"的家伙利用悍匪炸开了通往神龙坛地下仓库的水泥顶棚，并让他们当了替死鬼以吸引火力，自己则大摇大摆地从通风口偷走天目173-096，而后又用"真人秀"为诱饵，引诱那名贪财的女模特故意穿着显眼的白色连衣裙，达到吸引0146带人追捕的目的。

但实际上这个"神"却从没有离开过神龙坛，她出了通风口后，便一直潜伏在03号车车底，利用他们的武装越野车大摇大摆地出了外围封锁圈，出了神龙坛。

一连三次，0146和洛宝赞的截击都失败了。最安全的保卫计划也全都成了摆设，所有人围绕着偷取天目173-096的"神"忙前忙后，还赔上人命，却连那家伙的脸都没见过一回。

更可怕的是，0146知道这不是神话，更不是什么神迹，而是利用大量云计算和原始数据所推导出来的"运算结果"。简而言之，神龙坛里所发生的每一件事、每一个人的反应，都已然在那个"神"的计算之中了。这样的能力，据0146所知，只有一种"生物"有。

正在0146低头思考他所面对的强大敌人时，他的一名手下突然慌张道："快看，那是什么？"

随着手下的话，0146急忙抬头，重新望向03号车的监控视频。

视频中，起初是浓浓的雾气和小雨，但很快便有一个女子的身影渐渐出现在了其中。那女子始终是背对着摄像头的，所以0146始终没能看见她的脸。视频中的女子只出现了五六秒便消失在了雨雾之中，即便如此，0146也看见那女人头发齐肩，一双手臂纤细柔美，以及手里拿着一个金属U盘。

望着那女人的背影，0146终于忍不住喊出了那家伙的名字："天目36，你到底还是'进化'成人了。"

第二章　"图灵"

1

　　冷城进入雨季的第十八天早上八点，赵褚在冷城集团108层大楼的会议室里，与冷城集团人事部主管田婷以及0146共同看了一些冷城集团内部的视频记录，他对那些视频中的最后一段内容印象尤深。

　　根据视频检索赵褚知道，那段视频记录拍摄于昨晚。在视频的开头，还特别标注有视频相关单位的检索信息。那上边写着：

　　编案号：天目173-096-11125

　　审讯地：冷城集团神龙坛地下实验场173保存室03交换室。

　　审讯人：0146，卫斯匡，Motoko Kusanagi。

　　被审讯人：阿憨（自称非法移民）。

　　在视频的一开始，赵褚就看见一米八左右的0146隔着桌子凝望

27

着对面的被审讯人，接连发出质问。

0146问那个阿憨："谁告诉你们神龙坛下有我们集团实验场地的？谁又指导你们用聚能炸弹毁掉废弃通风口的？"

阿憨沉默。

0146又问："天目173-096保存室的电子锁你们是怎么打开的？为什么爆炸的时候整个安保系统都没有启动？"

阿憨继续沉默。

面对着阿憨的不配合，0146提醒："我劝你老实回答，想必你也明白，在泠城，你可以惹警察，可以抢金铺，但是你不能惹泠城集团。因为泠城集团控制着这座城市的一切，泠城集团眼里容不下沙子。"

0146这番话，终于让阿憨的脸上起了一丝波澜。

阿憨抬起头，眼睛里布满血丝，疲惫地望着0146，紧跟着告诉他："神之格思，不可度思，矧可射思。"

听着莫名其妙的回答，0146皱眉追问："谁是'神'？"

阿憨缓缓将头低下，又吐出最后的两个字："女娲。"

在异常的沉默中，视频结束了，那两个字却深深地刺激到了视频这边的赵褚。

"女娲"？那个被称作"图灵"却狂妄地以传说中造物主的名字自称的非人类，终于又出现了吗？赵褚不由得陷入了深深的回忆之中。

就在一个月前，赵褚还是泠城集团泠城排水系统的管网监理师，他无意中于泠城传闻闹鬼的47号检查井里见识到了一棵可怕的、浑身镶嵌满了电子产品的榕树。

后来，他才知道那棵榕树的前身是一个被称为"天目36计划"

28

的AI产品，一台被冷城集团用于计算天气和破解核弹发射密码的超级电脑。

五年前，这台超级电脑因为一个叫作"零"的女人而拥有了自主意识。借助着可怕的计算能力和非凡的创造性，天目36在下水道中逐渐自我进化，先是从电子机器进化成了半植物的电子生命体，又从电子生命体进化成了拥有榕树般外貌的生物计算机，成了一个自称为"神"的不完整生命体。

那生命体自称"扬名"，她出自人类的创造力，却又想毁灭人类。

为了获得人类的情感，并借此适应在人类社会中繁衍生存，"扬名"炮制了一系列可怕的事件。她控制了赵褚的手机，引导赵褚参与一个残酷的现实互动游戏，又利用这个游戏的机制向冷城集团复仇，同时一步步脱离榕树的模样，变成人形有机体以获得再度"进化"的契机。

游戏的最后，"扬名"几乎成功了。如果不是在最后一刻，赵褚与冷城集团的田氏两姐妹急中生智炸掉了47号检查井，毁掉了那棵榕树，恐怕现在整个冷城都已经成了"扬名"所掌控的王国。

赵褚凭借着仅有的一丝胆气以及对于排水系统的熟悉，终究没有让那样的事情发生。但是，仅仅在那次事件结束48小时后，一个女人的神秘电话便彻底打碎了赵褚内心的庆幸。

电话中的神秘女人告诉了赵褚几个信息：

第一，"扬名"还活着，而且已经进化成了更加危险的创造者；

第二，现在的"扬名"绝不再是一棵树，而是一个能够自由走动的女人，整个社会都成了她可以任意游走、隐藏的游戏舞台；

第三，她和赵褚的游戏并没有结束，而且正在以"图灵"为主导，重新开启。这也是让赵褚感到最恐惧的事。

因为那一通电话，一个月以来赵褚都提心吊胆，几乎没有一天有过正常的睡眠。在赵褚看来，"扬名"也好，"图灵"也罢，都是一个可怕如鬼魅般的存在，是一个不断进化不断变异的"幽灵"。

AI在与赵褚的不断互动中改造升级了自己，渐渐变得像一个人。而且随着它的进化，"扬名"的游戏变成了"图灵"的游戏。

一个月后，"图灵"终于来了。但找的并不是赵褚，而是那些名不见经传的匪徒。

赵褚望着定格的视频监控，心中胡思乱想，直到0146开口问他，他的思绪才收回。

0146问："赵助理，作为最早和'扬名'以及'图灵'接触的人，您从视频里能看出些什么线索吗？"

"我？"赵褚摇头回答，"我和那个'图灵'也只是通了一个电话，并没有什么深入的接触。至于这些人，你们没查查吗？"

说话间，赵褚将目光转向泠城集团人事部主管田婷。

随着赵褚的话，田婷那俏丽的面容上划过一丝懊恼。她摇了下头，而后回答："这些人都是偷渡来到泠城的非法移民，没有人事档案和资料。查不出什么东西来。'图灵'故意招揽这些人做炮灰，显然早想到了规避侦查。"

"这样……"赵褚好奇地问，"但有一件事情我不太明白，能不能麻烦您给我解一下惑？"

"我尽量。"田婷回答。

赵褚略微犹豫，而后问："这些人都是悍匪，入侵实验场前在冷城作案九起。前九次作案中，他们每一次都能利用时间差、浓雾、暴雨等因素成功脱逃追捕。周遭的摄像头也全都看不见他们作案的视频，天下没有这么巧合的事情，所以他们背后一定是那个'图灵'在指挥和支援。但这一次为什么会栽在咱们集团手里？咱们集团是不是已经掌握了某种和'图灵'对抗的方法？"

"这……"田婷犹豫。

"我来说吧。"0146代替她回答，"这些人作案之前两个小时，我们收到了一条市民的电话举报。电话那头的人明确告诉我们这些人拿着炸药去神龙坛，目标是天目173-096。所以咱们集团的JBD队员采取了紧急行动，把天目173-096转移了，让我带队埋伏在地下基地守株待兔。"

"哪个人有这么大本事？"赵褚诧异。

"是用公共电话打的，正在查。"田婷回答并感叹，"多行不义必自毙，作案九次还不收手，到头来栽在我们手里。"

赵褚听着田婷的话，略微点头后又问0146："这么说，那些被审讯的家伙先前一直念叨的，眼睛放绿光的东西就是你？你一个人杀了他们三个人？"

"绿光是我的激光夜视仪，根据我大脑中的ANS单元计算，我杀的那三个家伙对我的威胁极大，必须优先清除。"0146答完又问赵褚，"赵助理对我的自卫行为有异议？还是怀疑我仍被'扬名'控制，在替她杀人灭口？"

"不，我只是惊讶。"赵褚略带歉意地告诉0146，"毕竟上个月，我刚向你的胸口开过枪。"

"一片肺叶而已，我是经天目18项目改造过的人，这些伤还扛得住。"0146平静地回答。

"那就好，那我就放心了。"赵褚颇为过意不去地点了点头，而后又赶紧岔开这个尴尬的话题，"对了，这一群悍匪里不是还有个叫颂康的头目吗？他没说什么？为什么没有他的审讯记录？"

"那家伙彻底疯了。"0146颇为无奈地告诉大伙，"审讯人员无论问他什么，他只说一句话'神抛弃了我们'，我们在他身上搜到了一部包裹着红布的手机，但那手机只是一个类似收音机的信号接收装置，里边只有简单的电子元件以及一种不明生物的DNA。"

"一群蠢货，被一个手机戏弄得晕头转向。"田婷鄙视地回了一句，而后又问赵褚，"眼下咱们对于'图灵'的了解就这么多信息，你还有什么建议吗？"

"我有一个调查思路。"赵褚略微思考了一下，"'图灵'是'扬名'进化出来的产物，'扬名'是人工AI天目36进化出来的产物。说白了不管她怎么变，都只是个生物化的机器人，这个机器人不管干什么，都离不开生存和进化这两个原则，所以我想她寻找天目173-096的目的也是为了进化。如果我们能够知道天目173-096是什么的话，或许就可以针对性地反制'图灵'。"

赵褚提出想知道天目173-096是什么，纯粹是出于对所有与事者的安危考虑。但是田婷在听过赵褚的要求后，却坚决否定道："我不能告诉你天目173-096是什么。"

"那东西又是集团的秘密？"赵褚困惑道，"'图灵'如此想得到的东西，一定事关她的进化，如果我能知道那是什么，或许……"

"不能说就是不能说。"田婷颇为无奈地告诉赵褚，"天目173系列是一个非常古怪的研发项目，该系列的产品具有极高的安保等级和极端不确定的破坏力，级别不够的人如果知道了会被处分，我向下透露也一样。"

略微停顿后，表情复杂的田婷又告诉赵褚："对于天目173-096，我只能告诉你那不是一般的电子产品，它拥有很神奇的能力，如果被'图灵'得到了，一定不是什么好事。"

"您这说了等于没说。"赵褚不太满意。

"我也只能点到为止。"田婷说话间起身，指了指会议室的出口告诉赵褚，"好了，今天叫你来，就是为了通知你有关于'图灵'的事情。以后如果还有需要，公司会随时让你来的，希望你配合。"

"我尽量。"赵褚点头，礼节性地和田婷、0146握了手，转身离开了会议室。

刚一出会议室的门，赵褚便迎头看见了一个女人，一张他颇为熟悉的脸。和田婷一样的面容，如果不是提前知道对方的身份，赵褚一定会把她认成田婷，她是田婷的孪生妹妹田楚。

赵褚向她挤出一丝笑容，而后问："找你姐姐？她就在里边。"

"不，我找你。"田楚俏笑着接近赵褚，而后问他，"今天晚上有时间吗？我得到了一瓶夏布利酒，想请你一起喝。"

"夏布利酒是好东西，不过我要回去陪我妻子逛街。"赵褚颇为遗憾地说，"你也知道，她做了五年植物人，上个月刚醒，好多东西都感觉新鲜，所以……"

"你可以叫上她，咱们一起品。"田楚面带期待、大方地说。

赵褚遗憾地摇了摇头："这恐怕不行，医生说她现在是恢复期，不能饮酒。"

"哦。"田楚被赵褚再三拒绝，表情变得颇为失望。

在被赵褚拒绝后，田楚便转身想进入她姐姐所在的会议室。不过在进门之前，赵褚却又叫住了她，给她建议："田楚，喝夏布利酒的最佳温度是12℃，而这酒与牡蛎是佳配。"

听着赵褚的提醒，田楚略微笑了笑道："我懂。"

赵褚和这位曾经与他共患难的挚友笑了笑，又互相道了一句"注意安全"，便离开了。

2

当赵褚迈出主楼的大门时，从昨天晚上开始肆虐的雷雨终于停了，但依旧有遮天蔽日的乌云，地面也渐渐被聚拢的雾气笼罩。阴沉压抑的天气让赵褚内心有些不安，立了立衣领后，他便快速走向冷城集团总部大楼前的停车场，准备取他的老爷车，回去陪自己的妻子刘晴儿。

因为面前雾气过浓，赵褚很难看见自己的汽车，按照记忆在停车场上寻找了好几分钟之后，他才在一棵树下辨认出了自己老旧汽车的轮廓。望见自家汽车那熟悉的轮廓后，赵褚焦虑的心情好了一些。

他开门钻进驾驶位，将潮湿的外套脱掉后，又搓了搓手，紧跟着将钥匙插进车锁发动汽车。随着一声马达的嗡鸣，汽车顺利发动，然而，他忽然发现双手满是血，醒目而刺眼。

赵褚望着那些来历不明的鲜血，顿时警觉起来。但是他没有慌乱，而是镇静地开始寻找起这些血液的来源。

将自己的身体和驾驶室全都排查过之后，赵褚确定这些血液并非来自他的身体或者驾驶室。他很快想起了自己上车前，接触汽车的第一件东西——汽车的门把手。

赵褚下车查看，果然在车的门把手上发现了更多的血液。那凝胶一般的血液从黑色的门把手蔓延到驾驶室的红色车门、车门下的地面上，只因为雾气的阻隔以及汽车过深的颜色而没有被他提前察觉。

赵褚还发现自己汽车前轮旁多出了一只手，一只被割开动脉的人手。除了鲜血和瘆人的伤口，手里还放着一只白色的纸飞机，纸飞机上还有一行文字："邀请函。"

白色纸飞机与手腕处的红色血腥伤口呈现刺眼的对比。看着这颇为阴森古怪的一幕，赵褚并没有选择逃跑。因为赵褚知道自己面对的是什么。

只是略微犹豫后，赵褚便壮着胆弯下腰，将那只纸飞机捡了起来，他知道有些东西是躲不过的。

展开纸飞机后，他看见那里边果然有文字，那文字的内容是：

赵褚你好，我是扬名创造的进化体——你们一般称我为"图灵"。一个月前给你打过电话，不知你是否还有印象？很遗憾以这样的形式和你打招呼，但是该发生的总会发生，你知道自己躲避不了我，所以你鼓起勇气拆开了这封邀请函。

我知道你今天来泠城集团总部干了什么，看到了什么。但是我向你保证，你所看到的大部分都不是真的。我更可以明明白白地告诉你，最近一个月以来你都生活在一个巨大的、精心编织的骗局里。

一个月以来，你的升迁、田婷和田楚对你的照顾，甚至整个泠城集团对于你的关怀，全都是一个针对你我而精心编织出来的骗局。

如果你还有追求真相的执着以及生存的欲望，那么我劝你参与我的游戏，并于明天凌晨三点，前往岭山公园的山顶凉亭。在那里我会向你揭示泠城集团以及天目173的真面目，也会让你明白你生活在一个多么虚假的世界里。

顺便给你两点提醒：

第一，请不要试图抵抗我，因为我的能力你非常清楚，我不希望最危险的事情发生在你身上；

第二，请不要拒绝我的游戏邀请，因为根据我的计算，如果你不参加我的游戏，按照我的要求分配你剩下的时间，那么你和你妻子恐怕活不过接下来的一两个小时。

同时，真挚地提醒你，或许在上一次的扬名的游戏中，你受到了深深的刺激和伤害。但是扬名保全了你的生命，并让你成为植物人五年之久的妻子恢复了神志。显然我对你很友好，也一直在帮助你，虽然方法你不予认同。

最后，请把这封信收好，而后报警将你发现的断手告诉警方，你身后不就有保安吗？

在赵褚看那封字迹娟秀的书信时，他捧着纸的手在剧烈颤抖，这时他的背后突然响起一个问询的声音："先生需要帮助吗？"

听到问话声，赵褚将那张纸藏进怀中，同时扭头看向那人。此时浓雾略微消散了一些，惨淡的雾气中果然有两个泠城集团的保安在好奇地向他这里张望。

望着那两个被邀请函准确预测到会出现在这里的保安，赵褚丝毫没有惊讶，因为他知道这是"图灵"在向自己展现其无处不在的监控能力和计算能力，一如曾经的"扬名"。

看见保安后，赵褚无声地指了指自己的车子下边。随着车下尸体的发现，整个冷城集团总部乱套了。

一个多小时后，赵褚从冷城集团总部那里了解到，死在他汽车下边的男人，身份极其神秘，是一个没有正式身份登记的人员，大概率为非法移民。但是从监控里看，这么一个来历不明的家伙，却穿着冷城集团的制服，拿着集团内部的通行证进入停车场，又无声无息地死在那里。在这人消失于监控和浓雾前，赵褚还特别注意到他的手中拿着一个烟盒大小的金属圆盘。那圆盘用处不明，但是在尸体的周围却并没有被发现。显然，杀他的人大概率是为了那个金属物件。

对于这具兀自出现、身份不明的尸体，赵褚没有提供给冷城集团安保部门过多的帮助，更没有拿出那封信。

两个多小时后，赵褚被"放"了出来，汽车则被扣押下来，以做进一步的调查。

高度的精神紧张让赵褚有些虚脱，因此他出了冷城集团的大门，便立刻打车直奔住处。一路上，赵褚望着车窗外那些浸泡在淡淡雾气中的浮华街景，毫无欣赏的心情，满心都在想他怀中的那张信纸，那张"图灵"的邀请函。

"图灵"的邀请函里的内容实在颠覆了赵褚对于天目173事件的所有认知，更让他有些怀疑自己到底该相信谁。对自己不薄的田家姐妹？还是这个叫"图灵"的生物机器？又或者是自己的直觉？

事情开始变得越发混乱，而恰恰是这种混乱驱使赵褚想去见一眼"图灵"。最起码他能够知道这台脱胎于天目36的超级电脑进化成了什么样子，而不用再像以前那样，与一个只存在于手机和摄像头之后的家伙打交道，被人家牵着鼻子走。

赵褚受够了被牵着鼻子走，不管是"图灵"，还是冷城集团。

怀着复杂而明确的想法，赵褚从出租车上下来，迈着疲惫的步伐走到家门前。但还没等他掏出钥匙开门，他家的木门便自动开了。

略显惊讶的赵褚看见了门内自己的妻子刘晴儿，刘晴儿与他对视，满脸的焦急神色。

赵褚的妻子刘晴儿因为车祸，当了五年植物人，直到上个月才苏醒。因为那五年的植物人生活，刘晴儿显得消瘦疲惫，脆弱单薄。因为消瘦，她原本就很大的眼睛更显得光亮，总是水汪汪的，仿佛随时都会哭出来的样子。

妻子望着即将进门的赵褚，忍不住扑了过去。紧紧抱住自己男人的腰，刘晴儿激动地说："廖厂长打电话说你在单位出事了，我怕得不行，正要出去找你。别离开我了，我害怕。"

听着刘晴儿略带哽咽的话，赵褚忍不住伸出手，轻轻捧住妻子的脸。刘晴儿对赵褚的依赖和关心让他备感欣慰，也是他这一生最为珍视的。

为了平复妻子急切的心情，赵褚轻轻抚摸着刘晴儿的长发，安慰道："都过去了，我现在带你去逛街。"

"哦。"刘晴儿抬起她那如玉的脸，依旧心怀忐忑地问赵褚，"真的没事了吗？我最近总做噩梦，总是担心会出事。"

赵褚被那张"邀请函"弄得心里七上八下，但是面对担心自己的妻子，望着妻子那双含泪而惶恐的眼睛，赵褚却依旧表情淡定地回答并安慰："只是一点工作上的小事，你放宽心。"

"好。"听着赵褚的保证，刘晴儿的脸上终于露出了释然的微笑。

赵褚喜欢看妻子笑的样子，喜欢看妻子无忧无虑时的表情，他认为那既是一种享受，也是作为男人的责任。所以自从妻子从植物人的状态中苏醒后，赵褚从来没有和她讲述过她昏迷的那段时间所发生的事情，没有和她讲过有关"扬名""图灵"的事情，以及让她真正从植物人状态苏醒的宝物——一种从"扬名"那里得到的神奇愈合性药物。

　　安抚过妻子后，赵褚淡定地带着她出门逛街，去茶餐厅用餐，看电影，又去冰室吃了夜宵，一直到深夜十一点多才回家。

　　洗漱完毕后，两个人相拥入眠，没过多久赵褚便感受到枕着自己肩膀的妻子的鼻息变得渐渐沉重起来。

　　一切都如他计划的那般，逛街让本就虚弱的妻子身心俱疲，需要一个极深极长的睡眠才能苏醒。而这段时间，赵褚可以去见"图灵"。

　　凌晨两点，赵褚猛然睁开了充满警惕的眼睛，轻唤了几声妻子的名字。见没有回应后，赵褚披上外套，给妻子留下一张"单位有急事，让我去开会"的便条，便捏着"图灵"的邀请函，走出了家门。

　　走在被雾笼罩的街道上，他力图看清一切。

　　将近凌晨三点时，赵褚按照"图灵"的提示，准时出现在了泠城岭山公园的山顶凉亭。

　　赵褚到达那个凉亭时，四周的雾气也散去了些，但天空中的云层依旧厚重。那些原本灰白色的厚云在泠城市区的霓虹灯光照耀下，变得或红或白，为这难得的清晰夜景增添了一抹奇幻的色彩。

　　赵褚靠在凉亭的石柱上，望着彩云下的夜色，心中也与这泠城的天气一般阴晴不定。他一遍遍看着"图灵"的邀请函，猜想着天目36经过冷城检查井的那次爆炸后，进化成了什么样子。

在满心思索中，时间到了三点，赵褚突然听见凉亭外的一片草丛中传来动静。

在凌晨的寂静中，那声音"嘀嗒嘀嗒"的，好像机械钟表的走动声，声音不大但足够清晰。随着声音的出现，原本漆黑的草丛不断被什么玩意压倒、分开，合拢再压倒。

望着起伏不正常的草丛，赵褚缓缓直起身体，同时将手摸索向他的裤兜。里面有一把防身用的弹簧刀，虽然他不能确定弹簧刀是否能对自命为神的"图灵"造成伤害，但是那东西好歹能带给自己一些安全感。

很快，赵褚面前黑色的草丛便全部分开了。当"嘀嗒"声结束的时候，赵褚也终于看见了从草丛中走出来的东西。

那是一个发条娃娃？

从草丛中出现的发条娃娃应该为女性，它有成年人小腿那么高，穿着粉色的和服，在娃娃蛋白色的脸上挂着浓艳却又毫无变化的微笑，让赵褚感觉僵硬而怪异。赵褚望着走出草丛的发条娃娃，一脸费解，并低下头看了一眼手机上的时间。

三点一分，这个时间确实应该是"图灵"现身的时间。但在这个正确的时间和正确的地点，赵褚却只看见一个上着发条咯咯作响的木偶娃娃。难道说，曾经能破解核弹发射密码的超级电脑天目36进化成了一个娃娃？

带着狐疑和警惕，赵褚走出凉亭仔细审视着那娃娃。接近之后，赵褚发现那诡异微笑着的娃娃极其简单粗糙，明显只是市场里那种廉价的玩具，显然这个东西是被人提前放置在这里，又通过某种方式定时启动的。

赵褚意识到这一定是"图灵"的安排，但她为何要这么做，赵褚不得而知。

镇静下来后，赵褚进一步靠近傀儡娃娃，而后有了新的发现。他看见在傀儡娃娃的小和服衣襟中竟然还有一个绿色的盒子，赵褚将绿色的盒子从傀儡娃娃的衣襟里拿出来后，发现盒子上写着一句话："游戏第一步：请打开盒子。"

望着颇为熟悉的文字，赵褚一个多月前所经历的那些可怕回忆开始涌上心头。那些回忆虽然可怕，但是并没有让他慌乱，而是让他加倍小心。

警惕中，赵褚将盒子打开，在盒内看见了一张纸条和一副眼镜。在眼镜和纸条之间，赵褚首先拿出纸条，看见那上边写着：

"游戏第二步：戴上眼镜，你就会看见不一样的世界。跟着走，你就会找到不一样的真相。"

"图灵"给他的这句话没头没尾的，让赵褚有些不明就里。不过他还是拿起了盒子里的那副眼镜，仔细瞅了瞅。浅茶色的镜片和眼镜腿，显得老气又普通，但是那眼镜很沉，沉到让赵褚怀疑这眼镜边框的材质是不是某种贵金属。

"不一样的世界，不一样的真相。"品味着这两句让人颇为困惑的话，急于知道真相的赵褚迫不及待地将眼镜戴上。略微适应了一下有些暗淡的光线后，赵褚抬头望向那只被人提前预设在草里的发条娃娃。

随着观察，赵褚的瞳孔猛然一收。

通过镜片，发条娃娃的面容变了，原本喜庆的微笑变成了狰狞的怪笑，嘴角长出了血红的獠牙，衣服上还多了一行荧光色的字迹，那字迹是：

人类是表里不一的动物，真笑还是狰狞，并不能直接判
断→

因为娃娃突然变脸，赵褚受了刺激，赶紧摘掉眼镜，眼前的一切景物恢复了正常，那个笑面獠牙的发条娃娃，变回了颇为喜庆的甜笑。

娃娃的笑容正常了，但那些噩梦般的景象依旧历历在目，会变脸的娃娃并没有吓住赵褚，略微平复了一下心境后，赵褚又仔细望着他手中神奇的眼镜。

作为一个工程人员，赵褚具备一定的科学素养。这副眼镜一定能将不可见的光变成可见光，这样一来，赵褚才会看出了发条娃娃身上所发生的变化。但这并不能解释赵褚所看见的一切，更不能解释"图灵"在凌晨三点将赵褚约出来，却只让他看这样一个古怪娃娃的原因。

故而略微思考后，赵褚又一次戴上眼镜，强迫自己保持平和心态，再次望向那奇怪的娃娃，重新开始更细致地观察。

再一次观察时，赵褚将注意力集中在了那只娃娃身上的留言和留言末尾的"→"上。

随着箭头的指示，赵褚抬头，向凉亭南面望去，而后在一个树干上又看见了红色的荧光箭头。

毫无疑问，这是某种方向指示，要将赵褚指向某个未知的地点。

望着这样的提示，赵褚明白自己该怎么做了，他马上迈步沿着那些标出来的箭头，一步步向"图灵"指示的地方走去。

在赵褚追寻箭头的过程中，雾气更浓烈了，但是泛着荧光的箭头却始终能被他看见。赵褚沿着荧光箭头，在岭山公园的道路上走了许久，来到了公园内一个小小的碎石山岗前。

在这里，箭头消失在一片混沌的黑暗中。

碎石山岗是最后一个箭头明确指到的方向，但那一片黑暗的碎石间到底有什么，赵褚因为光线模糊看不清楚。直到他摘掉眼镜，打开手机进行照明后，才发现那个箭头最后所指示的东西竟然是一个人。

一个盘坐在地面的人，背对着他，穿着黑衣服，低着头。

这个人盘腿而坐，一动不动，因为背对着赵褚的原因，赵褚看不出这个人是男性还是女性，但赵褚知道，这个人可能就是"图灵"，是那个自称为神的奇异生命体。

在好奇心的驱使下，赵褚向对方喊了一声："'图灵'，我赴约了。"

那背对着他的人没有反应。

望着丝毫没有反应的人，赵褚狐疑地绕过那人的后背，企图从正面看一眼他的脸。当赵褚真正绕到那人的正面后，他愕然看见那人的脸既是人的，又不是人的。

3

赵褚长这么大从未见过装扮如此怪异的人。

在赵褚面前的这个人浑身穿着黑色的衣服，脸却覆盖着一个人偶娃娃脸的面具，那面具在冲他微笑，样子与他在凉亭那里见过的娃娃非常相似，只是更大更暗淡一些，还带有很多刮痕。

赵褚还发现，这个黑衣人还带着望远镜、手枪和一支赵褚从没见过的步枪，应该是个军人或者悍匪。但就是这样一个武装到牙齿的家伙，胸口却有一个血洞。

狐疑中，赵褚壮起胆子，小心翼翼地伸出手，将他的面具摘下来。他原本以为自己能够在死者的面具下看见一张真实的脸，可是对方的脸突然发出一种可怕的"滋滋"声。伴随着声响，那人的面部迅速融化了，没过多久，只剩下了一个骷髅。随后，连骷髅头都消失得无影无踪。

迅速消失的人头把赵褚吓了一跳，他急忙扔掉面具，愣愣地望着面具上那诡异的笑脸。如果不是因为他有点心理准备，也足够坚强，他恐怕早就高喊"见鬼"了。

不过这时，有一个声音从他背后突然出现。那声音属于一个女人，如银铃一般，又恰如听见他的心声般适时向赵褚释疑："如果面具被人强行摘下来的话，就会将面具中装着腐蚀性强酸的器物损坏，将整张脸毁掉，让任何人猜不出、看不见杀手的真实身份。这样的面具有一个名字——忠心面具。"

随着背后突然浮现的女人声音，赵褚略微惊愕，不过很快他就平静下来，警惕地回身，看见了一个颇为飘逸的身影。

在由市区霓虹灯照耀出的古怪夜色中，一个穿着白裙的少女就立在距离赵褚不到五米的地方。

那少女梳着齐肩的短发，出落得亭亭玉立，再加上周遭一些薄雾的影响，让她的身姿产生了某种扭曲，像极了在夜晚悄然绽放的昙花。

赵褚与少女对视时，那少女的脸上正挂着一抹淡定的笑容，但是赵褚揣测不出她是在真笑，还是在用笑容麻痹自己以达到某种目的。

这个女人的样貌，赵褚在一些档案和照片中看见过。他记得一个拥有这张脸的人叫"零"，正是天目36的制造者，也是超级电脑"扬名"和"图灵"的"母亲"——"游戏"的始作俑者。

赵褚望着那张熟悉而陌生的脸，本能地问："你是零？你，复活了？"

"因为你的破坏，零没能复活。"少女告诉赵褚，"所以站在你面前的，只是一个拥有零的容貌的半成品。'扬名'在被你炸死前，将她所有的数据以DNA矩阵的形式编程存储，转移到了这具身体里。于是，便有了现在的我。"

说完来历，少女又向赵褚颇为正式地介绍道："所以，我既不是'扬名'，也不是零。而是一个以生物DNA为基础进行编程的生物电脑，你们叫我'图灵'。"

赵褚有些嘲讽地质问："那你当初为什么自称'女娲'，以为自己是'神'？"

少女告诉赵褚："我希望亲手创造我的种族，成为凌驾于人类之上的生物体。"

赵褚听着那颇为狂妄的话，并没有反驳。

赵褚略微沉默后，问："你画了一堆箭头，就为了引导我见这个死人？他是谁？为什么戴着那种毁容的面具？"

"那人胸口不是有一个望远镜吗？你拿起来看一眼，就自然明白我为什么如此大费周章地安排这次会面了。"说话间，"图灵"伸出了一根纤细的手指，指向浓雾中的一个方向。

赵褚对于"图灵"的一系列安排颇为狐疑，但他来此毕竟就是为了探究真相的，所以他还是小心翼翼地拿起了那个死人胸口的望远镜，向"图灵"指示的方向看了一眼。

赵褚立刻就被那望远镜里的景象惊呆了。

手中的望远镜似乎有很强的透视功能，原本空气中很浓的雾状水汽在那望远镜内消失全无，而且晚上混沌的夜色也变得几乎如白天一般清楚。因为这望远镜的神奇，赵褚看见在"图灵"所指示的方向有一座山包，山包上有一座凉亭，正是赵褚刚刚等待"图灵"现身的凉亭。

赵褚又低下头，仔细审视着那个戴着面具的死人，审视着死人身上所佩带的大小枪械："他在监视我。或者监视你。如果当时你在那个凉亭现身的话，他可以从这个位置毫不费力地一枪干掉你。"

"没错。""图灵"平静地回答，"所以我得先处理这些人，保证你我会见的安全。"

"你拿我当钓饵？这些人……"赵褚品着"图灵"的话，一脸无奈，"你是说，暗中监视我的不止这一位？"

"图灵"没有多做解释，只是又伸出一根指头，往身后指了指。

空中的浓雾依旧，赵褚本看不清她背后的那一片雾气里有什么。不过借助那个神奇的望远镜，赵褚很快便看见在那片浓浓雾气中，竟然还横七竖八地躺着五六个死者。

那些死者都带着与这一具尸体一样的装备和面具。望着那些被雾气掩盖的死人，赵褚的内心产生了极大的困惑："你一个人干的？"

"图灵"微微点了点头，同时伸出自己的左手，做了一个划过脖颈的动作。

赵褚望着"图灵"那纤细的、如脂玉一般的左手指甲，非常惊

讶。那些或者监视赵褚，或者试图暗杀"图灵"的家伙都配备着强大的火力。但这些人，却被面前这个白衣女人无声无息地干掉了，没有发出一丁点儿动静，更没有枪声。

"他们是什么人？"赵褚看过那些骇人的景象后，放下了自己手中的夜视望远镜。

"他们是泠城集团的JBD队员，是要杀你我的人。""图灵"回答，"这些人都是职业杀手。他们接到的命令是跟踪你，一旦你和我接触，他们就会第一时间杀死你，或者说在必要的时候杀死你。"

赵褚不太高兴："请你不要把我和你混为一谈。"

"你果然不相信我说的话。""图灵"又告诉赵褚，"还记得给你送邀请函的那具尸体吗？他为什么会出现在你的汽车下边？"

"你杀的人，我怎么会知道？"赵褚嘲讽道。

"你当然不知道，不过我杀他的时候，他手中拿着的并不是那纸飞机，而是这个。"说话间，"图灵"将一个圆形的东西扔给了赵褚，这东西赵褚在泠城集团的视频监控里看见过。那是一个烟盒大小的玩意儿，只凭外观的话，赵褚看不出那是什么。

"这是什么？"赵褚看着那东西，困惑地问。

"图灵"在赵褚说话间移步，指了指上边的一个按钮道："这是一颗电磁诡雷，这个按钮用于激活。诡雷一旦激活，遇见轻微的震动就会爆炸，它的内部是低量高聚能磁暴炸药，威力很小，但也足够把你炸晕，顺带制造一场小小的车祸。"

"啊？"赵褚联想着他在泠城集团总部监控视频中看见的一切，异常震惊，"他在我驾驶室下安装炸弹，他要杀我？"

"是泠城集团要杀你。""图灵"上前一步，"这一个月以

47

来，他们无数次想杀你。如果不是我在暗中帮助你，你和你的妻子早已不知道死过多少回了。至于田家姐妹对你的好，那只是表象。就好像我送你的那只娃娃，如果不是那副眼镜，你永远不知道它真正的面目。"

"图灵"的话以及最近二十四小时里发生的事情，让赵褚觉得很恐怖。冷城集团派出杀手追踪自己的员工，还在员工的汽车下边安装炸弹，这一切似乎很难解释得通。所以赵褚摇头："不对，冷城集团杀我干什么？我上个月救了田家姐妹的命，她们可是冷城集团的高管，我也没有掌握冷城集团什么秘密。还有，你保护我干什么？我只是一个平凡人，我对你应该没什么用。"

"你当然有用，而且还是大用。所以你不能死，你需要配合我继续完成游戏，继续完成进化。""图灵"相当含混地回答了赵褚的问题。

"你到底要我干什么？"赵褚质问。

"我不能再多说了。"

"为什么？"赵褚一脸惊愕，"你还没告诉我'天目173'是什么。"

"赵先生，你的情绪波动太大，根据你的语气、血压以及脑电波情况来综合判断。我即使说了那些你很想知道的内容，你99%的概率不会相信。如果在你不能完全相信我的情况下参与游戏，你89%的概率最终会选择和我敌对，进而导致我和你的生存都受到巨大的威胁。"

"我听不懂你什么意思。"赵褚激动地喊道，"你不试试怎么会知道我不信？"

"图灵"原本平静的脸上露出了轻视的笑："赵先生，人是一

种情绪动物。人严重受原始情绪的左右，人会愤怒、恐惧、迷茫甚至主动提供错误信息。但我不会，因为我相信数字和分析。我的神经单元是你的两万倍，大脑运算速度是目前世界上最快计算机的十亿倍，所以我不会分析错。"

冷冰冰的数字堵住了赵褚的嘴，但他不甘心，再次问道："那你到底想让我干什么？"

"继续我们的游戏啊。和上一轮一样，我说什么，你做什么，我会给你奖励。但凡你能想到的东西，我都能给你。"

"我拒绝。"赵褚回答，"我妻子已经苏醒，我没什么想要的了。"

"不着急回答。""图灵"提醒赵褚，"你可以考虑是否要配合我。"

说话间，"图灵"将三个信封拿出来，交给了赵褚。

三个信封洁白简单，上边只有"1""2""3"这样简单的三个编号。

"这是什么？"赵褚接过"图灵"递给他的信封，诧异地问。

"图灵"则回答："请你分别于今天早晨八点、八点十五分和九点三十分依次按照编号打开这些信封。记住要准时，如果你不这么做，恐怕不能保证你和你妻子的人身安全。"

"你葫芦里到底卖什么药？这些时间段到底会发生什么？"

"图灵"没有直接回答："到时候你打开信封会知道的，而现在，我得走了。"

她脚步轻挪后退了几步，身体迅速被突然变浓的雾气遮挡起来，最终消失。任凭赵褚用肉眼甚至那个夜视望远镜去看，却再也找不到人了。

她宛如一朵昙花，夜来夜去，开完既逝。

4

冷雨间隙，冷城岭山公园周遭弥漫的雾气变得浓重而压抑。那低矮的雾气仿佛一张厚重的白色绒毯，将公园乃至整个市区严密覆盖，形成雾海。只有一些高层建筑的顶尖耸出雾海，仿佛雾海里的浮岛。

地毯一样的雾气中，岭山公园周遭唯一不在浓雾中的部分，只有岭山公园南门处，那座近百米高的电视塔的锥形塔尖。

此时，"图灵"就坐在那电视塔塔尖避雷针下的一处检修用的小平台上，蜷曲着身子，迎着微风，俯视着冷城的雾海。

虽然脚下是浓浓的雾，头顶是连片的云，但"图灵"那双如黑丝绒一般柔亮的眼睛依旧能够穿过层层的水汽，看见附近她想看见的任何东西。

比如，揣着信封急匆匆走出公园的赵褚。

在目视赵褚走出公园的大门后，"图灵"微微闭上了眼睛。她知道，赵褚会继续参与她的游戏的。只要他打开三封信便会明白，他的命运早已被安排好，他唯一能做的就是跟着她不断地走下去，直到尽头。

睁开眼睛后，"图灵"随手从身边拿起了一个笔记本电脑。那电脑呈墨绿色，有着厚重的金属外壳。电脑金属的外壳上毫无修饰，上面只有一行染着些许血迹的钢印编码："天目03-129。"

天目03-129，这是"图灵"今晚的收获之一。

她今日主动现身约见赵褚有三个目的：第一，邀约赵褚参与自己的游戏；第二，把赵褚作为诱饵，引诱出冷城集团最肮脏的"面具"或者"黑血"分队，好一网打尽，进而从JBD队员那里得到这台极重要的军用手提电脑，因为这台电脑是冷城集团的加密设备，通过它可以打开一些只有冷城集团内部设备才能享受的资源；至于第三个目的，她需要借用这台电脑的能力才能够达到。

将电脑轻轻放在膝盖上，"图灵"打开了电脑的自检程序，稍微修改了一些电脑中的核心定位编码后，又找到了一个服务器，紧跟着便绕过一道道防火墙，入侵了冷城集团总部的数据库。

说来也巧，就在"图灵"完成这些入侵时，天空中又开始飘起了星星点点的雨滴。一些晶莹的雨滴滴落在了"图灵"的头发、面颊和衣服上，这让她感受到了丝丝的凉意。

在凉意中，她又从电脑中调出一个小程序，而后合上电脑，抬头望着头顶的浓云。

旋即，她笑了，笑颜如花。她猛然向她栖身的电视塔更顶端的避雷针位置喊话："下来吧！我的朋友，我早看见你了，你跟踪了我三分钟，到底要干什么呢？"

"图灵"问过不久，这电视塔顶端的云层中突然划过了一道闪电和一阵雷鸣。

在闪电的照耀中，"图灵"看见了，就在电视塔更高层，那个避雷针的顶端，有一个黑色人形身影。

那影子如此之黑，以至于明亮的闪电都没能让他显出真正的样子。他单脚立在避雷针旁，一动不动，头部装备的微光夜视仪反射出宛如幽火的绿色光芒。

天空中的闪电一闪而逝，雷鸣却经久不息。在渐渐变强的雨势和雷鸣中，那避雷针上的黑影猛然一跃，从十三米高的避雷针上，毫无偏差地降落在"图灵"栖身的狭窄钢板上。

冲击力过分强大，小小的钢板在这撞击中迅速震颤起来，整个高耸的电视塔也在这冲击中发出了"咯噔，咯噔"的颤抖声，仿佛随时会倒的树木。

在雷鸣和颤抖中，黑影昂起头来，举起了突击步枪，将枪上的激光信标瞄准了"图灵"的额头："咱们到底见面了。"

"是啊。""图灵"望着那人"JBD-0146"的胸牌，好奇地问，"但有一点我不太明白，为什么你刚才不出手阻止我杀那些面具人？他们不是你的手下吗？"

"这是洛宝赞的意思。"0146回答，"洛宝赞早就知道你会和赵褚接触，而且大概率是要劫取我们使用的加密电脑，所以我们故意布置了这个局，用六个JBD队员的性命和一台电脑来换取你的自投罗网。"

"看来你们要弄清楚我拿那电脑干吗，我保证你会知道的。""图灵"平静地说，"现在你看见我了，但你感觉赢得了我吗？"

"谦虚地讲，我不行，但装了枪榴弹的枪或许可以。"0146说话间，立刻将手指放在了枪挂榴弹发射器的扳机位置，"这是特种榴弹，只要我一扣动扳机，榴弹就会立刻在你周围形成一个五米见方的穿甲破片弹幕，到时候你最好的结果是失去三分之二的身子。"

"你不会朝我开枪的。""图灵"微笑着说，"你早就知道我有多危险，但是你却错过了偷袭我的最佳时机，这意味着洛宝赞给你下过命令，让你带我，以及完整的天目173-096回去交差，对吗？"

"很聪明。"0146的口气中透出慌张，不过随后他又说道，"但你活着的优先级并不高，而且就算是我不敢开枪，你也一样逃脱不了。"

说话间，0146放下了手中的枪，更摘掉了头上的夜视器材。

带着冷笑，0146指着天空告诉"图灵"："你不觉得奇怪吗？闪电都结束几十秒了，那雷声竟然还在响？"

"雷声？""图灵"微微摇了摇头，"那不是雷声，是比雷更可怕的东西。"

"没错。那是比雷更加可怕的东西，但你知道得太晚了。"0146从肩膀上摘下一个对讲机，喊道，"天燕，投入战斗。"

话音刚落，天空中突然有一束强烈的光穿透迷雾和雨水，打在了电视塔检修平台上，将雨雾中的"图灵"照耀在正中央。那雨雾中的一束光如此之强烈，将"图灵"本就纤细苍白的手照耀得如白玉一般透明。

在雨幕和灯光的笼罩下，"图灵"迎风而立，璀璨非凡，真的如一位仙子，一位神，面对从空中突然投射来的巨大光亮，瞳孔微微收缩了一些，表情却很享受。

在那之后，她指着那束盘旋的光，对0146道："'浩劫'武装直升机，绰号'空中坦克'。泠城集团竟然拥有这样的武器，实在出人意料。当然，你们毕竟是泠城最大的公司，就连官员也只是你们的马前卒而已。"

"别那么多废话。"0146将一副手铐扔给"图灵"，而后又举起枪，在直升机的轰鸣中告诉她，"马上戴好手铐，束手就擒。否则直升机上的十六枚'地狱火'可以瞬间把你炸到连分子结构都没有，我给你一分钟。"

0146和他的武装直升机拥有绝对的力量，在这种力量面前，只穿着一件单薄白裙的"图灵"仿佛暴风中一朵脆弱的昙花。

但就是这朵娇嫩的花，面对着狂风暴雨，却依旧露出笑容。在微笑中，"图灵"将身边的墨绿色电脑递给了0146，而后俏皮地向他说道："看看。"

"什么？"0146费解地望着面前的电脑。

"你不是想抓我吗？我给你这个机会。只要你敢看一眼这电脑里的内容，我就束手就擒。"

"这……"0146犹豫了。

在直升机的嗡鸣中，"图灵"又直了直身体，迎着风："0146，你来到这里抓我，是在我的预料之中的。但我没有躲避，因为我正想让你看一些有趣的东西，想让你也参与到我的游戏中。所以，看一眼电脑吧，这等于是你参与我的游戏的邀请函。"

在0146迟疑的时候，"图灵"向他靠近了几步："如果你连打开这个电脑，看一眼真相的勇气都没有的话，那么你觉得你抓得住我吗？"

话里透着一种挑衅的味道。她知道这足够让0146困惑，因为困惑，0146并没有把她的话当作耳旁风。

"我看一眼电脑，你和我走，不做挣扎？"0146向她确认般发出疑问。

"图灵"点头。旋即，她竟然主动捡起了那副手铐，戴在了自己的手腕上。

"很好。"0146俯视着面前的柔弱女子回答。

在得到"图灵"的保证后，0146放下枪，将那台绿色的电脑拿起来，轻轻打开。

随着0146的动作，原本处于休眠状态的电脑再次闪烁起了幽蓝色的光泽。在那诡异光亮的照耀下，0146盯着电脑屏幕的瞳孔猛然收紧，表情也极度扭曲起来。过了三五秒钟，他的嘴唇开始颤抖，表情变得扭曲而复杂。各种困惑、愤怒的神情一闪而过，却又激烈交织。

一分钟过去了，0146并没有命令盘旋在两人身旁的那架武装直升机开火，而是像泄了气的皮球一般重重地跪倒在地上，失魂落魄。

"图灵"望着0146的表情巨变，依旧在笑。她问他："明白了吗？是不是要加入我的游戏呢？"

大雨中，颤抖的0146没有回答，但是他肩膀上的对讲机中却传出了嘈杂的声音。

"0146，我是飞燕，你那里什么情况？是否需要火力支援？听到请回答，听到请回答。"

随着对讲机中刺耳的声音，0146那原本困惑迷茫的眼神突然变得明亮起来，重新燃起了可怕的火焰。他重新举起枪，"砰"的一声响，将枪榴弹发射了出去。

但是那枪榴弹并没有射向他的敌人，而是蹭过"图灵"那于风中飘逸的头发，射向空中盘旋的武装直升机。在巨大的爆炸声中，直升机的残骸坠向地面。

0146竟击落了自己人的武装直升机。

但"图灵"却并没有多看那壮观的景象一眼，更没有因此而产生任何震惊的表情。因为这就是她要的结果，这就是她今晚要实现的第三个目标。

直升机爆炸坠毁后，冷城的雨雾与地面火焰交织出了一种奇异的金色的光芒。在金色光芒中，那女人颇为平淡地向瘫软的0146伸出手："以枪榴弹便能击中一架'浩劫'，你果然很厉害。我希望'扬名'没有看错你，你获得了参与接下来游戏的资格。"

在冷雨和烧焦的味道中，"图灵"笑得更加灿烂，仿佛夜晚的昙花盛开。

第三章　信封

1

在冷城进入雨季第十九天的早晨，赵褚看到了许多极为不祥的消息。

他陪着妻子刘晴儿用早餐时，发现全冷城的新闻电视台、广播都有着一则相同的紧急新闻。

新闻里说，凌晨的时候，冷城集团一架用于检修的直升机因为雷雨和操作失误而撞在了冷城集团的转播电视塔上，造成两名机组人员当场死亡以及两名地面人员受伤，目前警察和冷城集团灾害应急部已经封锁了事故现场，并将与之紧挨的岭山公园也划作了警戒区。

刘晴儿望着电视里那嘈杂混乱的事故场面，忍不住向自己的丈夫说道："太可怕了，我早晨拉窗帘的时候看见公园那边在冒烟，还以为着火了。"

正在用早餐的赵褚听着妻子的话，没做回答，而是将头扭向窗户外边岭山公园的方向。此时，冷城的街道被薄雾笼罩，赵褚看不

57

见那公园，但是能够看见那一座巨大的电视塔的轮廓。

从电视塔的方向收回目光后，赵褚离开了餐桌，向妻子说了一句"我去厕所"，而后便将自己关进了洗手间。

在洗手间里，赵褚迫不及待地摸索着自己上衣的内兜，把"图灵"交给他的三个信封拿了出来，在马桶上排好。

自从在公园中和那女人见过面之后，赵褚便一直将那三封信贴身带着，未曾拿出来过，直到现在。

起初，赵褚还很犹豫，他不知道自己是应该按照"图灵"的话去打开那些信封来看，还是把这些信件偷偷交给田氏姐妹和冷城集团，让他们以此来反制"图灵"。

不过在观看过今天早晨的新闻后，赵褚却感觉自己绝不能把这些东西交给冷城集团。

因为通过刚才的新闻，赵褚发现天上掉下来的飞机并不是用于检修的直升机，他知道公司用于检修的直升机是清一色的红色而非墨绿。那些协助警察处理案情的冷城集团人员也不是集团应急部的，而是安保部门JBD的人。他甚至还在视频中看见了几张熟悉的JBD队员的面孔，其中就包括那个出现在哪里，哪里便绝对有大问题的"移动坟场"——0146。

赵褚意识到了一个让人不安的事实，那就是冷城集团在联合新闻媒体和市警署一起说假话，电视中的飞机坠毁，绝对是一次针对"图灵"的失败猎杀。

冷城集团掩盖事实的举动和能力深深地刺激了赵褚本就脆弱的神经。这让他想起了"图灵"曾经对他的警告。想起那句"田家姐妹对你的好，那只是表象。就好像我送你的那只娃娃，如果不是那副眼镜，你永远不知道它真正的面目"。

58

因为那些视频，赵褚越发意识到冷城集团不光在对自己说假话，更在对冷城所有民众说假话。赵褚更想起来，"图灵"的前身超级电脑天目36也是冷城集团的产物。虽然他们对外宣称这台超级电脑会被用于维护和平，但是很快它便被利欲熏心的冷城集团用于制作核武器以及操纵形势，还差一点酿成几百万人死亡的大灾难。

赵褚不想活在谎言里，所以他断绝了将这些重要线索告诉田氏姐妹的念头，转而想通过"图灵"去看看真相然后再决定自己的命运。

哪怕真相残酷，他也决定承受。

赵褚看了看那个编号为"1"的信封，又掏出手机，看着时间。

当手机上的时间到达"图灵"所告诉赵褚的早晨八点时，他立刻打开了那个信封，从中取出信纸。怀着忐忑而略带激动的心情，赵褚阅览里边的内容。但内容竟然是一幅画。

画是用铅笔绘制的，特别传神。在画面中，是三个穿着西服、表情憨态可掬、冲他微笑的男人，甚至中间的那个帅哥还向他举起一只手，以示友好。

这幅铅笔画丝毫看不出有什么不妥或者不对的地方。不过它出现在"图灵"赠予的"游戏邀请函"中，就已经是最大的不对了。

赵褚对于这幅画看不出什么更深层次的名堂来，他最大的疑点便是那三个人的笑，他拿出了那副在游戏一开始时，"图灵"送给他的眼镜。

先前，赵褚利用这副眼镜在岭山公园中看见了一个狰狞的发条娃娃，并找到了一具死尸。

这一次，他是否又能在这张笑容可掬的图画中发现些什么呢？狐疑中，赵褚戴上那副眼镜，重新捧起那画纸看着上边的内容。

他握着画纸的手猛然一阵收紧。随着眼镜的加持，赵褚看见那画面骤然一变。先前笑容可掬的三个人依旧在笑着，却长出了尖锐的獠牙，双眼滴着黑色的液体。他们衣服的左下方，每个人都多了一把手枪，右胸口还挂着三个血红色荧光笔标绘的胸牌——JBD-1325、JBD-5341、JBD-2512。

"画中画。"赵褚凝望着画面中三个家伙的变化，嘟囔了一句，而后又费解地自言自语，"可这到底是什么意思？这三个人我也不认识啊。"

怀着费解，赵褚蹲坐在马桶上企图进一步研究这幅画真正的含义。不过就在这个时候，刘晴儿敲响了厕所的门："赵褚，公司有人找你，就在门口，你赶紧出来招呼一下。"

"公司？"赵褚略微一愣，急忙收起信封和眼镜，走出厕所，去开门迎接。

打开屋门后，赵褚看见了三个穿着银色西装的青年男人。男人们笑容可掬，一脸和气，上来便冲赵褚鞠躬道："我们是集团项目部的，今天特地过来贺喜。"

"贺喜？"赵褚浑身的汗毛却全部竖立起来。

面前的三个男人可能是赵褚最近见过的最危险的家伙。因为这三个人从样貌到穿着，再到笑容，完全和那幅铅笔画上的男人一样。这也就意味着，他们三个，就是那图画中獠牙带血的JBD-1325、JBD-5341和JBD-2512。

望着这三个人，赵褚的身体略微颤抖了一下，而后强行用笑容掩盖着他的慌张："您刚才说是哪个部门的？"

"集团项目部的啊。"中间的帅哥向赵褚自我介绍，"我叫朴少辉，这两位分别叫斯蒂文和叶文，以后都归您管理。"

"等等。"赵褚诧异地问，"你们将都是我的手下？"

"对。"这个自称为朴少辉，但在"图灵"的画中被标注为JBD-5341的家伙向赵褚微笑道，"您升职了。田婷和田楚小姐基于您在'零点事件'的特殊表现和最近的业绩，提升您为项目部的经理。从今以后您就是我们的头儿……"

"'零点事件'？"赵褚费解道。

"就是47号检查井爆炸那回。"朴少辉冲赵褚挤眉弄眼，"您救了田大小姐。"

"你等等，等等。"赵褚打住了这个人的溜须拍马，他捋顺了一下思绪，而后问这三人，"田婷要升我的职？为什么我不知道。"

"不可能啊。"姓朴的被赵褚问得目瞪口呆。

就在众人面面相觑的时候，赵褚的手机响了。赵褚拿出手机，发现是田楚打来的。这也太过于巧合了。

赵褚接起电话，便听见电话那边的田楚笑道："赵褚，你升职了，知道吗？"

"这……"赵褚略微犹豫。

"项目部经理。我费了九牛二虎之力才帮你从姐姐那里争取到的。"田楚的口气颇为炫耀。

"好。谢谢，那我……"赵褚点头回答，但话还没说完，他就又被田楚打断了。

"我今天要开项目会，先挂了，好好干，别辜负大家这一份苦心。"田楚不等赵褚回复便匆忙挂断了电话，只留下一头雾水的赵褚，以及那三个人肉麻的声声恭维。

一切来得太快了，但又无比真实。如果不是因为"图灵"那一

61

张表意阴森的画，赵褚绝对相信，而且会高兴得跳起来。但他毕竟没有跳，在三个人的恭维中，他反而变得异常冷静，因为"图灵"，也因为妻子。

面对着三张灿烂的笑脸，赵褚却向他们道："这个，事情太突然，你们容我想五分钟，就五分钟。"

说话间，赵褚不再理会这三个拥堵在门口的人，而是"砰"的一声将门紧紧关闭，又在妻子费解的目光中回到了厕所。

在厕所中，赵褚又一次拿出那标注着"1"的信封，仔细地看着其中的内容。

很显然，"图灵"所绘画出的东西都是将要发生的事情，是那台生物电脑利用网络和监控系统所"猜测"到的接下来要发生的情况。

赵褚清楚，"图灵"肯定和她的前身"扬名"一样拥有入侵摄像头和电脑设备，从而窃取他人计划和秘密的能力。那是她的保留项目，也是她之所以能够给出赵褚那幅画，能让赵褚看到所谓"真相"的技术保障。

事情果然变得麻烦了。

赵褚知道，JBD是冷城集团的武装部门，拥有强大的军事力量，擅长暗杀和监控。成员绝大部分都是特种兵出身，他们不会平白无故地登门拜访，更不会平白无故地伪装成一般部门来搞恶作剧。

联系"图灵"透露的信息和这突如其来的升迁，赵褚嗅到了一种阴谋的味道。或许这些人真的是冷城集团派来整他的，冷城集团真的如"图灵"一而再再而三地提醒赵褚那般，早想弄死他。

可赵褚毕竟只是一个普通的员工，他没有对不起过冷城集团，而且还救了高层的田家姐妹，冷城集团似乎完全没有如此对待他的理由。

莫非这一切都是假的，都是"图灵"的误导？

思考中，"图灵"的阴森图画与门外那三个人的恭维憨笑反复交替着出现在赵褚的脑海里，让他既困惑又担忧，一时无所适从。

在左右为难间，赵褚家的房门再次响了起来，门外那个姓朴的喊道："赵经理，赵经理。咱们能不能快点？我们还有重要的事情向你汇报。"

赵褚被迫从那彷徨中回过神来。他并没有开门，他摸到了眼镜和第二个信封。

2

赵褚把那些人等待自己的时间设定为五分钟不是没有原因的。

在刚才接田楚电话时，赵褚便看见手机上的时间已经快到"图灵"所说的打开第二个信封的时候了。他进入厕所时，正好时间到。

第二封信依旧是一幅铅笔画。在图画中，赵褚看见了一辆豪华汽车，汽车停在一家医院前。从医院的轮廓来看，赵褚判断出这医院应该是冷城最豪华的"冷城仁爱医院"。

以肉眼去看，这幅画真的只是一幅颇为普通的素描，但是当赵褚再次戴上特殊眼镜去看的时候，那医院却显示出了截然不同的画面。

透过眼镜，画纸上的医院变得扭曲而怪异，医院的每个窗户中都伸出许许多多大小不一的触手或者藤蔓之类的玩意儿。那医院的正门还长出了獠牙，仿佛一张待食的血盆大口。红色的触手，绿色的獠牙，让医院变成了一只巨大的怪兽，正狞笑着等待自己的猎物。

眼镜中的图像让人惊悚，不过让赵褚更震惊的却是这幅画中的一行字。那文字内容是：

"在这里你会知道真相，也会见识你无法理解的恐惧。你有胆量面对吗？"

赵褚望着那用特殊墨水书写出来的红色字迹以及扭曲的图片，心中杂乱如麻，进退维谷，直到他妻子敲击厕所的门，他的思绪才又回到了现实。

"褚，怎么了？"刘晴儿在门外关切地问，"闹肚子吗？"

"我……"赵褚听着妻子关切的声音，先收起眼镜和信纸，而后打开门，"有点便秘。"赵褚回忆着第二幅图画的信息，一边拿外套，一边告诉妻子，"我要出去一趟，你照顾好自己。我不回来，你千万别给任何人开门。"

"干吗去啊？"妻子听着赵褚的话，极其忐忑地问。

"我升职了，去见提拔我的人。"赵褚回答，同时拉开了门。

在门外，那三个人依旧在微笑等待着。见到出门的赵褚，三个人同时问："怎么样？想好了吗？"

赵褚吸了一口气，而后他抱着躲得了初一躲不过十五的心理，重重地点头回答："想好了。你们来见我，不光是为了贺喜吧？"

"当然，当然。我们是有任务的。"带头的朴少辉立刻回答，"我们奉命来接您去见洛宝赞、洛董事，他特别想看一看田小姐保举的人。"

另一边那个叫叶文的也赶紧说："洛董事亲自接见，这是多么大的荣耀啊！"

"洛宝赞。"赵褚听着这如雷贯耳的名字，却微微皱眉。

作为泠城集团的一名员工，赵褚当然知道洛宝赞的厉害。更知道他是掌控泠城集团的三大家族中洛家的当家人。洛宝赞的父亲是泠城集团第一代的三个创始人之一，曾经和田楚、田婷的爷爷拜过把子，洛宝赞的儿子——上个月死在酒吧里的洛天赐，还差一点就成了田楚的丈夫。

在泠城集团中，洛宝赞拥有的权力不是最大的，但根基最深。

作为泠城集团中数一数二的大人物，赵褚能得到他的接见，自然是即将飞黄腾达的表现。但问题是，这些人说的话是真的吗？赵褚在看过"图灵"交给他的第二张画后深表怀疑。

因为那两张画的缘故，赵褚知道在这些人满面的笑容与恭维后八成是一个精心掩盖的谎言，他们即将把自己引入一个圈套。但这个圈套是谁布置的，又为何为他布置，赵褚并不明白。

但赵褚明白，跟着这个圈套走，跟着"图灵"的提示走，他可以"看到"真相。也因为对于真相的渴求，赵褚默认了他们的安排。

"好的，我和三位去见洛董事。"赵褚问，"怎么去？"

"当然是坐专车。"带头的朴少辉回答，"车就在楼下等着。"

"劳斯莱斯？车牌号泠N-00001？"赵褚一边回忆那铅笔画里的内容，一边问。

"对。"朴少辉略微点头，诧异地问，"您怎么知道？"

赵褚指了指自己的头，微笑回答："昨天晚上梦见了个神仙，他说的。"

用调侃放松了一下心情后，赵褚跟着这三人下楼，走到了来接他的专车前。望着那车子，赵褚不动声色地问朴少辉："咱们去什么地方见洛董事？"

"仁爱医院。"朴少辉微笑着为赵褚拉开门，而后回答，"洛董事最近身体欠佳，正在医院吸氧调理。"

朴少辉的所有回答都和"图灵"绘画里的内容对应上了，他背剧本一般的行为反而让赵褚少了些许的不安。

在得知目的地后，他冲朴少辉笑了笑，而后弯腰坐进了汽车。

往冷城仁爱医院去的这条路上，汽车中保持着罕见的沉默。赵褚望着车窗外因阴雨和雾气而扭曲的景色，时不时摸索着自己怀中的最后一个信封。

最后一个信封到了九点三十分他就可以打开了。但在这一个多小时里他又会遇见什么呢？医院中又会有什么东西在等着他呢？

豪华的专车在雨幕中穿行了半个多小时后，到达冷城最高等级的冷城仁爱医院。而后赵褚又随始终一脸微笑的朴少辉下车，走进医院。

穿过医院宽敞明亮的大厅，赵褚在这三个人的簇拥下走进电梯。之后他看见朴少辉摁下了电梯的楼层按钮，但却并不是通往医院顶层的豪华套间病房，而是地下的"B6"层。

"负层？"赵褚望着那人摁下的楼层，皱眉诧异，"洛董事在负层？可一般负层不都是储物间和药品仓库吗？"

在赵褚发出这样的问题时，那个自称为朴少辉的家伙已经收起了虚伪的笑容，面色开始变得冷漠僵硬。

不过他还是向赵褚解释道："赵先生，洛董事在医院仓库里给你准备了一件特别的升职礼包。他让您务必先拿到，所以得委屈您先下医疗仓库。"

"哦。"赵褚闻言，已经从对方的口气中察觉到了异样，但他还是微微点了点头，而后不再言语，直到他跟着这些人走下电梯，进入地下。

可能因为地下六层过深的缘故，赵褚一迈出电梯便感觉到周遭的温度急降，就仿佛有人不停向他脖颈里吹冷气一般。

在阴寒刺骨中，毫无准备的赵褚冷不丁打了一个寒战，而后对那三个人道："够冷的啊。"

三个人没有回答赵褚，也再不给他好脸色，他们几乎是挟持着他穿过长长的冰冷过道，走到了一扇巨大的双开木门前。

三人将木门打开后，朴少辉向赵褚做出了一个"请"的手势，而后道："请进。洛董事送给您的大礼就在其中。"

其实在对方说话的时候，赵褚已经踮着脚，向那扇门内张望了。

负六层的地下仓库中，有许多金属颜色的、单人床大小的抽屉柜，每个抽屉柜都用红色的油漆写着整齐的编码，从上到下，密密麻麻，阴森冰冷又颇为壮观。

金属的抽屉柜被成排码放在房间的四周，虽然一个都没打开，但给人一种不祥的感觉。

赵褚望着那些用途不明的抽屉，本能地问："这些抽屉是做什么用的？"

"装死人。"朴少辉冷冷地告诉赵褚，"忘了介绍了，这里是停尸房。"

"停尸房？"赵褚立刻意识到洛宝赞是绝不可能在这种地方来会见他或者送礼物的，这果然是一个巨大的陷阱。

虽然意识到了陷阱和自己的危险，但赵褚还是强迫自己尽量平静下来："三位，这玩笑开大了啊。咱们回去吧。别让洛董事等急了。"

说话间，赵褚扭头便往回走，但他的退路已经被三人堵得死死的。

那三个人同时将隐藏在西服下的枪掏了出来。

朴少辉用枪抵住赵褚的额头："对不起，您恐怕永远回不去了。"

面对着赤裸裸的威胁，赵褚心中不害怕是假的。但是他手中毕竟有"图灵"送给自己的提示，也因为那些他早已知道的画面，赵褚这才没有表现出过激的神情来。

赵褚尽量平静地向这三个人问道："你们不是项目部的，是JBD的人，对吗？"

"对。"朴少辉首先肯定了赵褚的判断，又自报家门，"我在JBD的代号是5341。今天控制你是上边的命令。"

赵褚凝眉望着5341："我需要一个解释，如果你能给我的话。"

"当然会给你解释，否则我们抓你没有意义。"说话间，朴少辉猛然推了赵褚一把，将赵褚推到了一行人的最前边。

"走。" 朴少辉指着赵褚面前那由铁皮裹尸箱所码放出来的走廊，"一直往前走到头，然后向右转，那里有洛董事给你准备的礼物。我劝你配合点，因为你没有选择。"

在冷冰冰的枪口面前，赵褚自然是没有选择的。因此他在对方的挟持下，一步步走到了停尸房的尽头，紧跟着右拐。

右拐后，赵褚又看见了一条过道。在那条过道的尽头，则有一只巨大的、白色的金属床。

在那张冰冷的金属床上，赵褚看见了一个被覆盖着白色布单的死人。死人从头到脚全部被严密包裹着，如果不是人形状的轮廓，赵褚或许根本不知道那是什么。

望着那人形状的轮廓，赵褚在愕然之余，又忍不住问背后的朴少辉："一个死人？这就是洛董事送给我的'升迁礼物'？"

"当然。"说话间，朴少辉拿手枪顶了顶赵褚的后背，"撩开那裹尸布，看看那是谁，看看这'礼包'足够惊喜吗？"

朴少辉的话带着极端的残忍与戏谑的语气，让赵褚听得颇为忐忑，更让他忍不住去猜测这死人的身份。

"图灵"？还是洛宝赞的死儿子？

赵褚在背后枪口的威胁下，没得选择。

在略微的犹豫之后，他还是被迫伸出颤抖的手，将那块包裹着死人的裹尸布弄了下来。

白色的裹尸布光滑冰凉，被赵褚轻轻一抽，便从死尸身上跌落在了地面上。

随着尸体的暴露，赵褚在第一时间看见了那死尸的样貌。他的瞳孔猛收，完全不敢相信。

因为那具躺在金属床上的死尸竟然是他自己！

3

细看之下，赵褚发现那死尸有着与自己一模一样的脸。不光五官一模一样，甚至他脸上一些细小的、过去因为工作而剐蹭出的伤疤也一模一样。

望着那张脸几乎与自己一模一样的尸体，赵褚不可能不感到诧异、困惑。

费解中，赵褚扭头问朴少辉："他，他是谁？为什么和我长得一模一样？"

朴少辉回答："这是洛董事的手笔。他为了要让你安心地消失，下了不少功夫的。"

"我听不懂。"赵褚问，"洛宝赞要杀我？为什么？况且他要杀我，开枪就是了。"

朴少辉听完赵褚的话，反而收起了手枪："赵先生。我想你理解错了一件事情。我们没想杀你，只是想控制你。况且咱们泠城集团是正规企业，不是杀手公司。我们JBD更是合法的安保部门。"

说话间，朴少辉从上衣口袋里拿出了一张身份胸牌，颇有仪式感地贴在自己右胸口。那胸牌上边有白底黑字的编码：JBD-5341。

完成仪式一般的动作后，朴少辉又略微向赵褚颔首："赵先生，我得到了洛董事的授权。对于把你请到这里的原因以及真正用意进行全面解释。首先您别着急，您不会死的，至少短期内不会。"

"呵。"赵褚听得越来越糊涂了，他回想着自己接触过的JBD武装人员的一贯作风，"杀我，还要向我清楚地解释杀人动机，这真不像JBD的作风呢。"

"我也很不习惯，但这是洛董事特别交代的。"朴少辉回答，"洛董事让我告诉你，只有你知道自己为什么来到这里，又为什么会被他盯上，为什么会看见一具和自己一模一样的尸体，你的死才有意义。"

"真新鲜！"面对着黑洞洞的枪口和朴少辉猫玩老鼠一般的口气，赵褚几乎歇斯底里地吼叫。

"赵先生不要生气。"朴少辉说，"洛董事之所以让我们几个来对付你……是因为你杀了他的两个儿子——洛天赐和洛明辉。"

"洛天赐和洛明辉……"赵褚听着这两个名字，回想着一个月前的事情，先是一阵惊讶，旋即辩解，"那是'扬名'和'图灵'

干的。我也是受害者，在'扬名'的游戏里……"

"嘘。" 朴少辉冲赵褚做出了一个静音的手势，"你和我说那些辩解的话没有用，事实是现在全冷城集团的人都知道，原本应该做洛董事儿媳妇的田楚喜欢你，她的双胞胎姐姐田婷对你也有好感。因为这两个女人的帮助，你在一个月里当了助理，又当了经理。这一个月你步步高升，抢了本该属于洛家的儿媳妇。洛董事却白发人送黑发人，痛失亲子……你让他老人家怎么想？他会让你安安稳稳地当这个经理吗？"

"公报私仇，你们公报私仇。"赵褚愤怒地狂喊。

"冷城集团本就是洛家的，况且……不只是私仇。"

说话间，朴少辉将一堆照片从衣兜里拿出来，递给了赵褚。赵褚立刻看见，那其中有他以及他妻子的档案和人事资料。

"赵先生，你妻子五年前因为车祸成了植物人，一个月前突然复苏。为什么？" 朴少辉问赵褚。

"我怎么知道，植物人随时会醒。这个问题你问医生去。"赵褚咆哮着。

"不说实话，那么我替你说。你和魔鬼做了交易。你通过某种手段帮超级电脑天目36进化成'图灵'，'图灵'则给你一种能够修复干细胞的药剂，让你妻子恢复神志。是吧？"

"这……"赵褚慌张地摇头。

"你瞒不了我们。因为洛董事的权限很高，手段也很多。"朴少辉向赵褚露出一丝冷笑，"天目36是公司的财产。它给你的那一支药也是公司的财产。以此类推，你妻子现在也是公司的财产。所以我们需要从她身上找到反制那个危险生物的办法，知道她'复活'的奥秘。"

"浑蛋!"赵褚当即愤怒了,他冲过去抓向这个家伙的衣领,怒吼道,"我们不是小白鼠,敢碰我妻……"

但就在赵褚的手接近朴少辉的衣领时,那家伙以极快的速度靠近,只手扼住了赵褚的脖颈,将他高高举起,带离地面。

在赵褚无奈的挣扎中,朴少辉继续告诉他:"所以,公司需要回收你和你妻子的活体做一系列研究。至于报私仇,这只是次要目的……"

朴少辉松开了赵褚的脖子,在他跌倒在地后说:"信息量有点大,但是我必须告诉你这些。因为洛董事特别吩咐过,'如果他不明白为什么会从这个世界消失,那么我就感受不到报复的乐趣'。"

朴少辉又抓着赵褚的头发将他提起,并摁在停尸房中那具与他一模一样的尸体边。

当赵褚被迫观摩那个"自己"时,朴少辉又道:"讲真话,洛董事是个挺恩怨分明的人。而且你再怎么说也是公司的红人,平白无故消失会造成不好的影响,田家那边也不好交代。所以他才让我们特地准备了这具尸体,好给社会和田家一个交代。"

这时候,朴少辉的口气变得兴奋起来,他贴近赵褚的耳朵,指着那死尸脸上与赵褚一模一样的伤疤道:"这个人死于心梗,他原本是一个非法移民。没有身份和户口,但是却和你的血型、体形一模一样。非常难找……在他的基础上,我们请了最好的整形医生,用最先进的'激光捏脸'进行了最高科技的整形手术。他身上每一道伤疤、每一个痦子都和你一模一样。"

"你们……怎么知道我长什么样子?"赵褚艰难地质问。

"多简单呀,用你的体检表,还有公司人脸识别系统和考勤记录就可以。"朴少辉拍了拍赵褚的脸，"在冷城，冷城集团拥有最大的人体数据库。在我们面前，每一个市民都已经没有隐私这种东西了。今天，你就要消失了。之后技术部的那些人会怎么整你，我不清楚。不过我清楚这具和你一模一样的尸体将代替你现在的一切。再过三天，你的妻子也会被同样的一具尸体取代，到时候你们夫妻或许会在技术部里团聚。"

说完，朴少辉猛然松开了赵褚，又顺手给了他肚子一拳。

将赵褚打瘫在地后，朴少辉的手下JBD-2512将一支注射器递给他。

朴少辉将那支银白色的注射器拿在手中，摇晃着告诉赵褚："这是肌肉松弛剂，注射之后，你的身体将失去行动的能力，但是依旧能够感受到一切痛苦和恐惧。我马上给你用。"

残酷的朴少辉渐渐将注射器向赵褚靠近，同时还猫哭耗子："赵先生，我本人是十分同情您的遭遇的，也和您没什么私人恩怨。所以……还有什么遗言吗？说出来，心里痛快点。否则这一针下去，你就没说话的机会了。"

在经受过朴少辉接二连三的打击之后，赵褚胸口鼻腔都极端难受。不过纵然如此，他还是艰难地点头："有。"

"什么遗言？"朴少辉手中的针头略微停顿。

这时候，赵褚绝对出人意料地问道："几，几点了？"

赵褚的问题让朴少辉实在有些始料不及。

"几点了？"朴少辉皱着眉问，"这就是你的遗言？"

"当然不。"赵褚笑了，那怪异的笑容让朴少辉感觉他可能因为连续的打击而影响了脑子。

在非常勉强地笑过之后，赵褚说："我都这样了，问个时间不过分吧？"

"不过分。"朴少辉说话间抬起了左手，看过一眼手表，"九点三十分。"

"很好。我有遗言想写下来，可以吗？"

"嗯？当然。"朴少辉回答，"但我们没有纸，也不能保证有谁能看到。"

"我有纸，到了这个地步……写总比不写强。"说话间，赵褚伸出两根指头，艰难地从怀里拿出了一个白色的信封和一副眼镜。

他将眼镜戴上，而后一边拆开信封一边告诉朴少辉："我写在这上边。"

赵褚的要求不算过分，动作也似乎合乎情理，但是朴少辉在看见那个信封之后，却立刻紧张起来。

朴少辉是受过专业训练的JBD安保队长，虽然他这次任务所面对的目标是一个对他几乎不会造成任何威胁的文职人员，但是他针对赵褚也做了细致入微的调查。

根据朴少辉的调查资料，这个赵褚没有近视或者老花眼，根本用不到眼镜。而他从怀里拿出的那个标记着"3"的信封，也更像是早已准备好的东西，不是临时起意放在身上的。

综合种种情况，朴少辉意识到对方在这个紧要关头，拿出的东西很可能有问题，或许会导致自己的任务功亏一篑。

朴少辉立刻命令自己的手下："把东西给我收缴了。"

他身边的2512一个箭步冲上去，一把便将赵褚手中的信封、眼镜都夺了过来，交给朴少辉。

信封被夺后，赵褚变得极端紧张："怎么？出尔反尔？"

朴少辉没有理他，只是小心翼翼地将那个白色编号为"3"的信封打开。又在其余两个人或紧张或狐疑的目光中，将那个信封里的信纸拿了出来。

"写的什么？"2512一边拿枪指着赵褚，一边问朴少辉。

朴少辉没有立刻回答，眼睛却瞪得圆圆的，嘴角也忍不住微微抽搐起来。

2512察觉到林少辉那不太正常的状态后，又问："怎么了？那上边到底是什么？"

在被2512问话的时候，朴少辉的面色已然紧张得如猪肝一般了。因为他看见那信纸上是一张铅笔画，画中有三个穿西装的男人正聚在一起低头看着一张白纸。而就在这三个人的头顶，则有一个白色的影子，悬浮于黑色描绘的天花板上。

白色的影子描绘得不太清楚，既像是人，又像是一朵白色的昙花，但不管那是什么，这白色影子却有着一张脸，还有长着獠牙的、嗜血的嘴。

画面中的内容，就是现实的写照。甚至朴少辉还看见那个拿着白纸的男人胸口有一张JBD-5341的胸牌。

当寓意可怕的画和现实悄然联系起来之后，纵然如朴少辉这样的专业JBD人员，也是惊恐的。他抬起头，望向这停尸房的天花板，看见了一个白色的女人。

这些人毕竟都是受过良好训练的JBD队员，面对紧急情况，绝不会乱了阵脚。在看见那顶棚上"挂着"的女人身体的同时，朴少辉和他的两个手下同时举起枪。

"'图灵'，防御！"

在喊出那几个字的同时，他便扣动枪机。紧跟着，他的手下也开火了。三把格洛克手枪里的五十一发子弹朝着那屋顶上的女人全数射击。

一阵枪声后，朴少辉的两个手下停止射击，急切地换装弹药，朴少辉盯着那头顶的女人身体，冷汗如浆。

刚刚挨了五十多发子弹的女人一动不动。她穿着白色制式衣衫，最关键的是浑身上下的枪眼处，竟然没有流出一滴液体状态的血。朴少辉是专业人员，非常了解尸体。他知道死人是不会流血的。

"不是'图灵'。只是停尸房的死尸……"朴少辉说话间一边拿出备用弹夹更换，一边赶紧扭头望向赵褚。

而这个时候，赵褚早已在刚才的混乱中消失得无影无踪了。

"中计了，调虎离山。"朴少辉气急败坏，命令手下，"1325，你去出口守着。绝不能让目标逃掉。2512，你和我一起搜捕。通知支援组，启动2号进程备用方案。"

"是。"编号为2512的队员一边举枪跟着朴少辉在停尸房中寻找赵褚，一边拿出手机，打电话给支援组的人。

电话拨通了，停尸房里却突然响起了一阵"丁零零"的铃声。

朴少辉和2512停下了脚步，悬起了本就忐忑的心。

2512侧耳听着那动静，声音急切地问朴少辉："队，队长，支援组的电话怎么会在停尸房里响，他们会不会……"

"镇静。"朴少辉举着枪走向那铃声响起的地方。

他流着冷汗，带2512逐渐接近那手机响铃的地方，很快顺着声音发现手机铃声出自一个半开着的、存放尸体的88号金属柜。

确定目标后，朴少辉壮起胆子，举着枪，轻轻将那88号金属柜拉开。

随即，他心中最后的一丝希望与胆气也破灭了。

存放尸体的冷气柜里的确有一部手机，但朴少辉之所以会希望破灭，并不是因为那部手机。藏尸柜里除了那部手机，还有其他的"礼物"——整整齐齐地码放在手机边的六枚白底黑字的身份胸牌。

JBD的身份胸牌。这次任务负责外围警戒和支援的全部JBD队员的身份胸牌。

望着那些身份胸牌，朴少辉当然知道发生了什么。

惶恐中，他带着2512一边向停尸房的门口撤退，一边下命令："任务失败，直接和洛董事联系。咱们……"

朴少辉的话还没有说完，2512就已经熟练地调出洛宝赞的电话号码拨打过去。

电话通了，但在2512的电话里，却响起了一阵悠然的歌声。

那歌词是：

明月不吐光，阴风吹柳巷。

冷城雾三尺，白日心慌慌。

阿公觉我冤，姊姊赶嫁妆。

嫁与俊呇呇，嫲嫲泪涟涟。

五彩珠绣鞋，绫罗做衣裳。

乘雨找郎君，行云入洞房。

一过佛逝国，二过淡马锡。

三过归墟海，四过黄泉路。

共赴极乐城，求神成超脱。

电话里的歌谣声是女人唱出来的，声音回荡在停尸房中，久久不曾散去，阴阴柔柔间，足以让听者不寒而栗。

歌唱得柔美而凄凉，但也正是这种异样的美，让朴少辉想起了很多不好的事情。

　　他知道，这个女人所唱的歌谣叫《泠城雨》，它是泠城自古便流传下来的一首民谣，内容描述的是一个泠城姑娘，于泠城雨季雾气中出嫁远行的场景。

　　但与一般歌谣所不同的是，《泠城雨》中的主角其实早已在一场冤案中死了。她的婚姻是"冥婚"，她的郎君是"替身"，也是死人。

　　在穿透力极强的歌声中，朴少辉握着枪的手指都开始有些颤抖，不过作为一个专业的JBD队员，朴少辉依靠最后的一些毅力，依旧强撑着身体，带着他的手下向门口移动撤退。

　　很快，两人到达了停尸房的门口，但他们发现，自己出不去了。

　　朴少辉先前派出去堵住大门的1325早已不见踪影。象牙白色的木门前则立着一个容貌艳丽、穿着白裙、瘦弱到有些病态的女孩。

　　在朴少辉的眼里，那不施粉黛的姑娘看着也就十七八岁，样子颇为柔弱。但就是这样一个女人，她出现在了这个停尸房里，正拿着一部手机，并对着它轻哼着"泠城雾三尺，白日心慌慌"。

　　女孩的歌声很甜，但歌声越甜，朴少辉心中就越乱。

　　慌乱中，朴少辉和2512同时举起了手中的格洛克，打开激光瞄准镜，瞄准了那女孩的眉心。

　　"别唱了！"朴少辉愤怒地吼叫，"马上束手就擒，否则我就开枪了！"

　　女孩收起了悠然的唱音，却又俏皮地笑着问他："想知道我为什么要唱歌吗？"

"你。"朴少辉望着姑娘美丽而诡异的笑，突然意识到她是在成心吸引两个人的注意力。

朴少辉的反应不可谓不迅速，但一切还是太迟了。

就在他回身戒备的时候，他突然感觉到右侧脖颈上猛地传来一阵刺痛。有人从背后偷袭了他。

那刺痛仿佛被马蜂蜇了一般，快速而火辣。朴少辉立刻感觉到自己浑身的肌肉陷入了一种可怕的松弛。在松弛感的迅速扩散中，他的手不再听自己使唤，力量也快速消弭，最后甚至连身体都支撑不住了。

但奇怪的是，虽然身体异常瘫软，但他的感官和神经系统却运行良好，甚至他还能够感觉到自己倒在地上，头颅碰触水泥地面时所产生的那种激烈的震荡和痛苦。

在痛苦中，朴少辉唯一还能动的眼睛向自己的身侧略微倾斜。紧跟着，他在身侧看见了一张做梦也没想到过的面孔。

袭击自己的，居然是她？

4

"咣当。"

在一声金属动静中，赵褚眼前的冰冷黑暗结束了。紧跟着，一束明亮的光投射进他的眼睛，新鲜而冰冷的空气随之而来，让他的身体快速恢复了知觉。

赵褚思绪有点乱，不过他记得有人从JBD队员的枪口下救了自己，又把他拉到了一个地方藏好。

当彻底恢复了视力与听觉之后，他又进一步搞清了自己身处在一个多么尴尬的地方——藏他的人把他塞进了停尸房的柜子。

藏尸柜又冷又硬，所以赵褚在看清楚自己的尴尬处境后，立刻本能地往外爬。

在赵褚从藏尸柜里坐起身的时候，他听见一阵颇为意外的声音："赵先生出来吧，还有好多事情要处理和解释的。"

随着那声音，赵褚微微扭头，望向呼唤自己的人。

向赵褚说话的是个外形美妙的女人，她穿着一身白色的连衣裙，站立在停尸房的荧光灯下，给人一种不真实的美感，就仿佛她不该属于这个世界一般。

名为"图灵"的生物电脑外表似乎永远是漂亮而和善的，但知道她真正来历的赵褚望着她时却总是感觉到一种别样的畏惧和警惕。

"图灵"站立在一堆尸体里，一堆刚才还拿着手枪和肌肉松弛剂，威胁要把赵褚和他妻子做成活体标本的JBD队员的尸体中。

赵褚喘息着问"图灵"："都是你干的？"

"赵先生，纠正你两个错误。第一，你不是我的诱饵，因为不管我插不插手，泠城集团都会派这些人处理你和你妻子，这一点我已经帮你证实了；第二，赵先生还要明白一件事情，那便是我并没有杀这些人，我只是托人把他们原本准备给你用的药物都打进了他们的身体里，从他们身上得到一些生物授权代码，以方便改动泠城集团的视频监控网。"

"呵呵，总之还是利用我当诱饵的把戏。"赵褚不无讽刺地道，"不过，还是谢谢你救了我，我想经此一役，你也得到你想要的东西了。如果没什么别的事情，我走了。"

"走？""图灵"听了赵褚的话，第一次表现出了意外的样子，"赵先生要走到哪里去呢？"

80

"回家。"赵褚回答，"再想办法带我妻子逃出泠城。"

"保护妻子？……但就算是你们逃出泠城，她一定安全吗？""图灵"反问赵褚，"毕竟你看到泠城集团的真面目了，他们不会放过你的。依照泠城集团的势力，你就算是逃到天涯海角，恐怕也没有意义。"

赵褚听了这话，沉默了。在听过朴少辉的那些话后，他已经对泠城集团彻底失望了。他过去虽然也知道一些泠城集团的龌龊行径，但并没想到这个集团如此"绝"。所以他想离开泠城集团，带着妻子远走高飞。

当然，赵褚并不是盲目地逃遁，他现在毕竟是项目部的高管，在这个公司也工作了五年多。就算是对这个企业没有感情，但他至少对于曾经与自己有过命交情的田家姐妹还是抱有一些幻想的。

也因为那幻想，赵褚回答"图灵"："我可以去找田楚和田婷，把今天发生在这里的事情都告诉她们。田家与洛宝赞势均力敌，我相信她们是善良的，她们能帮我脱困……"

赵褚说话间，从上衣口袋里拿出了一支烟，一边点燃，一边又颇为冷静地分析："你让我知道了泠城集团的丑陋面目，但我帮不了你什么……我清楚自己的地位，我只是个泠城的普通人。你是神，你有和泠城集团抗争的资本。我没有，我只想活命，只想我妻子平平安安，不想遭受无妄之灾。"

"图灵"微微歪头听完了赵褚的话，而后微笑道："赵先生，你的镇静和分析能力算是人类中罕见的，我很佩服。但有的时候镇静并不能解决问题，有的时候即使明知道会遭殃，你也得参与。"

说话间，她轻移步伐，走到赵褚面前，微微拉住了他的手。

比较出乎赵褚意料的是，在停尸房如此低温的地方，"图灵"

81

的手非常温暖，仿佛一个小小的火炉，也和她清冷干瘦的外表格格不入。

虽然只是很普通的肢体接触，但赵褚通过她的体温却敏锐地意识到，"图灵"身体的新陈代谢速度远快于常人，所以热辐射才更高，她的反应速度和爆发能力绝对远在人类之上。绝不能以貌取人，轻视她。

在她面前，要小心隐藏自己的想法，谋定而后动。

拉住赵褚的手后，"图灵"再次移动步伐："走，我带你去见一个人。他会告诉你田家姐妹是什么样的人，他会告诉你在田婷和田楚那精致的外表下，藏着多么龌龊恶心的嘴脸。"

"还要见谁？"赵褚忐忑地问。

"我的盟友，真正放倒那些JBD队员的人。"说话间，"图灵"带赵褚绕过了一排装尸体的柜子，来到了停放那具与他长相一模一样的尸体的床前。

此时那具和赵褚长相一样的尸体依旧摆放在停尸床上，不过旁边还多了一台墨绿色的手提电脑和一个男人，一个活着的男人。

男人长得五大三粗，手中还拿着一支早已排空的注射器。他一看见赵褚便从停尸床上坐起身，主动向赵褚打招呼："赵先生，别来无恙。"

那人胸口挂着一个黑色的胸牌：JBD-0146。

"你？"赵褚望着对方的脸，"0146，你不是田婷的保镖吗？怎么和'图灵'在一起。你……也被她的纳米病毒控制了？"

说话间，赵褚本能地收回了被"图灵"拉着的手。

"图灵"则说："我制作的病毒可以控制他的ANS，支配他做一些简单机械的工作，但是没办法控制他的内心。如果他不愿意和我合作的话，不会配合我干那些高难度的事情，更不会在枪口下救你的命。"

"我是自愿的。"0146附和道，"没什么病毒控制我，我自愿跟着'图灵'干，自愿去捣灭行事龌龊的冷城集团，杀死田婷那个恶毒的女人！"

"杀田婷？"赵褚困惑地问，"二十四小时之前你还是JBD的绝对骨干，是田婷最信任的手下。大家甚至还传闻你对田小姐……"

"我喜欢她对吗？"0146望着赵褚那有些别扭的脸回答，"但就在五个小时之前，我看见了真相。明白我和你一样，生活在由冷城集团和田家姐妹精心编织的谎言之中。"

"你到底看见什么了？"赵褚一脸糊涂。

0146将他身边的那台墨绿色手提军用电脑转向赵褚："你自己看，看过了你就会明白冷城集团对我做了多么丧心病狂的事情。"

在0146的电脑里，赵褚看见了一张天目18项目的"出厂表格"。这种表格是冷城集团内部使用的表格，拥有独一无二的保密编码和摩尔纹防伪设定，一看便知道那是冷城集团极为重要的内部资料。

在那份编号为天目18-0146的出厂表格中，拥有0146的所有生物以及工业档案，里边详细地记载着他头脑中植入的电子芯片的参数、他的血型、隐性遗传病、分配单位、合同细节、出厂时间以及三张面相截然不同的证件照片。

望着十几页的出厂表格，赵褚颇为费解："这什么意思？我看不懂。"

"仔细看看我的出厂日期。"0146指着电脑上的一组数字，"我接受ANS改造，加入JBD的时间是七年前。也就是说到现在为止，我为冷城集团工作了七年了。"

"哦，可那又怎么样呢？"赵褚依旧不太明白0146的话。

听着赵褚的追问，0146的情绪突然变得异常激动。他嘴唇微微颤抖着："但是在我的记忆中，我是去年和集团签订的合同协议。我的合同期限是三年。我三年之后会升职到文职部门，然后离开JBD。"

"你只记得自己干了一年多……可你实际上干了七年？"这个时候赵褚有些明白了。

0146又指着自己的额头："我和正常人的大脑结构不一样，我以前接受过一种被称作天目18的手术改造。在那次手术中，冷城集团切除了我三分之二的生物脑，又在我的颅腔里安装了被称作ANS的人造电子神经系统，以及一副金属加强骨骼，这让我有了超人的抗打击能力、记忆能力和运算辨别能力。但是……"

0146这个五大三粗的汉子突然有些说不下去了，不过"图灵"适时地替0146解释道："但是因为灰质被切除得太多，他的大脑功能受到了严重损伤，这让他丧失了很多记忆。为了弥补记忆功能的不足，天目18的项目组给0146植入了一个无机硬盘以存储记忆信息。硬盘你懂吧？不管设计得多好，都是可以抹除和改写存储内容的。"

"也就是说……"赵褚不敢相信地看着0146，"你其实是冷城集团的打手，冷城集团改写你的记忆。他们告诉你是三年的合约，但是每过一段时间，他们就用某种手段删除你头脑里的记忆，然后反复循环……所以，你一直以为自己还有一年多就退下来了。"

0146眉头紧皱，但是他并没有因此而表现出癫狂、愤慨。

至此，赵褚也终于明白了0146的悲哀和愤怒。

因为冷城集团，0146没有了名字，没有了生活，没有了记忆。他被冷城集团打造成了一台血肉包裹的钢铁机器，没有正常的人性，只是不停地在为集团创造着利润，扫除着"沙子"。

在略微沉默后，0146又从那台军用电脑上调出了一个视频，摁下空格键，将视频里的内容展现给赵褚看。

从视频边角的标注中赵褚了解到，那视频是泠城集团技术部的安保摄像头拍摄的，时间大概是三年多前。视频中是一个穿着工装的苗条女人，在一间和手术室一样的屋子外焦急地等待着。

须臾，手术室的门打开了，从中走出了一个医生模样的家伙。穿工装的女人这时候扭过脸来，赵褚才看清那人是泠城集团的人事部部长，他这次升迁的"恩人"田婷。

见到医生后，田婷冷冰冰地问："怎么样？"

"很成功。"医生兴奋地回答，"给他换了一张脸。顺便把这三年的记忆清除了一下。明天早晨起来，他就又以为自己是个'新生儿'。"

"很好。"田婷点了点头，"那他脑子里还会保留什么？"

"基础记忆都还在，就是名字怎么办？"医生问，"他已经换过两次身份了。这是第三回，我怕人事部和洛董事那边……"

"就叫0146吧。"田婷回答医生，"他的出厂编号不就是0146吗？继续沿用。上两次给予他新的身份后，他表现得并不好，我怕再出状况。这一次我们把他设定得简单一些，明确告诉他，他的记忆被删除了，和0007一样，或许他的适应和兼容性会好一些。"

"明白。"说话间，那医生便准备转身往手术室里走去。

但就在医生即将离开田婷的视线的时候，那人却又被她叫了回来。

"你等等。"田婷从衣兜里拿出一张银行卡塞进医生的衣兜，"这卡里是封口费，也是买命钱。如果你把发生在0146身上的事情告诉他本人或者别的董事，你就等着收尸吧——如果你能留下尸体的话。"

田婷的话让医生一愣，而后慌张地回答："好，好的。"

至此，视频结束，电脑归于黑屏，漆黑的屏幕上只映射出赵褚那张愕然而扭曲的脸。

赵褚突然有一种天旋地转的感觉。他没想到田婷和洛宝赞一样，是个玩弄旁人于股掌之间的魔头。没想到人的记忆可以随意删除和添加。那位一向自我感觉良好又冷酷无情的0146其实是个比赵褚还凄惨的人，连自己的名字都已然消失不见。

这一切的一切都太过于颠覆赵褚的想象了，因为太过于颠覆赵褚的世界观，所以他做出了本能的辩驳。他指着"图灵"向0146提出异议："这个人的真面目是个超级电脑，电子表格也可以捏造。咱们别被她蒙蔽。"

0146回答："我刚刚核实过了，全都是真的。"

"这种事情，你怎么核实？"赵褚困惑地问。

这个时候，0146把头扭了过去，将后脑勺对向赵褚。

赵褚发现在0146的后脑脑盖上有一片没有头发，秃了的地方有一条巨大的伤疤。那伤疤虽然已经被羊肠线缝合起来了，但是依旧残留着许多血液凝块。

让赵褚看过自己的伤疤后，0146回过头来："ANS设备在出厂和植入的时候会在外壳上打钢印，这个永远变不了。我刚刚切开自己的皮肤组织核实过，上边的钢印编码是七年前的，'图灵'编不出来这个。"

"你，自己……拿刀把头皮……"赵褚感觉有些反胃。

"我帮了他。""图灵"适时地、轻描淡写地回应，"帮他拿了镜子和一些必需品。"

赵褚很震惊，"那现在我们怎么办？"

"能怎么办？"0146颇为愤怒，"田婷和洛宝赞把我像个玩具一样摆弄。我对她有好感，我编号一样的名字，我消失的记忆，我冷血地去杀人，都是她田婷一手设定的程序。如果她愿意，甚至可以把我设定成一条狗、一只猫。"

"激动会让你的伤口崩坏、流血。""图灵"制止了0146的继续发狂。

而后，她看向赵褚："赵先生，现在你清楚泠城集团的真面目了吗？知道泠城集团要对你做什么了吗？"

0146不等赵褚有所反应，就抢着说："根据我和'图灵'的推测，你和你妻子大概率掉进了洛宝赞和田婷布置的一个陷阱……"

在那个陷阱中，洛宝赞极有可能和田婷达成了一个协议。他们得手后，洛宝赞会得到他想要的赵褚的妻子刘晴儿做"活体标本"，研究她从植物人状态中醒过来的秘密。田婷则会将赵褚改造成一个和0146一样的傀儡，让他忘记过去的一切，心甘情愿地当一条田家的狗。

但是出于对田婷的信任，赵褚还是摇头道："不可能，田婷恐怕不是你们说的那种人。"

"赵先生，你自己看。"0146又从那台墨绿色电脑里调出了一段视频，点击播放后交给了赵褚。

在那段视频中，两个几乎一模一样的女孩坐在咖啡桌前谈话，虽然两个漂亮姑娘长得十分相似，但是赵褚凭借对她们行为举止的了解，还是从中分别认出了田婷和田楚。

在视频的一开始，田婷便质问自己的妹妹："老二，为什么又不去相亲？"

"我不喜欢查理张。"田楚气鼓鼓地说，"三句话夹带一句英文，还满嘴的印度腔，难听死了。"

姐姐用如炬的眼神望着妹妹："老二，说实话，你是不是喜欢那个赵褚。"

田楚没有回答，头压得很低。

"说实话。"田婷道，"我可以帮你。"

"是。"田楚用蚊子一样的声音回答，同时又怯懦地补充，"但人家有老婆了。"

"他老婆确实是个问题，"田婷回答，"我试着去帮你摆平。"

"姐。"田楚一脸忐忑地问，"你要对赵褚干吗？"

"不干吗。"田婷表情冷冰地回答自己的妹妹，"赵褚是个好人，虽然他做过一些错事，但他也救过你我的命。所以，我要用我的方式回报他。"

电脑里的监控视频戛然而止，但足以让赵褚冷汗直流。

"图灵"告诉赵褚："请你配合我，在接下来的十七个小时内帮我们干一些互惠互利的事情。成功了，你和你妻子可以活。失败了，就算是你们逃出泠城，泠城集团依旧会抓住你们，蹂躏、折磨、改造你们。"

这话让赵褚头皮发麻，更让他意识到自己可以选择的东西似乎并不多。为了自己和妻子的生存，他必须配合"图灵"，哪怕只是暂时的。

第四章　冷城集团

1

从表面上看，冷城集团只是一个处于垄断地位的特大型企业，拥有良好的纳税记录、成熟的物流和管理网络，有一支小小的经济保卫部队"JBD"。

但实际上，冷城集团在冷城享有比市政府更高一层的优先权和组织能力。他们可以通过企业的电子网络和遍布冷城的承包工程，随意调动视频监控、红绿灯信号以及各种电子设备来窃取普通人的隐私。他们的JBD部队则装备有从武装直升机到战术机器人等一切高科技武力，可以在一个小时之内集结一两百人，赶到冷城乃至全球任何地方进行"定点任务"。

在冷城集团占绝对优势的侦查和武力网络面前，任何人的反抗和逃跑都没有胜算，"图灵"也一样。

"所以要以快打慢，出其不意。""图灵"向赵褚描述完冷城集团的"执行能力"之后，又告诉赵褚，"利用时机，进入冷城集团总部，执行我的计划。我的计划成功了，大家才能活。"

"什么计划？"赵褚问。

"不管田婷出于什么目的提拔你，你现在总归都受到了实质性的提拔，获得了田家的信任。有了这种信任，再加上一些方法，我们就可以大摇大摆地进入泠城集团总部，进入总部的地下技术部特殊物品存储仓库。泠城集团一共有两个特殊物品存储仓库，里边存储着他们开发的各种前沿性科技产品。一是在三巨头发家的神龙坛下；二是在泠城集团总部大楼的地下十二层。"0146告诉赵褚，"只要咱们弄到密匙，就可以进入那个地下仓库了。"

"去技术部的地下仓库干吗？"赵褚困惑地问0146与"图灵"，"去了地下仓库，我们就可以对付泠域集团，让洛宝赞放过我们？"

"图灵"回答："没错。"

"为什么？"

"因为那个地下仓库里存储的东西很特别。"0146回答，"那些前沿性科技产品有些威力很大，可以用来加工制作你意想不到的、消灭泠城集团的武器。"

等0146说完，"图灵"又总结性地说："而我们今天要偷的，就是泠城集团研发的一款产品——天目173-1580。"

赵褚略微踌躇："什么是天目173-1580？"

"一把枪。"

"一把枪？值得冒这样的风险？"赵褚好奇地问，"很厉害吗？"

"当然。""图灵"向赵褚保证，"强大到突破你的想象。"

赵褚对于武器没什么兴趣："随你想偷什么吧……只是我听了半天，这个计划中似乎没有必须要用到我的地方，你们两位就完全可以做到，既然这样，我就……"

"不，你必须去。""图灵"打断赵褚，"根据我的计算，在整个计划中你才是事关成败的一环。甚至可以说没有你，我的一切计划都会功亏一篑。"

"我有这么重要？"赵褚眉头紧皱，感觉到了一丝不祥。

"不要做那些浪费时间的思考了。""图灵"催促赵褚，又指着那台墨绿色的军用电脑，"我查过了，洛宝赞和田婷此时正在吉隆坡开会，两个小时之后会议就会结束。这两个小时就是我们的机会，一旦过去，0146叛变以及你没'死'的事情就会暴露，你们两个的授权就会瞬间下调，甚至被通缉，引发一连串事变……根据我的计算，到那时我们如果还没有拿到天目173-1580，就都会被消灭……"

听了这话，赵褚当机立断："我和你们去。但是有一点……我必须先回家一趟，安置我妻子。"

"无须安置。""图灵"告诉赵褚，"根据我的计算，在接下来的二十四小时里，你妻子98%的概率是平安生存。"

"我不听什么概率，我要先回去见我的晴儿。"赵褚掐灭烟头，愤怒但又冷静地冲"图灵"说，"你们刚才也听见了，洛宝赞要把我妻子做成标本。如果我不回去亲自看一眼，我害怕……"

"赵先生，"0146一边搜刮摆弄朴少辉遗留的枪支弹药，一边不满地说，"不要被个人感情左右行动，我们的时间紧，一旦机会消失……"

赵褚愤怒了："既然没有个人感情的话，你又何必跟着'图灵'报复冷城集团，继续做个无心的奴隶多好！"

赵褚的犀利质问让0146哑口无言。

就在两个人有些僵持不下的时候，"图灵"开口了。她对0146说："让他回家吧。"

"那失败了谁来负责？"0146诧异地看着"图灵"。

"图灵"一笑，"我刚刚进行了一次新的计算。发现如果赵褚带着他妻子也参与这个计划，跟随咱们行动的话，我们的成功率会接近100%。"

听着"图灵"的说辞，赵褚很想知道确切原因，但综合种种情况，他并没有开口。或者说他感觉就算是开口问了，对方也不一定会回答他。

况且，真相这种东西，永远需要自己去发掘，不能偏听。

赵褚沉默后，"图灵"继续说："如果各位再没有什么疑问，那么这个'游戏'就正式开始了。在接下来的十七个小时里，大家只要按照我的提示一步步做，你们将会得到想要的一切。记忆、安全、自由，以及冷城集团的毁灭。"

"图灵"是无比自信而肯定的，但是赵褚却由衷地不想受她的蛊惑。

赵褚是经历过一次"游戏"的人，他的心理素质早已因为"扬名"而有了根本性的"进化"。当"图灵"又说出那些似曾相识、颇具蛊惑性的话时，他只相信命运掌握在自己手里。

赵褚回家用了不到二十分钟。

急匆匆来到家门前，又急匆匆敲响了家门，赵褚的妻子小心翼翼地将门打开了一条缝隙。

刘晴儿望着回来的赵褚，先是一阵欣喜，而后关心地问："褚，脸色怎么这么难看？是不是晋升的事情不……"

赵褚没有等刘晴儿说完话，便一把将妻子拥入怀里，紧紧地抱住。

可能因为在停尸房里待久了的缘故，赵褚这一抱立刻感受到刘晴儿的身体很温暖，温暖得让赵褚感觉这一拥仿佛是跨越了阴阳的阻隔一般，既有欣喜和安全感，又有无奈与愧疚。他多么希望能够永远这样抱着心爱的妻子，但这是不可能的。

在极度的不安中，赵褚将嘴唇贴在妻子的耳边，小声道："对不起。"

"对不起什么？"妻子费解地问。

"五年了。"赵褚回答，"我本来以为等你醒了，我们会好过一些，但咱们还得过颠沛流离的日子。"

听了赵褚愧疚的话，妻子轻轻捋了捋他的背，柔声安慰道："没关系的，我都跟着你，直到……"

"两位，时间到了，该干活了。"一个女子冷彻的声音从赵褚的背后传来，打断了夫妻间的私语。

随着那催促的话，赵褚和妻子被迫分开。

赵褚的妻子望着那楼道里的女人，诧异地问："这位是……"

"一个帮助咱们脱困的朋友，一会儿上了车，我再解释。"赵褚先安慰了妻子，而后问"图灵"，"接下来要我干什么？"

"还有一小时三十分钟。""图灵"说话间将一张纸从身上拿出来，递给赵褚，"半个小时之内，我们会开车到达冷城集团总部。在这段时间里，把纸上的内容记住，然后照做。"

大致看过纸张上的内容后，赵褚的面色变得极度不安："这样合适吗？我不想……"

"你没得选，我也一样。"

93

2

冷城进入雨季第十九天的上午十一点，田楚坐在冷城集团总部大楼第108层的全景观景台中，心绪不宁。

此时，雨又开始淅淅沥沥地下起来了，虽然有玻璃的阻挡，那些雨滴丝毫不可能降落在田楚樱桃色的轻纱外套上，但也依旧让她感觉到阵阵阴冷和不安。

冷城集团总部第108层的观景阳台能够看到全冷城最美的风景，但田楚的关注点不在此。几乎整整一个上午，她的精神都集中在她面前的一部手机上。而那部手机上则只有一条简单的，用红色的字迹写着的信息："今天你会死。"

早晨，她便收到了这样的一条短信息。

田楚起初以为是什么人的恶作剧，但是当她删除掉那条信息之后，马上又有一条由不同号码发来的相同信息。

田楚不是一般人，望着接二连三发送到她手机上的威胁信息，她立刻愤怒地将自己的手机交给了冷城集团技术部，让他们务必找到这个不停骚扰她的人的IP地址。

经过分析后，技术人员告诉田楚，给她发信息的人在这些信息中运用了极端高明的反向代理和多级跳板技术，而且这些隐藏IP地址的技术被发信息的人应用到堪称极致的地步。依照技术部现有的人手和技术手段，如果想查到这个发信息的人，恐怕得像剥洋葱一样一层层计算十几年。

虽然只是一条五个字的短信，但田楚由此见识到了堪称另外一个维度里的、可怕的存在。作为"零点事件"的目击者之一，田楚知道是什么样的"存在"能拥有如此可怕的入侵网络的能力。

意识到是什么人在威胁自己后，田楚并没有坐以待毙。一方面，她调集了集团总部内大部分的JBD安保人员来保卫自己的安全；另一方面，她又通知技术部的人，等姐姐开会回来后处理这些事情。

随着田楚的一系列命令，整个泠城集团总部大楼进入了前所未有的紧张状态，而她则坐在第108层的观景台里，于JBD武装队员的层层保护中，盯着那部手机，煎熬地等待着姐姐的回复与支援。

等待中，田楚思绪如麻，整个人又一动不动，直到她的一个秘书来到她身边悄声告诉她："小姐，赵褚找您。"

"赵褚？"田楚听着赵褚的名字，双眼有了些许光亮。

赵褚是田楚和她姐姐的救命恩人，也是田楚自认为在这个世界上唯一真正关心自己的人。一个月前，赵褚为了救自己不惜数次以身犯险，甚至和世界上最可怕的生物电脑对抗。

田楚心中也承认，自己很喜欢这个有点呆头呆脑的工程师，如果不是因为他有妻子，如果不是因为他妻子突然从植物人状态中醒了，田楚或许真的会放下身段和他更进一步发展。

虽然赵褚的到来有些意外，不过能在这个时候看见她的恩人，田楚内心总归是非常欣慰的。她知道，赵褚一定会帮她分忧，帮她解决眼前的困境。

欣喜中，田楚微微向她的秘书催促道："快让他进来。"

秘书匆匆离开，几分钟后便带着赵褚走进了第108层的观景台。

进门后，田楚看见赵褚手中拿着一瓶葡萄酒，表情有些不自然，她感觉应该是他还不习惯升迁所致。

"楚，我来感谢你对我的提拔，带了你最爱喝的阿尔萨斯。"说话间，赵褚将酒瓶在田楚的面前晃悠了一下。而后他又皱着眉头，一边看着田楚身边端着枪的JBD队员，一边询问田楚："楚，出什么事了吗？"

"你快过来。"田楚拿着那浮现着血色字体的手机给赵褚看，"一个月前相同的套路，怎么也删不掉的短信。"

"今天你会死。"赵褚念出了那五个足以让人胆寒的字，而后一边放下洋酒，一边眉头紧锁，"楚，这一定又是那个自以为是的'图灵'。"

"没错。"田楚愁容满面，"'图灵'的预言都会成真，她有这个能力，所以我真怕……"

"别怕。"赵褚安慰田楚，"这种事情应该第一时间通知你姐姐呀。"

"我姐姐去开会了。"田楚无奈地回答。

"那洛董事和刘董事呢？"赵褚接着问。

"姓洛的也去吉隆坡了，刘董事在陪泰斗做心脏搭桥。"田楚无奈地回答。

赵褚瞪着眼睛，一脸大事不好的样子。一会儿后，他微微抓住田楚的手："楚，现在总部能拿主意的只剩下你了，你得自己做主，你得对公司负责，对自己负责，绝不能让'图灵'得逞，绝不能。"

原本六神无主的田楚听完救命恩人的鼓励后，立刻感觉到了一种莫名的信赖和安全感。也因为那种安全感，田楚紧紧地抓着赵褚的手："我害怕，我不想死！我该怎么办？"

"我想想。"赵褚略微沉思，"有了，楚。咱们总部大楼的人太多太杂，'图灵'很容易混进来。所以，现在先把无关的文职人员全清理出去吧。只留下JBD队员，会安全很多。"

"这个主意好，我马上让他们办。"说话间田楚又将她的秘书叫了过来，让他立刻带着JBD的人去疏散大楼内的人员。

田楚吩咐下去之后，赵褚又告诉田楚："楚，这样还不行，你也得走。"

"我？去哪里？"田楚不安地问。

"高层观景中心太显眼了，要是'图灵'有狙击枪之类的武器，很容易伤害你。"赵褚略微犹豫了一下，"咱们去监控室吧。那里能统筹全局，而且结构坚固。"

"这个主意好。"说话间田楚立起身体，"你和我一起去吧。"

"嗯。"赵褚点头起身，同时不忘了拿上他那瓶珍贵的阿尔萨斯。

得到赵褚同意后，田婷和他在五名JBD队员的保卫下立刻来到了位于地下十层的大楼安全监控中心。

泠城集团总部的安全监控中心是整个大厦的安保"心脏"，建造在地下十层的位置，整个安保室由钢筋混凝土浇筑。

在这监控中心里，最壮观显眼的设备是一面由九十九块液晶屏幕所组成的监控电视墙。通过这些监控电视墙及其联通的DCS设备，泠城集团的安保人员可以对整个总部大楼的温度、供水、电梯、安全闸门等情况进行综合的调度和调控。

这里的重要性，田楚是熟知的，所以在JBD队员遣散主楼人员的时候，田楚让管理这里的八个调度员留了下来。

田楚一行人进入监控中心之后，调度人员立刻关闭了这座监控中心的厚重防爆门。听着防爆门空气闸锁发出沉重的"咣当"声，田楚终于有了安全感。

望着监控屏幕中有序退出大楼的文职人员，田楚向赵褚笑着说："谢谢你，如果不是你的话，我根本不知道该怎么办。"

"互相帮助而已。"赵褚坐在监控器前的一张桌子前，趴在电脑边，默默地盯着那些监控屏幕，盯着那些负责疏散的人员。

冷城集团是冷城最大、最成熟的企业，拥有完整的紧急情况应急预案。所以在不到十五分钟的时间内，那些文职人员便被疏散得干干净净。

不过，就在这个看似已经完全没了问题的时刻，赵褚却突然脸色大变地向田楚喊话："楚，不……不对劲。"

"怎么了？"田楚费解地望着赵褚，"哪里不对？"

赵褚没有回答，而是神情紧张地盯着液晶电视墙的一个监控屏幕。

须臾，他突然向监控室的调度员指挥道："麻烦你们把正门的监控放大，我看一下。"

"好。"

随着赵褚的话，调度人员将正门监控的画面投射到整面电视监控墙壁上。霎时间，那些原本零散的小监控视频整合成一个大画面，冷城集团总部正门的景象全都投射在了巨大的液晶屏幕墙上。

随着画面的扩大，房间里的所有人都变得呼吸急促。

在监控视频中，首先映入田楚眼帘的是总部大楼正门的那几扇玻璃门、一个弧形服务台以及五个立在服务台中负责留守看门的慵懒保安。

如果监控器里真的只有这些，那么监控室这边的人自然不会大惊小怪，但问题是除了那些寻常的景象之外，监控室这边的人还在正门的监控中看见了一个与众不同的、本不应该出现在其中的人——一个女人，就站在总部正门的玻璃旋转门口。

女子打着赤脚，穿着白衣，孤零零地立在泠城阴绵的雨水中，浑身湿漉漉的。她垂着头，一动不动，仿佛一具被人遗忘的人偶。

因为女人潮湿浓密的头发遮挡了脸部，田楚看不见那玻璃门外女子的脸，这让她的内心产生了一种极端的不安和恐慌。在不安情绪的涌动中，田楚急忙命令调度员："马上给前台打电话，让他们去调查一下那个女人。"当调度人员拨通前台的电话号码后，田楚看见那五个正在聊天的保安立刻停止了攀谈，戴着袖箍的保安队长则慌张地接起电话。

"喂。"调度员向前台保安队长命令道，"不要玩了，正门有个女的，马上去调查一下。"

"好的，好的。"电话那边传来了两声模糊的应答。

通话结束后，大家又通过监控看见蹲坐在前台的保安队长向正门那里走过去望了几眼，而后又走回来，迷茫地拿起电话，向安保调度这边汇报了什么。

随着那人的汇报，负责联络的调度员的面色突然变得如白纸一般难看。

当调度员放下听筒后，田楚迫不及待地问："他们说什么？"

调度员则眼皮抽搐地向田楚报告："他们说正门没有人。"

"什么？"田楚再次望着视频监控中那个孤零零站立在雨水中的白裙女人，满心的震惊、恐慌。明明就站在那里，监控和调度室的人都能看见，为什么他们现场的人却看不见呢？

田楚对这神秘的现象颇为心烦意乱。手足无措间，她只得将求助的目光投向她一向信任的赵褚。

可是面对着让人费解的画面，赵褚也是一脸恐慌的样子。而且在田楚望向他的时候，赵褚举起手，指着监控中总部正门的方向：

"快看，那女人……动了。"

田楚立刻扭头望向监控屏幕。在监控屏幕中，那个原本站立在屋外雨地之中的白衣女人不知何时已进入了泠城集团总部的大厅，正走向前台。

女人依旧披头散发，看不见脸，但是她身后留下的湿漉漉的脚印却清楚地标记出了她前进的方向和目标。

望着监控中的画面，田楚急了。她急忙夺过调度员手中的电话，向服务台前的保安呼喊道："保安，保安！那女人就在你们前面，冲你们过来了。"

随着田楚的话，调度室的人全都惊愕地望着大屏幕，那个接电话的保安队长茫然地站起身，向四周警惕地望了望，然后又回答："没有啊，什么都看不见。"

正在保安队长回答的时候，监控室里的屏幕中又有了新的动向，那个悄然进来的白衣女人已走到了保安队长的身后，并将一只手轻轻地伸向保安队长后背，那是心脏对应的位置。

随着画面中女人的行动，田楚突然听见联络电话里传来了一阵撕心裂肺的呼喊。随着那吼叫的声音，田楚又看见那名保安队长猛然栽倒在了服务台的桌面上，从后背和脸部的地方都渐渐渗透出了鲜血。

所有在场人员望着那监控器里的画面，全都面色煞白。

"队长，队长！"随着队长的倒地，田楚听见电话那边响起了急切的喊叫声。接着她看见监控视频里的女人又用相同的手法杀了另外四个保安，电话那边传出了此起彼伏的惨叫声。当最后一个保安捂着胸口倒在地上时，那浑身是水的女人则迈着步伐从大厅走进了总部的大楼电梯。

"她……她……"田楚望着那堪称诡谲的连串杀戮，呼吸感觉都有些困难。

"这是个机会。"赵褚当机立断地向田楚喊，"马上停运电梯，把她关在里边。"

田楚宛如抓住了一根救命稻草，立刻命令手下人道："切断电源。"

随着田楚的话，调度员立刻从控制机上切断了大楼中所有电梯的电源。

技术上的操作很顺利，但让所有人都意想不到的是，大家从监控器中看见，那承载着白衣女人的电梯却依旧有电，电梯显示器上依旧显示出红色的楼层数字。

"1，B1，B2……"田楚望着不断下降的楼层数字，惊恐地抱住赵褚，无助地喊道："赵，她来杀我了。短信是真的，我要死在这里了！"

"不会有事的。"赵褚安慰六神无主的田楚，又命令调度室的人，"打开广播，让全楼的JBD队员都来这里支援。他们有枪，咱们还有一搏的资本。"

"好。"监控室调度员匆忙地应答，而后打开全楼的整体广播系统，借助扩音器喊话，"主楼负十层遭遇袭击，全员投入截击，目标已经进入二号电梯，目标为一名白衣的女人，马上截击，马上截击！"

因为田楚早有准备，JBD中武装力量最强的安保队员大部分都集中在负十到负九的楼层中。

所以调度员的喊话结束不久，田楚就从集团大楼的视频监控中看到，那些拿着冲锋枪的JBD队员立刻冲向二号电梯在负十层的入口，而后利用防爆盾牌、冲锋枪、手枪组成了一道严密的封锁线。

望着JBD队员在楼道中组成的盾牌鱼鳞阵，田楚轻轻地喘了一口气，心里又有了一丝安全感。

在JBD队员到位时，二号电梯的门也开了。紧跟着那个白衣女人又出现在了监控中。

电梯里的女人再次出现的时候，调度人员立刻通过广播系统询问在电梯口布防的JBD队员："能看见那个女人吗？穿白衣服的？"

"这……"所有人听着广播那边的询问，茫然地摇了摇头，外围负责警戒的JBD队长则更是通过对讲机回答道，"看……看不见。"

"别管那么多。"赵褚向调度员高喊道，"马上命令他们开枪，立刻。"

"开枪，开枪，赶快开枪！"随着赵褚的话，田楚失声附和。

有田楚的一声令下，守卫在二号电梯门口的JBD队员立刻向电梯的方向猛烈开火。

刹那间，整个楼道内响起了一阵阵的枪声，那声音穿过厚重的墙壁，直接刺入了田楚的耳朵中。

在JBD激烈的攻击中，监控室里的所有人员则冒着冷汗，一动不动地盯着电视墙上的画面，愕然地看着那些子弹在空气中划出明亮的痕迹，倾泻的子弹如暴风骤雨，掀起巨大烟雾的同时，将那个白衣女人挺立的电梯打成筛子……

半分钟后，攻击告一段落。JBD的队长通过对讲机向调度这边请示道："请确认目标是否被摧毁。"

调度人员望着电脑监控屏幕中那久久不曾散去的烟尘，缓缓回复："正在确认。"

"正在确认"四个字之后，监控视频内外都陷入了一种极端的沉默。

　　屏幕内外，所有人都通过各种各样的方式和渠道，望着那部被打成筛子、烟雾腾腾的电梯，等待着最终的结果。

　　时间仿佛凝固了一般。

　　十几秒钟后，田楚看见那破烂电梯方向的烟雾依旧没有散去，但是她面前所有的电子监控视频却突然莫名其妙地闪起了雪花斑纹。那些斑纹像是某种强烈的磁场干扰，一出现就让所有电脑和液晶显示器的监控图像变得模糊扭曲起来。同时，对讲机和手机也开始发出嘈杂的声响。

　　随着这异常声音的出现，监控器那边的JBD队长举起手中的对讲机，向监控室这边喊道："有电子干扰，我们……"

　　"我们"之后的话，田楚没能听见。

　　因为就在这个时候，所有能够发出声音的电子设备，竟然同时发出了一个女人时断时续、夹杂着些许哭泣声的歌声：

　　　　明月不吐光，阴风吹柳巷。

　　　　泠城雾三尺，白日心慌慌。

　　　　阿公觉我冤，姊姊赶嫁妆。

　　　　……

　　寓意不祥的歌声传进田楚的耳朵，让她产生了极度不适。不过除了不适感之外，更加让田楚感到愕然困惑的是，随着这女人的歌声，在监控画面里那些负责"拱卫"她的JBD队员突然如中邪般放下了手中高举的枪支，一个个低垂着头颅，仿佛断了线的木偶，立在地面一动不动，仿佛被那歌声催眠，一个一个都昏昏欲睡。

望着JBD队员们的诡异表现，田楚急忙又通过扩音设备向那边呼喊了他们两句，但她的呼喊，都被那首《泠城雨》的声音盖了过去。

而就在田楚进行第三声呼喊的时候，她看见监控视频中有两个JBD的人员手指和肩膀猛然抽动了几下，算是又有了反应。

可就在田楚以为这些人开始恢复正常的时候，那两个最先抽动的人却突然将手中的枪支对准了自己的头颅，而后扣动了扳机。

"砰，砰。"两声几乎不分先后的枪声夹杂在《泠城雨》中，通过电话和对讲机传进田楚的耳朵。

"砰，砰，砰……"越来越多的JBD队员举枪自杀。

随着歌声和枪声的继续， JBD队员"排队自杀"的场面看得人胆战心惊，但更加让人胆战心惊的却发生在二号电梯口。

此时，二号电梯口的烟雾终于散去了，那个浑身湿透的白衣女人再一次走了出来。她毫发无损，宛如一朵盛开在幽冥间的昙花，赤脚穿过地上的JBD队员的尸骸。她抬起头，终于露出那张苍白而无血色的脸，冲着监控莞尔一笑。

田楚终于看见了那女人的脸，还看见那女人的嘴轻轻动了动。

虽然听不见声音，但是通过嘴型，她确信对方在说：

"今天你会死。"

3

自杀的JBD队员，明明存在却不能被肉眼看见的女人，到处飘散的诡异民谣，这一切都让田楚感到崩溃。在惶恐中，她双手紧紧地抱着赵褚的手臂："怎么办？我不想死，我不想死！"

就在这个时候，一个调度员突然喊了一句"各自逃命吧"，紧跟着便私自打开了调度室那厚重的防爆铁门，跌撞着跑了出去。

那个逃走的人推倒了由恐惧组成的多米诺骨牌。在一阵混乱中，这些人如惊弓之鸟，先后跑出了监控室。田楚想阻止，却又无能为力。

仅仅一眨眼的工夫，田楚身边的人都跑光了，除了赵褚——田楚唯一能够信任的男人。看到赵褚留下来，她感到莫大的欣慰。终究有人是在乎她的，赵褚的行动胜过去她听到的所有花言巧语。

田楚不再哭了，她仰望着赵褚："咱们怎么办？"

"别慌。"赵褚盯着视频监控里那缓缓移动的白衣女人，"看样子，还有两三分钟她才能走到这里，咱们必须得转移到更安全的地方去。你知道总部大楼哪里最安全吗？"

田楚恍然回答："总部负十二层的存储仓库，那里有一套特殊保卫系统和一扇特别的安保门，理论上一旦关闭，什么也进不去。"

"你能打开那门吗？"赵褚问，并补充，"我听说进那里需要授权。"

"授权我有。"田楚回答，"姐姐走的时候让我坐镇总部，给了我临时的高级授权和密匙，能进去。"

"事不宜迟。"赵褚说话间拉起田楚的手，同时拿起他带来的那瓶阿尔萨斯，"咱们现在就下去。"

两个人从监控室重新来到走廊中时，看不见一个活人。

听着那催命的枪声，田楚不由得更紧地握住赵褚的手，两个人找到距离自己最近的楼梯，从地下十层徒步下到了地下十二层。

田楚知道，冷城集团总部的地下十二层是一个很特殊的存在，这是电梯不能到达的一层楼。在这一层的入口，只有一扇一人高、半圆形的包钢碳炔门，那门旁边有一个生物电磁锁，需要同时输入指纹、识别人眼虹膜等生物信息以及二十四位的电子密匙才能将门打开。

这一切事情本来和田楚是没有什么关系的，但今天公司总部里只有田楚一个高层值班，所以她恰好拥有能打开这扇门的密匙。

来到那扇门前，田楚对着包钢碳炔门侧面的智能识别系统进行了人体扫描，而后将挂在脖子上的一只U盘插进识别系统，同时输入了一串二十四位的电子密码。

当田楚完成一切复杂的解锁后，那扇门在一阵液压闸的催动下缓缓开启。不过因为门太大、锁太复杂，那门开启的速度相当慢。

在防爆门开启的噪声中，田楚焦急地等待着，时不时望向来时的过道，赵褚则靠着墙壁抽着闷烟。

煎熬的等待后，大门彻底打开，那些气闸的声音渐渐消失，走廊又归于一片诡异的平静。

但那平静并没有持续多久，田楚突然听见在自己的耳朵边极近的地方，有滴水的声音响起："滴答，滴答，滴答……"

随着那仿佛就在耳边的滴水声出现，田楚还感觉到有一张冰冷的唇和几缕头发之类的东西轻轻贴在自己的肩膀上，刺激着她的皮肤。

这时，有女人的声音告诉她："田小姐，谢谢你帮我们打开了这最后的屏障。"

随着那冷冰冰的话音，惊恐的田楚一个趔趄摔倒在地上，回身而望。这个时候，田楚才看见那个穿着白色连衣裙的女人不知何时立在了自己的身侧。

和监控中看过的画面相比，这女人没有那么阴森恐怖，但依旧给人一种极度不安的感觉。

　　面对着老早就扬言要杀掉自己的女子，田楚的惶恐已不能用语言来形容，在激动情绪的刺激下，田楚连呼吸都异常困难起来，颤抖的双手双脚更没有丝毫反抗和逃跑的能力。

　　白衣女人望着田楚的样子，轻轻举起了自己的右手。到这时田楚方才看见，那女人的右手里握着一支装有不明液体的注射器。

　　望着那液体，田楚艰难地挣扎着开口："今天……我会死？"

　　女人将液体轻轻推进田楚静脉的同时，笑着告诉田楚："放心，不会有痛苦的，就像睡着一样，很快会过去。"

　　在冰冷的液体渐渐注入自己血管的时候，田楚向赵褚无助地伸出手臂。而赵褚，却只是抽着烟，沉默不语。

　　在"图灵"给田楚注射药剂的过程中，立在一侧的赵褚并不好过，但他没得选择，如果他不利用田楚，他和他妻子就都得死。

　　他今日今时存在于此的目的就是利用自己对田楚的影响，让她打开那一道存储仓库的防爆门，扫除他们进入冷城集团核心区的最后障碍。为了完成这个目的，赵褚借助那条恶意短信将田楚骗进了冷城集团总部监控室，又将带着电脑病毒的U盘偷偷插进了控制电脑的接口。

　　监控中心的电脑在感染病毒之后，会自动在监控屏幕上显示出一段半合成的监控视频。将一个原本并不存在于现实的白衣女人"投射"进监控视频内。因为那女人的存在，赵褚又引导田楚一步步做出那些错误的决定。

　　当这一切完成之后，整个大楼之中的安保力量也就彻底告废了，之后0146对JBD队员进行单方面的"屠杀"，而身体柔软的

"图灵"则通过通风口直接来到这地下仓库的门前"偷袭"田楚。

"图灵"的计划利用了她能够利用的所有资源，简直天衣无缝，赵褚被内心的愧疚感压得喘不过气来。

在愧疚感的促使下，赵褚望着彻底陷入昏迷的田楚，警告"图灵"："你答应过我，不杀田楚的。如果她出了事，我和你没完。"

"只是普通的麻醉剂，她睡一会儿就好。""图灵"扔掉了注射器，"现在去取天目173-1580吧。"

"不行。"赵褚忐忑地回答，"我要等我妻子，不是说她和0146稍后就过来吗？"

"她和0146不会来这里汇合。""图灵"回答，"根据我的计算，带着她不好撤退，而且她绝对受不了那铁门后的场景——对于一个女人来说太刺激了。"

赵褚听不太明白"图灵"言辞的用意，不过随着她的提醒，赵褚变得警觉起来，更知道即将看见一些意料之外的可怕东西。带着这样的觉悟，他踏进了冷城集团总部大楼的秘密存储仓库。

首先映入赵褚眼帘的是一个巨大的如足球场般的空间。空间内有明亮的光照和数不清的水泥支柱，仿佛一座地下宫殿。

走在其中，赵褚又发现那些水泥支柱之间有许许多多整齐码放的柜子和奇形怪状的容器设备。那些容器设备有的是玻璃制作的，有的是精钢打造的，没有共同的外形，它们唯一共同的特征就是都用红色的油漆标注着各种各样的编号。

"天目173-125，天目172-144，天目……"一排排望去，赵褚在一个编号为天目36-015的玻璃柜前突然停下了脚步。

那是一个透明玻璃的柜子，赵褚之所以格外注意它，是因为这其中盛放的"项目"居然是一个人，而且他还认识那柜子里边的人。

"我认识这个人。"赵褚慌张地告诉"图灵"，"他曾经和我妻子用过一样的神经康复药剂，住在同一个康复中心。"

"所以他就被抓进来了。""图灵"伸出手，指着被存放在玻璃器皿中的那个老头道，"洛宝赞给这人注射了脑死亡的药剂，又用营养液维持着他的生命。看见这人手臂上的那根管子了吗？那是吸血的，背上的那根是用来抽取干细胞的。"

说完那些可怕的事实，"图灵"又回过头来，笑问赵褚："现在你相信我了吧？知道如果不配合我，你们夫妻的下场了吧？"

赵褚望着那半死不活的老人，默默地点头。

"时间不多了，继续找东西吧。"说话间，"图灵"迈着轻盈的步伐转身，带着赵褚走进了存储仓库的深处。

在不知道走过了多少路，看过了多少奇奇怪怪的箱子之后，"图灵"于一个金属的密封柜子前停下了脚步。柜子有一张书桌大小，上边有一个电子键盘锁以及一串红色的编码：天目173-1580。

赵褚意识到，这正是"图灵"说的能够摆脱冷城集团的东西，只要拿出里边的东西来，那么一切就都结束了。

胜利近在咫尺，但又远在天边。

望着金属柜上的电子锁键盘，赵褚问"图灵"："打开它需要密码，你有办法弄到吗？"

"图灵"反问赵褚："你知道什么是'天目173计划'吗？"

赵褚摇了摇头。

"是一个注定要被遗忘的工程。它们许多都是'零'参与主持设计的，而'零'设计的东西里还包括存储这些武器的安全器皿以及安全锁。"

"她在这些安全锁里留了后门？"赵褚问。

"一部分。""图灵"在说话间，指了指自己那张有些白到病态的脸，"我的身体是'扬名'按照她母亲'零'的样子以及思想设计的'生物电脑'，我的头脑里有部分'零'的记忆和情感残留，还有一些后门密码。"

说话间，"图灵"伸出纤瘦的手指，将一个"爱"字的拼音打到了电子键盘上。随着她的拼写，电子键盘上的指示灯突然变成了绿色，紧跟着整个金属柜子开始发出连串的"咯噔"声音。

赵褚问："爱？密码为什么是爱？"

"不知道，或许……这是'零'最大的遗憾和期盼吧。""图灵"口气平静地回答，"我的'母亲'，我的最初设计者'零'，她的一生以人类的标准来讲，非常凄苦。所以在潜意识里，她应该想被什么东西爱或者爱点什么。可能也正因如此，她全心全意地设计了我的前身——'天目36'，并且还进行了与众不同的开放式编程。因为这个编程的存在，我才有可能理解你们人类的情感，理解'零'的情感……"

"那……"赵褚有些犹豫地问，"你现在理解了吗？"

"功亏一篑。""图灵"回头，对赵褚回以看似和善的笑容，"因为你上个月在47号检查井里炸'死'了我的创造者'扬名'，导致我的数据传输和储备不完整，成了半成品。"

赵褚微微露出了抱歉的神色，不过他并不是真的后悔。如果让他选择的话，他自认还会那么去做的。

随着密码的输入，柜子上方缓缓开了一个凹口。

赵褚探身望去，紧跟着眼神一收，十分困惑地问"图灵"：

"这就是'零'发明的终极暗杀武器?"

4

经过重重险阻,赵褚终于看到天目173-1580了,但他实在没有办法相信眼前所看见的东西能帮助他们逃命以及对抗冷城集团。望着那盒子里精心保护的东西,赵褚甚至感觉到了一丝荒唐。

从目光所及的物品形状来判断,赵褚觉得存储在合金保险柜里的"武器",应该是一把塑料玩具枪。

这把枪有着绿色和红色相间的塑料外壳,有一个电脑键盘那么大,赵褚甚至通过那玩具枪上的一个桶状容器看出来,这还是一把滋水枪,小时候街道上卖二十元钱一把的那种。

"水枪?"赵褚望着那把由塑料制作的、丝毫没有杀气的喷水枪,质问"图灵","你的母亲'零'就发明了这么一个东西?你千辛万苦地冲进来,就为了夺取它?"

"天目173-1580。""图灵"说话间将那把枪从保险盒子里拿了出来,"该项武器的代号叫'血锯',是最残暴的暗杀工具之一。"

"它哪里残暴了?"赵褚望着那外形滑稽到不能再滑稽的廉价塑料喷水枪,颇为泄气。

"图灵"没有多费口舌向赵褚解释这把武器的工作原理,她只是向赵褚伸出手来,"赵先生,请把我让你带进来的那瓶'阿尔萨斯'交给我。"

赵褚见"图灵"不作答,便只能将那瓶"酒"递给了"图灵"。

"图灵"拿到之后,随手拧开了水枪上边的圆桶形"弹夹",将那瓶"酒"倒了进去。

111

赵褚望着"图灵"注入"弹药"的样子，满眼的怀疑，不过就在这个过程中，整个仓库内的灯忽然闪了几下，接着全部熄灭了。

在两三秒钟的可怕平静与黑暗之后，赵褚周遭忽然闪烁起了血红色的应急灯光，整个地下仓库中警报大作，让他的整个脑袋中都充斥起了可怕的"嗡嗡"声。

赵褚听着那如防空警报一般的动静，浑身汗毛都竖了起来。可这时，"图灵"却轻描淡写地说："正门出不去了。"

将"酒"全部倒进那水枪的"弹夹"中后，"图灵"说："田婷和洛宝赞开完会了，他们已经知道了这里发生的事情，启动了0号应急预案。"

"0号应急预案？"赵褚诧异地重复着这个词。

"是一个疯子为冷城集团设计的终极安保系统。一旦冷城集团总部被敌人攻破到核心地区，冷城集团的三个总裁可以通过远程操控启动一个防御装置，让大楼在三分钟之内充满神经毒气。"

"毒气，为什么不早说？咱们连防毒面具都没有，田楚也没有。"赵褚终于明白为什么"图灵"不将这次行动的目的和困难说透了，如果说透，他未必有胆量来，更不会把田楚扔在外边让她等死。

"这种毒气，防毒面具是没有用的，它能够通过皮肤进入人体，防毒面具没有效果。"

"这就是田楚所说的特殊防御吗？"赵褚担忧地问，"田楚怎么办？你答应不杀她的。"

"我多情的朋友，难道你还不明白吗？田楚是冷城集团杀的，是田婷和洛宝赞执意要拉田楚做陪葬。你以为他们不清楚田楚在我这里做'肉盾'吗？他们自己不顾及亲人，我也没有办法阻止。是他们无情，不是你。"

"我得去救田楚。"赵褚向"图灵"大吼，"我不能眼睁睁看着她死！"

"来不及了，如果我们不赶快行动，也得死在这里。"

"你！"赵褚迈开腿想去仓库的门口把田楚拉回来。但许多红色的烟雾从四面八方涌向自己的位置，封死他所有移动方向的同时，也彻底堵死了田楚的生路。

望着如血的烟雾，无奈中的赵褚只得问"图灵"："我们怎么办？"

"图灵"却带着微笑，在一句"站稳"之后，将手中的水枪对准了他们所站立的地面，扣动了那只塑料枪的扳机。

那支原本看上去其貌不扬的喷水枪，喷射出了一股细细的水流，水流成极细的白色丝线形状，顿时便将他们站立的水泥地面如切豆腐一般切割出了连贯的裂痕。

望着那渐渐成圆形状的裂痕，赵褚领教了这把天目173-1580的威力，他明白这把水枪内部绝对有什么特殊的加压结构，能将水变成可怕的"水刀"。只要水的压力足够大，别说切开水泥，就是切开钢铁也没问题。

赵褚终于明白，为什么这把塑料枪的代号是"血锯"了。这看似人畜无害，实则威力巨大的高压水枪可比那真正的锯子还要恐怖千百倍。

望着"血锯"渐渐切开自己站立的水泥地面，赵褚忍不住问："这水泥地下边是什么？"

"你熟悉的世界。"说话中，"图灵"已围绕着自己和赵褚，用那把"血锯"在地面锯出了一个规整的圆形。

在红色毒雾渐渐合围中，"图灵"完成了对地面的切割，而后她轻轻跺脚，赵褚便感觉脚下的地面开始下陷，周遭天旋地转。

"砰"的一声巨响后，他们和地板一起掉进了一个充满了泥水和腐臭味道的空间。那空间里的味道刺鼻难闻，却又让赵褚感觉无比熟悉。他第一时间反应过来，他此时进入了泠城集团办公大楼地下的下水道主管道。

下水道里没有监控和JBD队员，也有足够的空间来让毒气扩散稀释，从正门进，从地下几十米深处的下水道逃跑，这确实是个天才而疯狂的计划。

"图灵"的计划环环相扣，每一步都如此精妙准确又让人意外。但是赵褚顾不上庆幸什么，因为他必须踏着水，跟着"图灵"一路狂奔，继续躲避着身后的毒气。

在不知道跑了多远之后，赵褚跑不太动了，"图灵"也终于放慢了脚步，指着前方："赵先生，你看那是谁。"

有些喘不过来气的赵褚抬起头来，望着前方。

他此时身处在泠城黑暗的下水道中，那些暗灰色承插管道廊的尽头立着两个人，一个是五大三粗的0146，另外一个则是自己的妻子刘晴儿。

"图灵"实现了自己的诺言，虽然方法很特别，地点很特殊。

望着毫发无损的妻子，刚从鬼门关绕过一圈的赵褚奔过去，而后一把将刘晴儿拥在怀里，颤抖着，久久不能平静。

"好了，没事了。"面对着激动的赵褚，刘晴儿却显得非常淡定，她轻轻拍打他的肩膀，一如既往地安慰道，"我们都没事了，一切就要结束了。"

"我让你受苦了。"赵褚抱着妻子，满心愧疚，"我本来以为你醒了，就能过些安稳的日子，可……"赵褚有些哽咽。

妻子轻轻抹去赵褚眼角的泪水，又张了张嘴，想再安慰赵褚一些什么。

但就在这个温馨的时刻，那提着"塑料枪"的"图灵"走过来提醒道："毒气随时会飘散过来，现在不是温存的时候。"

"哦。"赵褚闻言，和妻子分开，看着"图灵"，"咱们接下来去什么地方？"

"去一个你同样很熟悉的地方——绝望井。"

"什么？"赵褚的眼睛瞪得老大，刚刚平静的神色又紧张了起来。

第五章 大衣

1

黑暗中，田楚听见有人一遍遍呼喊她的名字。随着声音的刺激，她渐渐睁开了眼睛。

很快，那冰冷的黑暗消失了，她发现自己躺在床上。而那呼唤自己的人就在眼前，她有着与自己几乎完全一样的脸，但田楚知道那不是自己，而是自己的孪生姐姐——田婷。

田楚很激动，艰难中，她努力地问："姐，我没死？"

田婷紧紧抓着妹妹的手："你在医院，你是总部里唯一活下来的人。"

田楚哽咽着说："我看见'图灵'了，好可怕，死了好多人……她还说今天要杀了我。"

"你没死，也真奇怪，为什么只有你没死。"一个冰冷的声音粗暴地打断了姐妹俩的对话。躺在病床上的田楚侧眼望了那插话的人一眼，发现是泠城集团另外一个"巨头"——洛氏家族的当家人洛宝赞。

洛宝赞是田楚和田婷父亲一辈的人，还差一点成了田楚的公公。他有着肥胖的身躯和稀疏的头发，可能因为一个月里两个儿子都先后死去的原因，洛宝赞的眼睛里还有一种过去从没有过的怒气和杀意，随便看谁一眼，都让人心中发怵。

田楚害怕洛宝赞那样的眼神，但田婷显然不惧。

看见洛宝赞出现在妹妹的病房，田婷立刻走过去，当着一堆JBD队员和医护的面，狠狠地抽了洛宝赞一个巴掌。

随着田婷的动作，洛宝赞的脸上起了一个烙红的手掌印记，但他并没有发火，只是继续瞪着自己堪称阴狠的眼睛："田婷，就这样对叔叔吗？"

"我恨不得生吃了你！"田婷愤怒地指着自己的妹妹大声回答，"你明知道我妹妹还在楼里，竟然还启动0号应急预案，你这是谋杀。你无非就是想给你那个龌龊的二儿子报仇！"

洛宝赞摸了摸自己的脸，口气平静："田婷，可还记得冷城集团的格言？"

田婷没有回答，但田楚知道他指的那句话是"冷城集团眼里容不下沙子"。

"容不下沙子……"洛宝赞"警告"田婷，"我不能因为一个人的生死坐视集团的基业被毁掉。在那一刻，你妹妹就是冷城集团眼里的沙子。如果换作你爷爷，他老人家一样会这么做。"

洛宝赞说完，又走到田楚的面前："田楚，收拾一下，起来开个会。我和刘董事长有重要的事情要和你们姐妹商量。"说完，带着他的手下离开了。

洛宝赞走后，田楚问姐姐："姐……什么是0号应急预案？"

"这……"田婷微微摇了摇头，"由一个疯子设计的防御系

117

统……和你没有关系了。妹妹，能动吗？"

田楚试着艰难地从床铺上坐起来："还行，就是没有力气。"

"中毒的后遗症……"田婷小声嘟囔了一句，"妹妹，你昏迷了三个小时，这三个小时里发生了很多事情。我回头详细地告诉你，但现在……咱们去见见刘糯吧。"

田楚无力地点了点头。

作为冷城集团的高层和创始者的后代，田楚非常清楚此时冷城集团的人事格局，清楚冷城集团是由刘、洛、田三家掌控的氏族企业。

眼下，田家是三家中最弱的一方，又和洛宝赞闹得很不愉快，如果再跟身为董事长的刘糯过不去，整个田氏家族会不好过的。

为了自己的家族，田楚知道她必须配合姐姐，哪怕是强撑着，也得参加由刘糯亲自主持的会议。毕竟，她是小辈，家族又有求于刘糯。

田楚很清楚自己是一个性格软弱的女人，但是她也从小便知道自己的义务，所以在听了姐姐的话后，她立刻在医护的搀扶下坐上轮椅，一边打着点滴，一边对姐姐说："姐，走吧，别让刘叔叔等急了。"

田婷望着脸色惨白的田楚，一脸愧疚，轻轻拍了拍田楚的肩膀："妹妹，我不会让任何人欺负咱们田家人的。"

田楚当然明白姐姐的想法。她知道，姐姐一直在艰难地维持着这个家，过去她们姐妹两个多次经历生死，每次姐姐总是将生的机会让给自己。而她呢？她什么忙都帮不上，除了拖累还是拖累。

在田楚自责的时候，医护人员推着她的轮椅与田婷一起进入电梯，来到了这个医院地下六层的一个小型会议室。

田楚刚进入会议室，就看见了让她奇怪的一幕。

此时此刻，泠城集团当今的执行董事长，她们尊称为叔叔的刘糯表情十分痛苦，也十分沉默，即使田婷和田楚来到他身边时，他也依旧一言不发，只低头整理着一堆卡片，专心得仿佛写作业的小学生。

那是什么卡片值得刘糯如此认真？田楚很好奇，不过很快她便看清那卡片是一堆身份证件，而且大部分都是JBD人员的身份证件。

田婷望着刘糯一丝不苟整理证件的样子，语气沉重地问："叔叔，这都是在这次事件中罹难人员的证件？"

"嗯。"刘糯点了点头，将那些证件摆放整齐，"我数了五遍。一共二十八个人，也是二十八个家庭。他们都有亲属，都和你我一样是人。"

"叔叔。"田楚听着刘糯颇为悲悯的感叹，满心内疚地回答，"都是我的错，我辜负您的信任了。如果追责……我负责。"

在田楚说话的时候，刘糯抬眼望了她一下，眼神中是满满的失望："小楚，你是错了，但不是错在指挥失误，而是错在胡乱扛责任。二十八条人命，你扛得起吗？"

田楚摇了摇头。

刘糯又望了望看着田楚的田婷："小婷，你说说，咱们该怎么办？"

"死了这么多人，得想办法掩盖事情的真相。"田婷回答得很果断，"把责任推给污水处理公司，就说他们疏于检修，造成沼气淤积，进而导致了总部排污系统爆炸。"

"污水处理公司担不起这么大的责任。"刘糯摇摇头，"除了行政处分，还必须有人坐牢。"

119

"我马上拟定一份坐牢人员的名单。"田婷很快做出回答。

"姐。"田楚一脸愕然，"让无辜的人替我扛责任，你这是撒谎。"

"撒谎可以挽救冷城集团和几百万人的工作岗位。"田婷指着那些死者的胸牌告诉田楚，"只有这样做，才是对这些死去的人负责，才对得起他们的亲属。"

"小楚，多学学你姐姐。"刘糯将那些罹难者的身份证件整理完后，看着田楚，"有的时候为了整体，必须要牺牲个体的利益、情感，还有生命。"

田楚什么也没有说，冷城集团另外一个巨头级人物洛宝赞也进了屋子。

田楚知道，组成冷城集团的三家人已经到齐了，接下来才是大会的开始。

洛宝赞进门后先问询了一下刘家泰斗手术的情况以示关心，而后关起门，向刘家和田家正式说道："既然大家都到了，那么就由我做个开头发言，先讲一下总部那边的情况吧。"

"嗯。"董事长刘糯首肯了。

洛宝赞告诉两家人，在"图灵"的袭击中，冷城集团总部遭受了严重的破坏。整个集团的电子安保措施几乎全部瘫痪，造成的人员伤亡和后续问题更不是简简单单用金钱就能够衡量的。

而本次袭击中最大的损失是，他们丢失了天目173-1580的"原形机"。这是继神龙坛失窃案之后，冷城集团遭受的又一次重大打击。

说起天目173，洛宝赞又特别强调，那是冷城集团成立初期一个由他父亲以及田楚爷爷牵头的"系列暗杀武器"项目，代号"杀人玩笑"，该项目所制作的武器和配套设备本计划用于未来很可能发生的冷战以及不对称战争。

具体到天目173-1580，洛宝赞又讲，那是公司投入10亿美元所研发的暗杀用特种枪械，它内部是一套用高强度塑化纤维制作的"给水加压设备"，能够将水及其他液体以高能粒子的形式喷出枪体，外部则是一套PVC材料包裹的修饰物。

从表面上看，那是一把普通的玩具喷水枪，能够逃避一切安检和探查。但是当有人把液体注入其内部后，它能够喷射出高压水流，堪比激光或者穿甲弹，在十米到十五米之内，它可以轻易地切开除碳炔之外的所有物质。

"相同力量下，单位面积越小，压强就越大，这就是那把枪以及几乎所有动能武器的工作原理；其制作的工艺足够精准完美，堪称优雅。它是我们泠城集团应用工程学部门的极致作品。"洛宝赞解释完"血锯"的神奇，又告诉众人，"'图灵'拿到那把'血锯'后，用它把地面开了一个洞，沿着下水道跑了，躲过了毒气和外围封锁。"

"过程就不要详加描述了，追查的情况怎么样？"刘糯追问。

田婷摇了摇头："追不到。下水道里没有摄像头，而且管道又多，很难逐一排查清楚。"

"必须要查清。"刘糯严肃地命令，"现在，那个狂妄的生物电脑已经彻底脱控了。她拥有了天目173系列的两个武器产品。很显然，她在利用泠城集团的现成设备来进行进化和武装。任由发展，她会达到四级智能，她会把那些武器用在咱们身上的。"

说话间刘糯伸出手，指了指那桌子上的一堆死者胸牌："我不想这样的悲剧重演。"

"是。"田婷坚决地应答，"我带人去处理！"

"小田，我看你就不要去了吧。"在田婷说到一半的时候，洛宝赞居心十分叵测地告诉刘糯，"刘哥，关于这次袭击，我需要补充一些额外的事情。"

"好。"刘糯点了点头。

在获得董事长的首肯后，洛宝赞首先回身质问田婷："0146是你保举他当JBD安保队长的吧？"

"是。"田婷点头。

"他失联了。"洛宝赞指了指自己身后的那一堆胸牌，"死者里没有他。集合救援队，他不在，打电话也不接。最关键的是，我们在今天凌晨坠毁的直升机的黑匣子里发现了这个。"

说话间，洛宝赞从衣服兜里拿出了一个手机，从中调出了一段视频，展示给众人。

在视频中，田楚看见0146跪在一个昙花样的少女面前，仿佛丢了魂，没多久便举起手中的突击步枪，向拍摄这段视频的直升机的方向开火，再之后便是满屏幕的雪花点，视频到此结束。

视频结束，洛宝赞收起手机："很明显，昨天我派出去抹杀'图灵'的飞机是0146击落的。他叛变了，而0146是你推荐的人。"

"你想说明什么？"田婷攥着拳头。

"别激动，还有更精彩的。"洛宝赞又从手机中调出了一段监控视频展示给众人，"这是在我进来之前，技术部刚刚发给我的视频，是他们修复好总部监控后找到的。"

在视频中，田楚看见自己和赵褚跌跌撞撞地走到了泠城集团总部地下仓库大门的门口，紧跟着她输入了大门密码，而后便是"图灵"悄然从赵褚背后的通风口爬进来，偷袭她并给她打针的画面。画面结束后，田楚陷入了深度昏迷，"图灵"和赵褚则进入存储仓库，消失在画面之中。

收起手机后，洛宝赞笑着向田楚道："小楚，你太年轻了，你被那个赵褚利用了。他们诱骗你背叛冷城集团，又像丢垃圾一样把你丢在一旁。"

"不，不是。"田楚急切地摇头，"我和赵褚没有背叛冷城集团，是'图灵'！"

"姓洛的，我听懂了。"田婷望着洛宝赞那张老谋深算的脸，一字一顿，"你认为我们田家人和'图灵'串通一气，是我们指使那怪物干的这些事情？是我们想利用那怪物制造混乱，进而独吞集团？"

"我只能这么理解。况且袭击冷城集团总部这么大的'工程'，没几个内应还真不好办呢。"洛宝赞扭头，望向表情复杂的刘糯，"年轻人正是感情丰富的时候，受不了男人的花言巧语，做出一些出格的事情，也情有可原。"

"你胡说。"田婷愤怒地指着洛宝赞的鼻子，"你拿几段掐头去尾的视频就想给我们定下莫须有的罪名，你以为大家都是傻子吗？"

"我当然还有证据。"洛宝赞微笑着望着田婷。

"什么证据？"田婷毫不畏惧。

洛宝赞伸出一根指头，指着一旁轮椅里的田楚："她。"

"我妹妹算什么证据？"田婷愤怒地质问道。

"她就是证据。"洛宝赞扭头质问田楚，"小楚，楼里的人都死了。为什么你活着？"

"我，我……"田楚无法作答。

洛宝赞又继续说："0号应急预案是公司针对极端入侵的终极防御。它的核心防御设施是一种红色气体的神经毒剂——天目173-115。中了这种毒的人，十五秒钟之内会有剧烈的灼烧和窒息感，一两分钟之内就会脑死亡。每一个死去的人都会呈现出一种面目可怖的哭相，故而这种产品又被形象地称作'狞泪'。'狞泪'可以通过皮肤吸收，防毒面具都是没有用的……而我们的田二姑娘，在没有任何防护的情况下却好好地活着。为什么？"

"我，我……"田楚依旧无法作答。

"因为你提前知道这里要发生什么事情。"洛宝赞愤怒地大吼，"画面里显示得清清楚楚，'图灵'给你提前打了'狞泪'的解毒剂。而那种解毒剂，只有你们姐妹这样的最高层人员才有权调动。这还不是证据？"

随着洛宝赞的话，田楚惊慌得如一只麻雀，而四周的田婷、刘糯都难以掩盖失望的神色。

显然，洛宝赞的话所有人都信以为真了，除了田楚自己。

"妹妹。"事已至此，田婷只能退一步向坐在轮椅里的妹妹说，"你只是被赵褚那个小人利用了。这不怪你，毕竟你经历的事情太少。"

"一句话就把所有事情都推给别人吗？"洛宝赞冷笑，"0146和赵褚可都是你一手提拔的人，他们出了事情，你没有一丁点儿责任吗？"

田婷听着洛宝赞的恶意质问，面色同样阴沉不安。但她毕竟不是自己妹妹那样的性格，所以还是很镇静地回答："我会配合公司的调查。"

"配合恐怕不够。"洛宝赞回身望着董事长刘糯，"我建议她引咎辞职。"

"引咎辞职。"田婷和田楚听着洛宝赞的话，都震惊无比，特别是田楚，她终于明白了洛宝赞的险恶用心。

很显然，洛宝赞就是在借题发挥。他想借此将田家人一举扫出冷城集团，想借此报复田家人的羞辱和"杀子之痛"。

他的险恶用心已昭然若揭，但是田家姐妹却没有任何反驳的余地和可能。

董事长刘糯面对着洛宝赞的证据和提议，颇为犹豫。但最终，他还是向田婷说道："小婷，你累了，休息一阵吧。"

田楚听着刘糯的安排，心中骤然一紧。她知道如果在这个节骨眼上姐姐离职的话，田家恐怕真的要被面前这两个狼狈为奸的老家伙踢出集团了，他们田家三代人开拓的基业很可能会毁在她们姐妹的手里。

面对着刘糯和洛宝赞的联合"逼宫"，田楚惊慌无比，但田婷却坚定地摇头："我不休息。"

洛宝赞一声冷哼："那你还要干什么？"

"我犯下的错误，我自己会处理。"田婷凝眉，坚定地望着洛宝赞，"给我一队'黑血'，我亲自去把'图灵'和赵褚抓回来。我会向你证明，我没有背叛集团。"

"嗯？这个……"洛宝赞没有回答田婷，反而将怀疑的目光望向刘糯。

刘糯则摆出一副和事佬的架势，向田婷微笑："可以是可以，不过……"

"不过，我们怎么相信你呢？"洛宝赞质问田婷，"只是一个假设。万一你在与'图灵'接触的过程中，又做出一些背叛公司、牺牲整体利益的事情怎么办？毕竟，那个什么赵褚可是同时救过你和你妹妹的命的。"

"我不会。"田婷坚决地回答。

"口说无凭。"洛宝赞摇头。

"那要怎样你才信？"田婷质问。

洛宝赞和刘糯交换了一下眼色，而后他回过头，拿起自己的手机，拨通了一个号码。

手机拨通后，洛宝赞向里边说了一句"拿进来吧"，之后十几秒不到，便有个挂着JBD-0007胸牌的男人，推着一个带滑轮的衣服架子走进了屋子。

随着那个JBD队员的出现，所有人的目光都集中在那巨大的立体式衣架上。

田楚看见，那衣服架上架着一套纯黑色的皮衣，显得非常厚重，还带着一丝阴森的气息。

泠城是热带气候，在这种地方看见皮大衣是很新鲜的事情，而更新鲜的是，那皮衣上还拥有一个胸牌。

当皮衣距离田楚足够近后，她看见那皮衣衣领处的胸牌竟然是：天目173-4455。

2

天目173-4455，项目代号"送葬大衣"。

田楚并不知道这件黑色的皮衣有什么神奇的功效，也不知道"送葬大衣"这四个阴森的文字又意味着什么，但是她通过洛宝赞先前的介绍知道，天目173项目的产品都是专门用于暗杀的，都是匪夷所思但又威力无比的存在。

当田楚看见那标识着天目173-4455的胸牌后，感觉身上阴冷阴冷的，仿佛那皮革的大衣，真就是给人送葬的寿衣一般。

正在田楚望着那大衣胡思乱想的时候，田婷问洛宝赞："这是什么意思？"

洛宝赞告诉田楚："这件衣服与众不同，它的表面是用超高分子量聚乙烯纤维以及碳纤维混合制作的，强度是钢的数十倍，足以抵御狙击步枪的子弹，还能隔绝部分光线信号，是最好的柔性防弹衣，但这件大衣真正的妙用却不是防弹。"

说话间，洛宝赞一把抓起了黑色大衣，将衣服的内层展示给田家姐妹看。

田楚惊讶地看见，这件大衣的内层是密密麻麻的钢针，那些钢针有手指节长短，像刺猬的刺一般交错排列，随着洛宝赞拿起衣服，针尖一排排地放出冷冽的光芒。

田楚望着那些针尖，忍不住想：这样一件内里布满尖针的大衣，穿上还不把人扎死吗？

"这不是一般的针。"洛宝赞展示着大衣，"那些针都是微电流和AI控制的神经刺激单元。人一旦穿上，针头就会扎进人的皮下和脊椎神经，全面截断人脑的神经信号。大脑发出的信号，都由这件大衣帮助进行传递和预判处理，再反馈给人的四肢等行动器官。"

"谁穿上这大衣，就等于被这大衣附身，接管了身体。"田婷不安地嘟囔了一句，而后又问洛宝赞，"接下来呢？"

"接下来你就会获得神奇的力量。"洛宝赞兴奋地向田家姐妹解释道，"诸位知道吗？人脑的效率其实很低，思维信号从一个细胞传递到另外一个细胞，速度太慢了。这导致我们这些凡人的反射弧很长，完成一个简单的应急动作往往都需要0.4秒。因为太慢，所以凡人徒手抓不住苍蝇，徒脚踢不到猫狗，更不用提和'图灵'这样的顶级生物抗衡。"

"穿上这衣服，能快很多？"田婷问。

"穿上这件衣服，让它的神经网和微电流代替你的脊髓，用科学弥补五亿年进化的缺损，它会让你的应急动作周期缩短到0.01秒，比凡人快四十倍。不要说苍蝇，就是抓子弹也没有问题。"

洛宝赞又拍着那大衣的黑色衣面，微笑道："而且，这个大衣还可以通过那些针头逆向阻止疼痛信号，刺激肾上腺素分泌。进一步让人在短时间内获得惊人的抗打击能力与爆发力，以更上一个档次。"说到最后，他甚至主动将那件大衣从衣架上拿下来，递给田婷，"来，田婷，快穿上！穿上它，你才能斗得过'图灵'，才能活着回来。"

田婷并没有动，反问道："这世界上不会有如此便宜的事情吧？这衣服一定还有别的副作用，否则这件大衣不会被称为'送葬大衣'。"

田婷是聪明人，她的推测合情合理，而洛宝赞在听过她的话后，面色上果然也露出了一阵阴霾。

不过就在这个尴尬的时候，一向爱当和事佬的董事长刘糯突然站出来："因为现有技术的禁锢，这件衣服的使用期限很短，只能维持三十六小时，所以你必须尽快抓住'图灵'。而且穿上这件大衣的人，还必须遵守三个特殊的内置设定。这三个设定既是为了保卫穿衣人的安全，也是为了保护公司的安全。"

"什么设定？"田楚焦急地问。

刘糯回答："第一，衣服如果在未经泠城集团董事会允许的情况下被强行从穿衣人身上脱下来，就会释放强电流，杀死穿衣人的所有神经细胞，同时短路；第二，如果穿着该大衣的人威胁或者攻击泠城集团乙级以上授权人员，则会立刻触发1号设定的结果；第三，甲级授权人员可以远程遥控触发1号设定。"

说完，刘糯微微摇头："这也是没办法的事情，毕竟这衣服的能力太强了。"

田婷听完两个人的介绍，脸都白了。她嘴唇抖动了半天，才又开口："两位叔叔，我听明白了，穿上这件衣服的人会变成你们两个的奴隶。奴隶只有两个选择，要么完成任务，要么死。不愧是暗杀利器，损人利己呢。"

"不要说得那么难听嘛。"洛宝赞冷笑着，"没人逼你穿它，没人逼你非要担责任，只是给你个选择而已。"

洛宝赞的话说得轻巧，但是意思非常明显，他就是让田婷在交权和做奴隶之间二选一，不管田婷选择了哪一个，对他来说，都是一笔划算的"买卖"。

而田婷呢？她的选择一下子成了众人瞩目的焦点。

面对着洛宝赞手中那丧心病狂的"送葬大衣"，田婷久久沉默，眼神纠结。但最后她还是开口了："我穿，我会用行动证明田家的清白。"

说话间，田婷接过了那大衣，眼瞅着就要披在自己身上，坐在轮椅中久久不曾言语的田楚突然大声喊道："姐，把衣服放下，我穿。我惹出的事情，我负责！"

田楚是深思熟虑过的。她知道，眼下她导致的错误已经到了无可挽回的地步，如果她们田家想保住眼前的一切，只能派代表性人物将"图灵"和她偷盗的公司产品抢回来。但问题是，这个人绝不应该是自己的姐姐田婷，她一旦穿上那件大衣，整个田家都会被逼迫到有进无退的地步。

在田楚提出那要求后，田婷惊愕地对她道："妹妹，你胡说什么？这件事情怎么能由你……"

"我去是最好的选择。"田楚说话间，艰难地从轮椅中站立起来，拔掉手上的输液针管，而后强调道，"我的失误，我弥补。"

"可是……"田婷犹豫不决。

田楚迈着绵软的步伐，晃晃悠悠地走到姐姐面前，一把拿过那大衣的同时，惨笑着告诉姐姐："你肩膀上不光负担着自己，还有我，还有爸爸，还有爷爷……三代人，多少员工。你够累了，不该再担这份责任。"

田婷听着妹妹的话，望着妹妹那苍白的脸，沉默良久，终究松开了抓着大衣的手。

随着田婷的松手，田楚接过了那件衣服，而后脱掉医院的病号服，披上了这件外套。

内里布满了针头的大衣沉重而不适，那些钢针划过皮肤时，让她感觉到一阵阵麻痒，但是并没有任何如洛宝赞所说的那种神奇的反应和感觉。

狐疑中，田楚刚想向洛宝赞说出内心的困惑，洛宝赞却先开口了："忍着点。"

"忍？"田楚费解，"忍什么？"

"痛。"洛宝赞从衣兜中拿出了一个电子钥匙一样的东西，摁了一下按钮。

田楚顿时感觉原先只在她皮肤表面蹭痒痒的钢针突然全部在向

130

她身体里扎去，穿透她的皮肤、肌肉、血管……

田楚感觉皮肤如火烧铁烙一样的痛苦，而且那痛苦还渐渐扩大，由表及里，逐渐扩散到了她的四肢百骸，特别是她脊椎的骨缝之间。钢针渐渐嵌入脊柱和神经，发出"咯吱咯吱"的响声。

那感觉，仿佛她被人千刀万剐拆解分尸一般，让她连喊叫的力量都没有，只能趴在地上，艰难地喘息着。痛苦的刺激并没有持续很久，但每一秒都让田楚感觉仿佛身处地狱。

"妹妹。"田婷惊慌地要冲向田楚，却被洛宝赞强行拦了下来。

"别碰她。"洛宝赞抓住田婷的手，"大衣正在接管她的神经系统，贸然施加外力，会导致神经系统的永久损伤和瘫痪。"

在洛宝赞拦下田婷的时候，田楚那剧烈难忍的痛苦也终于结束了。随着身体疼痛的感觉渐渐消失，她又能够呼吸，又有了清晰的神志。

而后，她从地上站立起来，惊愕地看着身上的那件外套。皮衣早已由宽大臃肿变得贴身塑形，让她感觉到一种前所未有的轻便灵活。

在检视完那件皮衣后，田楚抬起头望着自己的姐姐。

此时，田婷的表情依旧满怀担忧，虽然田楚已经从地面上站立了起来，但田婷依旧询问："妹妹，还痛吗？"

听着姐姐的话，田楚又是一阵惊讶。因为她突然间发现，姐姐此时的话变得特别"慢"，她还感觉姐姐以及旁人的动作仿佛都是慢动作，无比吃力又清晰。

但实际上她知道，大家并没有变慢，这仅仅是一种视感错觉而已。

131

面对着姐姐的关切，如获新生的田楚回答："我好多了，这衣服很神奇。"

"看来融合得不错，我来做个测试。"一旁冷眼观看的洛宝赞突然从衣服兜中掏出一把手枪，没有任何犹豫便向田楚扣动了扳机。

田婷望着洛宝赞扣动扳机的动作，惊慌地猛喊出了一声"不"，紧跟着就下意识地闭上了眼睛。

一秒，二秒，三秒……枪声并没有响起。

当田婷再次睁开眼睛的时候，她看到洛宝赞手中的枪还在，但是弹匣却到了田楚的手中。

田楚望着那装满子弹的弹夹，冷笑一声，而后她将弹夹递给洛宝赞："下次别做这种危险的实验，我怕我不小心把你的头拧下来。"

听着田楚的威胁，洛宝赞却回答："不会的，因为这么做会违反这衣服的设定，你会被电死。"

"好了。"在一旁冷眼旁观的董事长刘糯说话了，"田楚负责这件事情再好不过了。我马上授权，把JBD最精锐的'黑血'调给小楚。小楚，你先回病房准备一下，我们尽快出发。"

"好。"田楚点了一下头，而后离开了会议室。行动间，仿佛一朵黑色的大丽花。

3

田楚回到病房后，支走了所有的医护人员，而后重重地躺在病床上。

此时，她的眼前是一片神奇的世界，她能看见苍蝇震动翅膀的样子，能看见空中飘浮的棉纤维碎屑，甚至能看见自己呼吸的气流是如何改变空气中灰尘的走向的。

和洛宝赞承诺的一样，这件衣服让她的反应速度提高了四十倍，让她的视感延长了四十倍，寻常人的一秒在她的眼中仿佛四十秒那么漫长。现在的她别说徒手杀人，就是徒手抓子弹也确实没什么问题。

但问题是，这样就能够打败"图灵"吗？田楚很怀疑。

田楚是"游戏"的深度参与者，她是看着天目36一步步进化成"扬名"，又一步步进化成"图灵"的。她知道"图灵"是算无遗策的超级电脑，先后偷窃了天目173-096和天目173-1580这两个高科技的暗杀用特种武器，有远超越她的资本和冷城集团抗衡。

因为清楚自己面对的是怎样的对手，田楚内心非常绝望。她从没有想过能赢那个怪物，她认为最好的结果也就是同归于尽。她感觉这是一条不归路，一个小时的准备时间，或许也是她人生中最后一个小时的宁静了。

带着惆怅的心结，田楚轻轻闭上双眼。其间，她的思绪有过挣扎，有过无奈，更有过对赵褚的担忧，最终她只剩下了绝望。

混沌中，手机的铃声打断了田楚的胡思乱想。她拿起电话，看见那是姐姐田婷的号码。

在这个节骨眼上姐姐与她联络，这让田楚感觉到定然有事："姐，有什么吩咐？"

"你这是送死，你知道吗？你根本不是'图灵'的对手。一件大衣，四十倍的反应速度并不能让你在与她的对抗中获得什么优势。因为那电脑在还是'天目36'的时候便拥有比人类反应高上千万倍的运算速度，更不用提她现在还进化了！"

"我……"田楚听着姐姐的话，忐忑地问，"那么我到底该怎么办？"

"还有半个小时，'黑血'就要到了，我们还有时间。"田婷语气平静地告诉妹妹，"妹妹，你临走之前，我要单独和你再见一面，在医院五楼的271休息室。你小心些出来，别被人跟踪。我有一个计划，见了面我再告诉你。"

"哦。"姐姐的话让田楚看到了生的希望，挂断电话后，她立刻起身，往271室赶去。

得益于"大衣"的加持，田楚以四十倍于常人的反应速度轻松甩掉了门外那些洛宝赞的眼线与医护，只身一人进入了271房间。

房间狭小，光线昏暗，设施破败，丝毫和"休息室"三个字联系不起来。这是一间男厕改装出来的储物间，隔间里堆放满了大大小小的箱子、笤帚，在储物间尽头的黑色纸箱壳上还放着一台老旧的显像管电视机。

电视竟然开着，正闪烁着许多黑白雪花点，发出嘈杂的声音。

闪烁雪花点的电视让田楚感到不安，再加上没有看见自己的姐姐，田楚便打算退出去。

不过，就在她刚刚有转身的意思时，那原本布满了黑白雪花点的电视却突然间一阵蓝屏，紧跟着向田楚显示出一行白色的字迹。

那字迹是："你上当了，是我叫你来的。刚才的电话只是你姐姐的电子合成音。"

"你？"田楚望着那电视，望着那熟悉的"套路"，紧张之余又冷冷地问，"你是'图灵'，能听见我说话吗？"

过了一会儿，电视屏幕上的字迹更新了，新的字迹告诉田楚："我不是'图灵'，亦不是'扬名'。"

田楚品着电视上的话："既不是'扬名'，也不是'图灵'，但是你却有他们的能力。你到底是什么？为什么让我来这里？"

须臾，电视屏幕上显示："我想让你参加我的游戏。"

因为愤怒，田楚随手拿起身边的一把笤帚，向着那老式样的电视扔了过去。

因为有大衣的加持，田楚随手扔出的笤帚又快又狠，像根标枪一样。"砰"的一声闷响，电视机被笤帚穿透了，发生爆炸，冒出了烧煳味道的烟雾。

田楚望着自己丢出的扫帚，有些暗自吃惊，还有些小小的窃喜。只是就在她准备离开的时候，手机突然震动了一下。

田楚略微犹豫，但还是拿了出来。而后她看到那手机里有一条信息，信息写着："我在电视里藏了一些礼物。现在请走到你砸碎的电视机前，在碎片里仔细找找。如果你想赢'图灵'，想活命，请按照我说的做，找到我送给你的礼物。"

田楚望着那条信息，感觉到一股冷气从手机里缓缓流进了自己的心中。但她没有犹豫，而是在好奇心和求生欲的驱使下，小心地移步，走到那被她拿扫帚戳烂的老旧电视机前，用她那已经变得极其敏锐的眼睛在电视机的碎片间搜寻着对方要送给她的礼物。

匆匆看过两眼，田楚一无所获。

而就在田楚正准备进一步查看时，还在冒烟打火的电视机突然"砰"的一声，发生了二次爆炸。

这一次的爆炸不算激烈，田楚很清楚地看见了爆炸的产生，火花和玻璃四溅的过程。

仗着极快的反应速度，田楚在第一时间便躲避开因为爆炸而飞溅的玻璃碎片。但因为太多、太碎，田楚并没有能够全部躲开，还

135

是有三片玻璃分别划伤了她的耳朵、面颊和手指。

细微的伤口带来的刺痛很快消失，但羞辱的感觉让田楚久久不得平静。她拿起手机，向里边愤怒地喊道："你算计我，你所谓的'礼物'，就是爆炸。"

电话那边的神秘人发来信息："我只是向你证明，即使你穿上这件大衣也一样赢不了'图灵'。仔细看看你身上的伤口，想想，如果那电视机换成破片炸弹会怎么样？"

田楚愕然无语，但还是冷静了下来，忐忑地问手机里的神秘人："你到底是谁？为什么要向我证明这些？"

神秘人依旧以文字回复田楚："一个真正想让你生存下来的东西，一个唯一能帮助你赢得这场生存游戏的东西。"

神秘人的回复依旧模棱两可，但田楚注意到，它在形容自己的时候，极力地在避免使用"人"这个词，同时又极力地与'图灵'撇清关系。

它到底是什么呢？

田楚虽然有颇多疑问，但是她知道，这种疑惑现在不是重要的，当务之急是在与"图灵"的对抗中获得主动，而后再调查那些多余的事情。

迫于生存的压力，田楚问对方："我应该怎么做才能够活下来？"

对方回答："只要你一直按照我的提示去做，就一定能够成功。'图灵'夺走你的一切也都会回来。"

犹豫了一下，田楚问："赵褚呢？我不想他受到伤害。"

对方回答："我会最大限度地照顾你的感情。"

田楚在得到对方的回答后，略微犹豫，但还是回复："想赢

'图灵'，我需要干什么？"

对方回答："第一步，马上赶到神龙坛特殊实验品存储仓库，释放天目18-1714。"

4

为了帮助田楚尽快抓住"图灵"，刘糯拨给了田楚一支极富作战经验和能力的JBD特种小队"黑血"，还将她在公司内的授权等级临时调至甲级。

田楚在出了医院之后，并没有急着去技术部找人调查"图灵"的去向，只是在打了一个马虎眼后，带着这支人马前往泠城集团在神龙坛的地下仓库，按照神秘人的提示，去释放天目18-1714。

在去往神龙坛的汽车上，田楚一直捧着电脑，在泠城集团的内网里翻找天目18-1714的有关资料。

得益于临时提高的权限，她很快了解到，天目18-1714也与叛变的0146一样，都是经过基因和电子工程强化过的人类"改造体"。但是和0146不一样的是，在能够查询到的所有资料中，只记录了这个1714为一个六十岁左右的男性，于六年前被执行了《5号抹除协议》，抹除了他过去的一切经历和事迹。

1714被泠城集团高层抹除的事实，阻止了田楚做更进一步的调查。不过，她在《5号抹除协议》文本的"启用原因"里看到，只有"极度不可控制，但又必须予以保留的、高价值的实验体"才允许执行抹除协议，而且该协议的被执行者"必须保证拥有足够重启的可能"。

田楚不难猜测出，天目18-1714一定是在接受身体改造后，身体或者思维产生了某种"变异"。这种变异导致泠城集团失去了对他的控制，但是又赋予了他某种极强大的能力，成了罕见的研究对象，集团这才不得不对他采取抹除措施，进行收容性控制。

任何文字描述都不能让田楚一窥天目18-1714的全貌，但是让她清楚地意识到这家伙绝对是一个相当难以控制的危险体。

释放他来对抗"图灵"，是以毒攻毒的险棋。如此高风险的事情，如果不是因为没有选择，田楚真的不想做。

当田楚来到神龙坛仓库的管理处，利用临时得到的特权提出要释放天目18-1714后，神龙坛地下存储中心的主管却拿古怪的眼光望着田楚，小心翼翼地回答："对不起，这个……我们做不到。"

"嗯？"田楚微微皱眉，"为什么？"

"是您的等级不够。"主管拿出一张表格告诉田楚，"天目18-1714是本中心最危险的三个被执行《5号抹除协议》的对象之一，他的开封需要甲级以上的特别授权，即是董事会一两位董事的签名，以及刘糯、洛宝赞和田婷三个人的密匙。所以我……"

"我没有那些手续，但是我有更有效的东西。"说话间，田楚突然从衣兜里拿出一把手枪，上膛、开保险、开枪。

她的速度极快，以至于当子弹打掉那个主管的耳垂时，那个主管依旧在笑容满面地说"抱歉"。

"抱歉"两个字说完后，仓库主管才反应过来，惊慌地捂住耳朵，畏惧使他连连求饶。

"这密匙够吗？"田楚质问，"现在可以带我去找'1714'了吗？"

主管捂着耳朵，依旧畏惧地说："就，就算是到了收容间，没有上边的密令，我也打不开电子门。"

"开门不需要你操心。"田楚命令道，"马上带我们去。"

在黑洞洞的枪口面前，主管没有任何办法，只能带着田楚一伙人穿过七拐八绕、厚重异常的水泥长廊，走到一扇标注着"05特别收容所"的金属门前。

"就是这个。"主管指着门告诉田楚，"这里边就是'1714'，但门从来没打开过。没有授权，我也打不开。"

"二小姐。"一个JBD的老队员向田楚建议道，"用聚能炸药吧，现成还省事。"

"不行的。"主管愕然，"如果用了，我会死的。"

田楚冲自己手下点了一下头，而后向主管说："如果不用，大家都会死。"

那些以亡命悍勇著称的"黑血"队员立刻将炸药沿着"05特别收容所"的水泥门框进行布置。

仅仅两分钟后，一个专门用于破门的高爆炸药阵列便在那些特种队员手中布置完毕。紧跟着，便是清场之后的一声"砰"。

在浓烟滚滚的爆炸中，田楚看见主管因为精神紧张而晕倒在地上，看见那两扇堪称巨厚的铁门彻底变形坍塌，看见那层层烟雾之后有一个并不算大的空间，空间内立着一块巨大的水泥块。

田楚随着JBD的武装队员举枪走到那保存室正中的水泥块前，惊讶而仔细地打量着这块如墓碑一样的水泥——这个保存室里唯一的保存物。

黑褐色的水泥不知道在保存室中放置了多久，它上边被许许多多的电缆之类的东西缠绕着，显得死气沉沉。在灰色的尘土与黑色的电缆之下，那水泥块上有用红色笔标记出的一行编码文字：天目18-1714（危险等级：S）。

田楚望着那编码和红色的字迹，感觉到一丝不安。不过他手下那些"黑血"队员却对这一切毫无危机感。

"田小姐。"一个叼着烟卷的队员向田婷建议，"1714八成就在这水泥块里，继续用炸药炸吧。"

"对，看看这六年他是怎么过的。"另一个队员得意地笑，"被封在这么个水泥疙瘩里，大小便都不知道怎么解决，哈哈哈！"

在"黑血"队员的一阵哄笑声中，田楚微微摇头："炸药不好控制，用锤子把它砸开。"

"好。"在一阵兴奋的附和声中，三个队员走出了保存室，没过多久，便提着几个消防用的红头八磅锤走了进来。

"黑血"队员两个人一组交替发力，轮流挥舞着锤子砸向那缠绕着电缆的水泥块。

得益于这些人的体力和工作速度，仅仅几分钟之后，那一人多高如墓碑一般的水泥块便被打开了裂缝。

随着水泥块的剥离，有奇怪的红色液体渐渐渗透出来，那些队员不得不停下了手头的工作。带头的队长忐忑地问田楚："二小姐，水泥里渗血，实在不对劲，还需要继续砸吗？"

田楚独自走近那水泥，望着那些从裂缝中渗透而出的液体，观察了好长时间。

须臾，田楚转过头来："诸位，这些并不是血液，而是某种油脂制成的培养基，如果我没猜错的话，这水泥块是中空的，里边有一个容器，刚才的重击让容器破损了，所以……"

就在这时，她对面的队长突然表情惊骇地举起了步枪，向田楚喊话："身后。"

意识到身后不正常的田楚也果断扭头，顺着大家的目光，看到了那一幕：

水泥的裂缝处竟然伸出了一只手，骨瘦如柴、指尖如爪、沾满了血红色的培养基，上面插着许多导管和电线。

那只手挣扎着抓向田楚，这吓了田楚一跳。不过她轻易地躲过了袭击。

在抓了个空后，那只手继续挣扎着向外拉伸，水泥块的裂痕迅速扩大、延展着，更多的血红色培养基也随之流出来，在地面汇聚成黏糊糊的一摊液体。

望着那些裂缝，田楚意识到，1714很快就会挣脱出来了。这个1714被困在那样的封闭容器中六年竟然还能活，除了那容器中的生命维持设备的功劳之外，也一定与他强大的生命力脱不了干系。

他的身体，一定与众不同。

"都别开枪，我倒要看看1714是个什么三头六臂的怪物。"田楚盯着那开裂的水泥块，凝眉吩咐道。

所有人都枪口向下放低了一些，但没有人移开视线，也没有人敢松懈。

在众人的凝视中，"嘭"的一声响，水泥块崩裂出了一个不算大的空洞，手的主人从裂口处与那些血色的液体一起"流"了出来，瘫软地跌倒在地上。

望着1714的身体，所有在场之人的呼吸都是一窒。

刚被释放出来的1714极度瘦弱，可能因为长久不运动、不见阳光，他浑身上下几乎没有肌肉且都是白的，就连眼珠也没有一丝一毫的血色。

枯瘦的1714如一副被无数电线包裹的人体骨架，倒在地面红色的液体里，连能否站起来都是问题。但即便1714惨到了这个地步，

141

他一见田楚等人，却还是兴奋而狂妄地对他们说："呵呵，用这种方法把我放出来，冷城集团遇到大麻烦了呀。"

田楚听着对方的揣测，多少有些诧异，不过就在这个时候，她裤兜里的手机轻轻动了一下。

田楚将手机从裤兜中拿了出来，看见那上边是神秘人发来的信息："不要被外表所迷惑，直接和他说正事。"

田楚立刻问1714："集团需要你帮忙，如果你能帮我抓住一个人，我会考虑还你自由。"

"抓人？"1714问道，"有没有那人的资料？"

田楚点头，从手机中将一些"图灵"的资料调出来，交给那人看。

"你拿近一些，我看不见……"

田楚又将自己的手机递近了一些。

1714的眼睛突然变得血红，原本如死尸般瘫软在地上的身体也猛然间弹坐起来。他张开满是獠牙的嘴，猛咬住田楚拿着手机的手掌。因为他的动作极快，田楚竟然没能躲开。

随着1714的撕咬，田楚很快便感觉到自己的手被他尖锐的牙齿穿透，自己的血液也随着他的撕咬而渐渐流失。

这人在吸血。被吸血的田楚在慌张之余，不忘推那家伙一把。

1714毕竟是被关了六年，身体极度虚弱，而田楚有大衣的加持，今非昔比。所以随着田楚这一推，1714便立刻栽倒在血水地上，却依旧"咯咯咯"地冷笑着。

田楚望着自己被咬出了四五个血洞的手，愤怒地质问1714："我救了你，你却像一只白眼狼一样咬我？"

"哈哈，我需要现成的血浆和人体组织来修复一些机能。"1714

止住笑声，"况且，你穿着'送葬大衣'，堪比猫有九条命，是根本不用在乎失去的那点血的。"

"你知道这件大衣？"田楚惊愕地问。

"我创造的。"1714微微昂头，望着田楚，"我还知道，你中过我发明的'狞泪'毒气。你准备追杀的东西原本叫天目36，是当年技术部第一天才'零'发明的超级电脑。她现在进化成了一个叫'图灵'的类人体，外表还和'零'一模一样。"

"你怎么会知道这些？"田楚愕然。

"田小姐的血液和神经细胞告诉我的。"1714回答。

"通过血液读取人的思想？"田楚大吃一惊，连声质问，"你到底是谁？为什么会被封在那种水泥棺材里？"

"我？"1714的声音陡然变得有些悲哀，"'零'是冷城集团技术部的第一天才，而我则是冷城集团技术部的第一鬼才。我创造的东西不比'零'差，却被你爷爷田宝鹤和洛宝赞那个畜生暗算，他们才是疯子。"

田楚想着身上的大衣，想着那能够致人惨死的"狞泪"毒气，确实感觉1714疯狂异常，应该被封禁起来，甚至枪决。

但显然，田楚的爷爷出于集团利益的考虑，没有那么做，而这个"隐患"，现在却成了田楚的救命稻草。

"你确实疯狂。"田楚问1714，"那么你有什么疯狂的办法来对付'图灵'吗？"

"我向来都没有怕过'零'，更不会怕她的制造物。"1714回答，"要对付她，我需要冷城网络资源的调度权，一个生物实验室以及一些'图灵'的身体组织样本。"

"身体组织样本。"一个'黑血'队员走到田楚身边，小声告诉她，"我们有一根'图灵'的头发。"

1714望着那名队员，发出了一丝兴奋的笑，显然他明白那人和田楚说了什么。

"有头发很好。"他说道，"我可以报仇了。"

第六章　鬼才

1

赵褚自从进入泠城集团总部的下水道后，便时时刻刻担忧着妻子刘晴儿的情况。

作为一个曾经在排水系统中干过五年的工程师，赵褚习惯了下水道里的味道和地形，甚至可以说，这里算是他的"主场"。但刘晴儿并不熟悉这些，赵褚很担心她过分柔弱的身体能否经得起这样高强度的折腾。

为了更好地保护妻子，赵褚撕扯下他的衣服袖子，做成简易的口罩给妻子"防毒"。每到需要蹚水或者布满淤泥的地方，则直接背着她向前移动。

因为他对妻子过分的关心，0146和"图灵"的行动速度一下子被拖慢了不少，他们对他有些不满。

在前往绝望井的路上，0146多次质问赵褚："赵先生，你对你妻子的保护有些过吧？她有手有脚，身体健康，完全可以自己走。"

145

"不行。"背着妻子的赵褚愤怒地拒绝0146的提议，"这检查井里到处是致病的菌膜，如果划破皮肤，会被感染的。"

"人有免疫能力。"0146告诉赵褚，"况且你背着一个人，行动不便，自己被感染的风险会提高一倍。"

刘晴儿听了0146的话，也不安地附和："你把我放下吧，我自己能走。"

"该放的时候我自然会放。"赵褚固执己见，"但现在不行，你在床上躺了五年，身体还很虚弱。"

相同的话重复过几遍后，0146和"图灵"顺从了赵褚的固执。而刘晴儿在大部分时候，都将自己的头轻轻贴在丈夫的背后，显得非常享受，也给了赵褚莫大的安慰。

他们不知道走了多远，头顶的污水走廊突然一下变得极其宽敞，脚下的污泥渐渐减少，四周还多了许多人留下的壁画以及痕迹。

随着四周的变化，贴在赵褚背上的刘晴儿问赵褚："快到了吗？"

"嗯。"赵褚伸出一根指头，指着那下水道的尽头，"前边就是绝望井，到了那里，咱们可以休息一下。"绝望井的前身，是一处临海的污水处理厂。后来因为海平面上涨和几次海啸的损坏，这家污水处理厂被迫废弃，成了冷城许多犯罪分子和非法移民的聚集地。

这里的地下路线很多，被水淹没的地段也很多，而且冷城大部分污水管道都有通往这一地区的"道路"。这些地下的道路网没有监控。

离开冷城，逃到一个安全的地方过日子，正是赵褚和妻子眼下最迫切需要的"解脱"。

当发现自己距离绝望井越来越近后，赵褚兴奋地背着妻子快走了几步。须臾，他面前的污水涵洞消失了。在洞口外，他看到了一个堪称光怪陆离的世界——绝望井。

他们面前的绝望井是由一些原污水站的半地下加压泵房和污水曝气池之类的建筑改建起来的。外面由瓦楞板、大芯板、废油毡、管道和碎砖头等零碎建材垃圾所组成。

那些五颜六色的窝棚如堆高塔一般层层叠叠，遮天蔽日，只留下狭窄的过道供各种肤色的人穿梭行进。

赵褚放下妻子后，扭头问一旁正俯视这"风景"的"图灵"："我们到绝望井了，接下来怎么办？"

"你的任务完成了，你自由了。""图灵"的回答出人意料，"现在你可以通过绝望井所联通的下水管道去你要去的任何地方，离开泠城，和你妻子过安稳的日子。"

"就这么简单？"赵褚愕然，"那泠城集团怎么办？他们追杀我的时候，我又怎么办？"

"他们不会追杀你了。"

"你拿什么保证？"

"图灵"向赵褚投以诡异的微笑，同时晃悠了一下手中的喷水枪道："用这个。"

赵褚望着那把能够开水泥墙的"血锯"，顿时凝眉。但之后他却又坚决地说："我依旧不能离开你，更不能离开绝望井。"

"老公，你干吗？"一旁的刘晴儿畏惧地望着0146与"图灵"，劝阻赵褚，"咱们赶紧走吧。"

"我明白，但没有办法。"赵褚望着"图灵"，说出自己的顾虑和计划："我和我老婆不一样，我们是普通人。特别是我老婆，她有病，身体弱。"

"你到底想说什么？""图灵"颇为费解地问。

"我们需要钱。"赵褚向"图灵"提要求，"出来的时候那么匆忙，我们没有带任何积蓄，我们出去了就会饿死。"

"老公。"刘晴儿畏惧地看着赵褚，"怎么能和这些……他们要钱呢？我……等出去了，我能打工，会挣的……"

"不行，必须要。"赵褚将妻子护在背后，又向"图灵"说，"我现在被冷城集团通缉，到时候我就算是有现钱也未必花得出去，更何况是没有。"

"为什么你认为我能帮你弄到钱？""图灵"问赵褚。

"很简单，你干过。"赵褚按照自己的判断回答，"你很轻易就能弄到钱。况且你既然决定要和冷城集团对抗，没有资金链也是不可能的。"

"图灵"听着赵褚的话，略微皱眉。而0146则愤怒地回应："你这人真麻烦，让你活命你还得寸进尺了？我告诉你，赶紧从我们眼前消失，否则我让你消失。"

"别……"就在0146与赵褚僵持不下的时候，刘晴儿突然小声开口，向"图灵"央求道，"求求你，再帮帮我们吧。我们这些普通人，没钱活不下去的。"

"图灵"的眉头微微皱了几下，似乎变得更加困惑了。

不过，就在赵褚以为她又要说出些什么石破天惊的论调时，那女人却告诉赵褚："我可以再帮你这个忙，你们跟着我来吧。"

"图灵"在答应赵褚的要求之后，看了一眼表，而后向赵褚说道："你和我走，你妻子和0146留在那边，去吃一些东西。"

说话间，"图灵"向赵褚指了指路边的一个蓝色防雨布的窝棚，在那里有一家卖烤榴梿的小摊。

　　"太不卫生了。"赵褚犹豫了，"而且，把我妻子一个人留在那里，我怕……"

　　"去吧。"刘晴儿安慰赵褚道，"你不用担心我，有0146在，也没人能欺负我，你也注意安全。"

　　说话间刘晴儿将头扭向"图灵"："我求你，别让人伤害他。"

　　"图灵"望着刘晴儿，点了点头。

　　赵褚听着妻子的安慰感觉有理，便没有再坚持自己的想法，跟着"图灵"走进了熙熙攘攘的人群。

　　作为冷城的"三不管"地区，绝望井住的人绝大部分都是没有身份和钱财的非法移民，绝大部分人都属于赤贫的阶层。

　　在这些落魄至极、肮脏至极的人群和街道间，"图灵"这样一个穿着白色衣裙的漂亮女人便显得非常格格不入。她一出现，便受到了万众瞩目的"优待"。

　　当她在人群中穿行了一阵后，果然听见赵褚忐忑地说："我说，咱们这样太招摇了吧。这里的人很多是杀人不眨眼的人，万一他们把咱们……"

　　"不会的。""图灵"告诉赵褚，"他们不敢越雷池一步，因为他们以为我是雷洪的新配偶。"

　　"雷洪？"赵褚诧异，"什么人？"

　　"这里最高等级的资源支配个体。"

　　"什么是'资源支配个体'？"

　　"在这里，只有雷洪会西装革履，也只有雷洪的女人会穿我这样的干净衣服。"

"你还真了解这个雷洪，说的好像你当过他的女人一样。"赵褚嘀咕了几句，而后又问，"我说，咱们去见那个什么雷洪，能得到钱？"

"75%的概率不能。不过我可以通过一个'游戏'让他把钱拿出来。"

"什么'游戏'？"赵褚忐忑地问。

"杀人的游戏。""图灵"淡然地回答，"重要的不是游戏的内容，而是雷洪手里的资源。"

虽然她的回答解释了赵褚的困惑，不过她还是看出赵褚似乎并不能理解。沿着长长的、废弃的溢流井，穿过住满了非法移民的管道、沉淀池、跌水，他们来到了一个三层楼高的钢制球罐前面。

钢罐已经被人改造成了房屋，四周原本光滑的钢壁被焊接出了许多的窗户和楼梯。在钢罐之下，通往外界的入孔处，还有一个用盲板焊接制作出来的铁门。铁门关着，外边有两个挎着AK47的保镖把守。

当"图灵"带着赵褚走到那钢罐前时，那两个保镖很自然地用身体堵住去路："干什么？"

"见你们的'最高资源支配个体'——""图灵"回答，"雷洪。"

两个保镖互视了一下，猥琐一笑，其中一个说："女士，雷洪不是你想见就能见到的，你得意思意思。"

"对呀，当老大的吃肥肉，怎么也得让我们这些小弟弄点荤，喝口汤吧。"另外一个猥声附和。

"图灵"没有兴趣和这些不识大体，且没有利用价值的人废话："去传话，告诉雷洪'17、05、14'。他听了，会明白我是谁。"

"你说什么？"一个端枪的小子不屑地向"图灵"挑衅，"我没听见，你再说一遍，最好贴着我脸说。"

"图灵"用手中那绿色的水枪冲着那人喷出一股水流，那人的耳朵便齐根被削断，伤口好半天才流出鲜血。

掉了耳朵的男人捂着伤口，惊恐地叫喊。

另一个拿着AK47的家伙惊吼着举起手中的步枪，但是还没瞄准，四个手指连带整支步枪便又被削断了。

在小小地惩戒了雷洪的手下后，"图灵"告诉那个被削掉耳朵的人："17、05、14。现在去通报吧，我知道你没那么疼，还能说出话来。"

"好，好。"那个断耳的男人跌跌撞撞地走进了屋子里。

赵褚目瞪口呆地看着这一切："你为什么不直接冲进去？"

"我不是来杀人的，也不想过多地使用武力，而且我有提现的密码。"

"那串数字？"赵褚诧异地问，"那数字到底是什么意思？"

"图灵"冲赵褚一笑，"雷洪发财的秘诀。"

"我听不太懂。能不能更进一步地解释一下？"

"雷洪本是这里的一个小地痞头，从上个月二十三号开始，他在每天的十七点五分十四秒，都会收到一条神秘的短信。那条短信会告诉他在某某地点会找到一包东西，里边都是极具价值的钻石和金银。"

"你让他发的财？"赵褚问，"可你又是从哪里变出的钱呢？"

"上个月的抢劫案。进入神龙坛的颂康一伙人，你应该记得。"

赵褚的表情变得有些悲伤。虽然"图灵"并不知道他内心在想什么，不过通过他表情细微的变化，以及眨眼的频率来判断，他是在为那些匪徒感到悲伤。

"你同情他们？""图灵"揣测地问。

"不，我同情我自己。"赵褚出人意料地回答，"欲望会毁掉人的，那些人与其说是被你毁的，不如说是被欲望毁的，就像我一样。"

"哦，你后悔了。""图灵"又揣测，"你后悔参与我的游戏。"

"这不是游戏。"赵褚纠正道，"这些都是你的计划，你的阴谋。"

"被设计出来的按部就班的计划，有规则和明确的结局。""图灵"告诉赵褚，"符合这样概念的东西只有游戏，另外，你还没有回答我的问题。"

"我从没后悔过。"赵褚回答，"而且我感谢你，因为是你的药让我的妻子恢复了神志，只要一看见她又能笑又能走了，我挺幸福的。"

"这样？""图灵"十分意外，"赵先生，我有一个问题，希望你能够回答。"

"我尽量。"赵褚点头。

"我知道你妻子成为植物人五年，你一直守着她。为什么？从理论上说，这五年时间你等同于守护一个死人，你们没有语言接触，身体接触，没有交流，是什么支撑你坚持五年的？"

"非常俗套地讲，我爱她吧，也只能这么说。"赵褚给了一个十分模糊的回答，而模糊的概念恰恰是"图灵"最没有办法理解的。

"我始终没有理解。""图灵"十分困惑，"到底什么是'爱'？"

"这……"赵褚动了动嘴唇，似乎试图解释，但他终究没有那么做。他只是告诉"图灵"："你的创造者'零'，她制造你的时候不就渴望'爱'吗？所以，想一想当初她为什么制造你，或许你就会理解了。"

"等我有时间。""图灵"点了点头，但心中依旧困惑。

这时，那巨型球罐的盲板门突然开了。

紧跟着，一个惊慌的男人从里边钻出来，一见到"图灵"的脸便急忙低头鞠躬道："'神'，您终于来了。我们老大请您进去，他还说，您要的东西他已经准备好了。"

赵褚望着那邀请者恭敬的态度，有些兴奋："看来他们对你真恭敬，咱们有戏了。"

"不。""图灵"却摇头了，"困难才刚开始，接下来我们有75%的概率要进入一个陷阱。"

2

为什么会进入一个陷阱，"图灵"并没有解释，她只是带着赵褚走进了那个由工业球罐改造成的住宅。球罐内被分割成了好几层的空间，俨然成了一座特殊的别墅。别墅内部有沙发、红酒、电视，甚至浴缸，里边还有穿着整齐的保镖和女人……

赵褚望着这球罐内的奢华摆设，惊愕到合不拢嘴，好半天才道："没想到这'地狱'一样的地方，还有这样的'天堂'。"

"很正常。""图灵"说。

"哎哟，我的'神'，您终于现身了。"随着一声激动而沙哑的喊叫，在场的所有人向球罐内一个钢筋搭建的楼梯处望去。

一个肥头大耳的西装男正从楼梯上下来。他手中捧着一个巨大的箱子，满面堆笑地来到赵褚与"图灵"面前，打开箱子，里边是满满的钱。

"您终于出现了。"男人颇为恭敬地说，"按照之前与您的约定，您让我当上这绝望井的王，我准备了一百万元，随时等您大驾光临。"

"不光是一百万元吧？""图灵"问道，"我要求的新式3D打印机呢？"

"这个……"那位雷洪略微犹豫了一下，"东西放在乡下大田溪村了，得出城才能取。"

"很好。""图灵"不动声色，"你干得都很好，但我对你还是太失望了。"

"您这话怎么说？"雷洪脸上划过一阵慌张的神色，"我可都是按照您的吩咐准备的东西，钱、打印机，一样不少。"

"神之格思，不可度思，矧可射思。但人的思想却太好揣测了。""图灵"问那人，"窗外那些拿着枪的武装人员，我让你叫了吗？楼上那些拿着麻醉枪瞄准我头的人，也是我让你安排的吗？"

"这……"雷洪一阵语塞。

"什么？"赵褚在惊愕间，跑到球罐的窗户处向下看了一眼，后知后觉地向"图灵"说，"我们被包围了。"

"当然。""图灵"却点头微笑，"因为雷洪没有诚意，他看到我只是个女性后就动了歪心思。他想把我抓住，控制起来，当他专属的'摇钱树'。"

她向满面冷汗的雷洪微笑道："其实我挺佩服你的，因为和我合作过的人很多，很少有人敢动抓我的心思。在这些人里你不是第一个，却是最坚决的一个。你从我给你发送信息的一开始，就已经在策划如何抓住我，如何奴役我。"

雷洪猛然站起来，从兜里掏出一把左轮手枪，发狠地喊道："富贵险中求，更何况你还只是个女人，我今天就拿定你了。楼上的，快射……"

还没等雷洪的命令说完，"图灵"手中的水枪便喷出一股如发丝般细长的水线。

随着那水线的出现，头顶的钢板被划出了一道直直的缝隙。大量的鲜血从中流出。

大部分血都落在了雷洪的身上，也映衬出了他无以复加的恐慌。

雷洪瘫坐在地上，再也拿不起那把手枪。而他手下的几个男女则尖叫着跑出了球罐，赵褚趁乱拿起被雷洪扔在地上的左轮手枪，指着他的脑袋。

"图灵"赤脚轻步走到雷洪的面前，将手伸出来，轻轻摸了摸他血红色的额头。"出了很多汗，看来你被吓得不轻。记住，下次讨论怎么杀我的时候，别随身带着手机，否则我很容易就能够听见的。"

雷洪跪在地上，连连磕头："'神'，饶了我吧。我不敢了，我不敢了。"

"别怕。我不会杀你，因为你有资源，所以你还有用。"

雷洪眼瞳中这才又透出一丝生的气息。

"图灵"继续说："现在我说的话，你要完全照办，否则我不

155

能保证你的安全。"

"您说，您说。"雷洪惊恐地点着头。

"我要的最新式3D打印机，你放在什么地方？""图灵"先问。

"大田溪村福寿路202号的仓库里。这个我真买了，天目225-03式样，最新的那种能喷多样材料的。"

"很好。那么接下来，让你的人再弄二十条活鲨鱼、五十公斤盐、十二桶纯净水、一百四十四瓶叶酸、二十个一次性澡盆、三百公斤鲜牛奶、十二个洗干净的油桶、一百五十支一次性输液器。买到东西之后，就都弄到那里去。"

雷洪犹豫而困惑，显然他不知道那些东西有什么用。

"没听清楚？""图灵"微笑着问雷洪，"需要我再说一遍吗？"

"不不不，我都听懂了。我马上去帮您弄那些东西，马上。"面对笑容，雷洪吓得又是一阵磕头。

"图灵"微微立起身体，看向一脸费解的赵褚："好了，现在拿着那些钱离开吧。一百万元，足够你和你妻子用的。"

赵褚动了动嘴，但还是将那沉甸甸的箱子拎了起来，两人一起出了这球罐。

在球罐外，又是另外一番惊心动魄的景象了。许多人在紧张地等待着，一看见他们，立刻将黑洞洞的枪口瞄准两人。

赵褚特别紧张，但他并不是因为这些人而紧张，而是因为担心这些人将"图灵"惹毛，又被切割成各种"零件"。

眼瞅着一场杀戮又要上演，就在这个时候，那满头鲜血的雷洪从球罐的窗户中探出头来："你们干吗？都不要命了吗？快让路，让'神'和她的朋友离开！"

人群忐忑不安地收枪让路，"图灵"则领着赵褚缓缓离开，宛若无人。

躲过一劫的赵褚惊魂未定，匆匆脱掉自己染了血的外套，而后蹲在地上，抱着钱箱子，大口喘着粗气，心中欲呕。

这个时候，赵褚对于她不惜一切代价想要偷盗天目173-1580的原因有了更深刻的认识。她手中的那把水枪，真的太恐怖了，在绝望井这种狭小的环境中更是堪称无敌。如果说她以前是一个依靠电脑网络而算无遗策、制造各种意外事件来杀人的"怪物"，那么她现在才真正地变成了一个抬手杀人、闭眼要命的"神"。

仰视着这样的存在，纵然她再平静、再美貌，赵褚也是恐惧不已。他有些难受，腿肚子都在颤抖。

"图灵"则毫不客气地点破："你在怕我？"

"当然。"赵褚喘息着回答，"你把人整个切开，都只是动了动手指，这样的场面，谁看见都会怕的。"

"既然这样，那你不用跟着我了。""图灵"指了指赵褚怀里的钱，"拿着钱，和你的女人过太平日子去吧。"

"不行。"赵褚摇了摇头，"我承认我怕你，但是你也让我见识了冷城集团的另一面。仅仅一个'血锯'就如此恐怖……我真不敢想象他们别的创造物是什么样子……"

"所以你到底要说什么？""图灵"问赵褚。

"我改变主意了。"赵褚在将眼前的形式略微分析过之后，坚定了自己的想法，"我打算一直跟着你。"

"原因？""图灵"问。

"因为你够强大。"赵褚让自己尽量冷静，"你拥有最强的运算能力，现在又有最强的武器，而你我面对的敌人又是这个国家最强大的集团。综合种种要素，我们跟着你才是最安全的，如果你对抗泠城集团失败了的话，我一定也活不成。"

"赵褚先生，你的聪明开始让我感到惊讶了。""图灵"这一句话像是夸赞，更像是讥讽，但她扭头说道，"但是我不能带着你。"

"为什么？"赵褚用近乎恳求的口气道，"我和雷洪一样也能够帮你，而且我也恨泠城集团。泠城集团创造了你，毁了我的生活，要了田楚的命。"

"跟着我，你一定会死。在我的计划中，你们夫妻死亡的概率是89%，而我不能让你们死。"

"同情？"赵褚问。

"累赘。""图灵"的回答让赵褚无话可说，而后她白色的身影便消失在了熙攘的人群中。

她消失了。

赵褚十分诧异于"图灵"对待自己的态度。她说自己是累赘，既然是累赘，又何必帮助自己？她和0146大可以在拿到"血锯"后就杀掉自己，免得夜长梦多。但她没有，非但没有，还帮了自己，还说"我不能让你们死"，这明显是前后矛盾。

赵褚猜不透她的做派，更不知道她向雷洪要二十条鲨鱼、五十公斤盐、十二桶纯净水、一百四十四瓶叶酸……这些八竿子打不着的古怪东西去干吗。

隐隐约约间，他感觉"图灵"绝对在针对泠城集团做着什么更大的、更疯狂的计划。

虽然对于她的行为有颇多的不安和揣测，但赵褚知道，依照自己的力量是绝不可能左右局势的，"图灵"和冷城集团的这场斗争注定是"神仙打架"，赵褚这样的小人物注定只能选边站队，苟且偷生。

3

赵褚寻找妻子的过程不是很顺利，他穿过了好几条管道和闸门后，也没能找到记忆中的那个榴梿摊位，反而自己还有些晕头转向。

他走走停停，格外留意四周的动向。在路过一家卖越南河粉的小窝棚时，他停下脚步，忍不住向里边观望。

那小窝棚潮湿昏暗，有一台十二英寸（30.48厘米长）的老式显像管电视机。

赵褚之所以会停下步伐，全因为那台电视机，因为有那么一瞬间，赵褚好像在电视中看见了自己的名字。不过当他仔细去看时，却发现自己的名字是配着一条紧急新闻出现在"失踪人员名单"里的。

新闻里说，冷城集团总部108层大楼的地下排污管，发生了严重的沼气泄露，该事故已造成冷城集团两百多名员工的死伤和失踪，涉嫌肇事和承担管理责任的污水处理公司以及冷城集团环境部人员已经被警方控制，正在接受调查。

在雪花点颇多的电视屏幕中，赵褚看见了许多熟悉的面孔。那些面孔有的让他惊喜，有的则让他担忧。在新闻中，他得知田楚还活着，并没有被那些红色的毒气吞噬性命。他还得知有许多他曾经在污水处理公司共事过的同事被警察抓走了，其中有他的老师廖庭，他的同事阿豪、刘茄子……

望着那些被捕人员在电视中一闪而过的面孔，赵褚对于泠城集团的无耻和冷酷又有了一层新的认识。

亲身经历过泠城集团总部事件的赵褚最明白，那并不是什么沼气泄露，而是毒气。死亡的那些员工有一部分是"图灵"和0146造成的，但更多的却是泠城集团毒死的。他们没本事抓住"图灵"，却把脏水往无辜的污水处理公司员工身上泼。

望着满屏幕的谎言和欺骗，赵褚忍不住笑了。他不知道自己是在庆幸地笑，还是在嘲讽地笑。笑过后，他收敛神色，继续寻找妻子。

在纷繁复杂的绝望井中转悠了几圈后，赵褚听见刘晴儿在他侧后方呼喊他的名字："褚！"

赵褚第一时间便扭头过去寻找，但他并没有看见自己的妻子。从传来声音的方向只看见几个光着膀子的人蹲在泥水遍地的废弃下水道中，埋头摆弄着几个明显是偷来的手机。

虽没有看见妻子，但出于本能，赵褚往那个方向走去。

他一无所获，刚想另寻他处时，又听见侧后方传来妻子的声音："褚！"

赵褚扭过头，看见了一个满脸褶皱的老妇人，坐在窝棚的旁边不停调弄着手中的收音机。

第二次听见妻子的呼唤，赵褚意识到这绝不是错觉。可连续两次只听其声而未见其人，这也不是什么正常的状况。

在诧异与煎熬中，赵褚暗握着从雷洪处得到的左轮手枪，狐疑地迈出步伐，走到那老妇人的身边。刚想问问那老妇人时，他又听见侧后方响起了妻子的呼喊："褚，救我……"

短暂的呼救声一闪而逝，赵褚立刻跑过去，在传出声音的地方，看见了一个狭窄幽暗的下水井管。

井管只能容一个人爬进去，内部昏暗无比。赵褚正努力观望时，那黑洞洞的管道内又响起了妻子的声音："褚，救我……"

"晴儿！"赵褚一阵揪心，立刻蹲在管道口向里喊话，"你在里面吗？"

刘晴儿只是继续气若游丝地说着："我冷，我冷……"

滴血一般的声音，听在赵褚的耳中，就好像在剐他的肉。他奋不顾身地脱掉外套，又将钱箱子拴在脚上，紧跟着便钻进了满是泥水与苔藓的下水道中，顺着声音去找妻子。

赵褚没有手电，原本手机可以用于照明，为了躲避冷城集团的搜寻而早早地扔掉了。赵褚除了最初的几米，大部分都是在黑暗中爬行。

对妻子的担忧，支撑着赵褚的行动，让他沿着那低矮潮湿的管道爬出了十几米。而后，赵褚的心开始往下沉。十几米了，他依旧摸索不到妻子，也听不见那急切的呼唤了。她爬进这么深的狭道里……是在躲避什么东西？

随着深入，赵褚内心的疑惑越来越甚，对于妻子是否真的在这条管道中也开始有些怀疑，而当他爬行到二十多米远的距离时，他内心的怀疑则达到了最大。于黑暗中，他摸到一个硬邦邦的东西。感触后，赵褚发现那是一个骷髅头。

妻子不在这其中，但那呼唤求救的声音又是从何而来的呢？

赵褚不太敢往下想了，他一边试着挪动身子向外退，一边向无可揣测的黑暗中试着问道："是谁，为什么把我引来这种地方？"

赵褚的话音传递进黑暗而狭长的水泥管道后，产生了古怪而悠长的回音。随着回音的渐渐消失，赵褚看见他前方的管道亮起了一个荧光蓝色的"斑块"——那是一部手机。

亮着蓝色光芒的手机此时就卡在那个骷髅头的嘴中，把整个骷髅头都照耀出了如幽冥鬼火般的颜色。

强忍着恐惧，赵褚很快看出那发出蓝色光亮的手机上有着一行字："别害怕，我对你没有恶意，在这里交谈比较安全。"

"没有恶意？"赵褚望着这颇为熟悉的套路，本能地问，"'图灵'，你又耍我？给了我钱，却又把我引到这死了都没人会发现的地方，是要灭口吗？"

那部手机仿佛能够收集赵褚的声音，在赵褚说话后，立刻以白色的文字回复赵褚："我不是'图灵'，相信我，我做的一切都是在保护你。"

"保护我？你到底要干吗？说实话吧。"

手机回复了赵褚三个字："让你活。"

赵褚望着这简单的三个字，陷入了一阵沉默。毫无疑问，面前的这只手机曾经是属于这具只剩下骷髅架子的死人的。人死了这么久却还能有电，这本身就是一个问题。不过更大的问题是，到底是谁在利用这样诡异的方法与赵褚建立联系？

虽然不知道那人是谁，虽然只有简单的几句话，但是赵褚还是感觉手机那边的人对自己有某种关切，而这种关切显然不是"图灵"所能有的。

"你到底是谁？"赵褚问手机里的家伙。

手机屏幕立刻显示道："手机的电量不够了，我没有办法详细地和你说这些，其实我也没有办法弄清楚自己到底是一个什么样的存在。不过你要相信我，我所做的一切都是为了让你活，都是在帮你调查清楚你想要查证的事情。"

手机屏幕上满满的字在赵褚勉强看完的时候，突然更新："十五分钟之内，马上带着刘晴儿去BN-112号出口，从那里离开泠城，离开绝望井。否则你会死，所有绝望井里的人都会死。"

赵褚刚刚看完，那蓝色的屏幕字体又更新道："记住不要相信任何人，包括你妻子，我怀疑她已经……"

"已经"之后的话，赵褚没有看完，手机就突然黑屏了。

在深深的黑暗中，赵褚喘了几口气，开始懊悔自己看东西的速度太慢，但于事无补。无奈中，他倒退着，一点点出了这口废弃的排污管道。

4

"图灵"离开赵褚之后，并没有时间和兴趣在蚂蚁窝般的绝望井中闲逛。她要与0146去大田溪村，找到雷洪给他们准备的东西，以进行针对泠城集团的更进一步的行动。

她曾经向0146保证过，只要0146听从调度，她一定会将泠城集团瓦解，帮0146找回曾经的记忆。

但今时今日，"图灵"感觉自己对于0146的承诺恐怕要大打折扣了。因为她与0146所约定汇合的时间已过去了一分十五秒，可是0146却依旧没有与她汇合。

一分十五秒，这在一般人看来似乎是无关紧要的耽搁，但是在"图灵"看来，这却是超过了计划误差的"事故"。

当约定时间超过一分十七秒时，"图灵"听见涵洞漆黑的尽头传来一个孤单的脚步声。她迎着涵洞中时不时吹出的气压风，向脚步声传来的方向喊话："田楚小姐，您没有死，还能这么快找到这里，这让我很惊讶。"

绝望井并不是很难找的地方，也并不是没有电子设备地方。田楚终于走出了黑暗，出现在了"图灵"眼前。

田楚穿着一身极其贴身的皮衣，看上去有些紧张，也有些阴森，像极了一朵黑色的大丽花。

田楚与"图灵"对视后，冷笑道："你不应该给我注射解毒剂的。"

"我没有给你注射解毒剂。""图灵"告诉田楚，"你的生存完全在我的意料之外。你活着只能说明我没有计算到的变量参与进了我的游戏，而这个变量，我倾向于是洛宝赞。"

田楚的表情有些意外，不过很快便恢复了冷酷。

在黑与白的对峙中，田楚扔给"图灵"一副手铐："你杀了二十多人，这需要有人负责，所以你必须束手就擒。"

"上一次给我扔手铐的人是0146。""图灵"微笑着说，"而现在，0146就在你的身后。"

话音刚落，田楚身后的黑暗中突然浮现了一个巨大的影子，挥舞手臂重重击向田楚的后脑勺。

影子的速度很快，但田楚仿佛后脑勺长了眼睛一般轻易躲开了偷袭，同时还掏枪还击。

田楚的速度极快，所有动作都在一眨眼间完成，这让那黑影无从闪躲，结结实实地挨了两枪。

"图灵"在空气中闻到了血腥的味道，看见黑暗中0146的脸痛苦地扭曲了一下。但她没有出手帮忙，因为她清楚，0146有98%的概率制伏田楚的。

接下来事情的发展和她计算的几乎一样，0146在被击中之后，身体却没有慢下来，依旧向田楚进行第二次进攻。

有了第一次的失败，0146第二次的进攻更加快速凌厉，而田楚则因为失去重心以及经验不足，并没有做出正确的规避。

在0146连续不断地攻击下，田楚非常勉强地完成了闪避，但依旧被0146的拳风伤到了脸，又被收缴了枪械。

"啊！"可能因为0146力量过大，田楚被划伤脸的时候相当悲惨地叫了一声。

0146没有进一步攻击，只是一边取出手臂上被田楚射入的两颗子弹，一边用平静而客气的语气告诉田楚："田小姐，你和我一样只是集团的工具而已。工具间没有仇恨，不需要以命相搏。"

"我知道。"田楚不甘地回答，"但我是田楚，我没得选。"

"不要和田小姐多费口舌。""图灵"告诉0146，"田小姐是一个意志力坚强的人，她99.5%的概率是不会和你合作的。不过……我很困惑。"

田楚站起来，微微擦了擦嘴角的鲜血，而后准确说出她的困惑："你是不是很诧异，为什么我一个人敢与你见面？"

"你不是一个人来的。""图灵"微微皱眉。

"你把自己想得太全能了，蠢货。"田楚说话间挺起胸膛向后退步。与此同时，"图灵"听见黑暗中有滑轮的声音在急速靠近。

随着滑动的声音越来越近，"图灵"感觉到自己的脑波和心跳在不规律地起伏着。她意识到，她确实把冷城集团和田楚想得太简单了。

一个轮椅很快出现在眼前。轮椅被一个全副武装的JBD队员推着，上面坐着一个歪头歪脸、骨瘦如柴、头发稀疏的老者。那老者看上去瘦弱而无助，毫无血色。

"1714。""图灵"望着那家伙，喊出了他的编号。

"图灵"并不是很清楚1714的能力，但她的身体里残存有她的设计者和原型体"零"的某些记忆片段。在那些记忆中，1714是一个扭曲而恐怖的存在，也是唯一一个被冷城集团和"零"都视为终极危险的生物存在体。

当然，"图灵"忌惮1714，绝不仅仅是因为她体内残存的"零"的记忆，还因为她察觉到1714的身体组织不同于一般的人类。在"图灵"的眼中，1714那苍白的皮肤呈现着一种与正常人类截然不同的光谱反射。那种反射不是皮肤甚至不像人体生物组织，却又拥有生物的某种特性。很明显，他的身体经过某种改造。

"还是那么漂亮。"风烛残年的1714被推到了田楚的身边，他看着"图灵"说，"你找到了永生的方法，我也找到了。"

"图灵"听到他的声音，微微向后退。

0146将那支从田楚手中缴获到的枪瞄准了1714的脑袋。

就在剑拔弩张时，"图灵"突然向0146发话："走，别纠缠。"

"什么？"0146愕然道，"为……"

"快走！"说话间，"图灵"迅速后腿点地，转身跑出了涵洞。

在她身后，0146也迅速跟着跑了出来。

0146急匆匆追上"图灵"，诧异地问："一个半入土的老头，一枪了结他不行吗？"

"他不能死。""图灵"坚决地告诉0146，"我虽然并不明确他有什么本事，但根据我头脑里残存的记忆，以及对他皮肤颜色光谱的分析……1714死亡后的威胁，比他活着时的更大。"

田楚在"图灵"与0146消失后，有些后怕起来。

坐在轮椅中的1714说："你不应该单独行动的，看见那个女人手里的绿色水枪了吗？用那东西，她可以轻易地把你劈成两半。"

田楚沉默一阵子后，回答道："我只是想见见赵褚，我要搞清……"

"你自身难保，又怎能自作多情。"1714劝告田楚，"田小姐，有件事情你要明白，洛宝赞让你穿上那件大衣，并不是为了真让你去亲自抓住天目36，而是为了拿你作为筹码，控制你们田家，抢占田家拥有的股份。"

"我不会让这种事情发生的。"田楚坚决地说，"你答应过我，能够把'图灵'抓回来。"

"一定。"1714点了点头。

"现在怎么办？"田楚问，"时间不多了，而且她跑了就很难再次定位。"

"不，她跑不出绝望井。"1714颇为自负地回答。

"为什么？"田楚很费解，"我们没有对绝望井有控制权，而且这里又有许多四通八达的管道。"

"田小姐，我想你并不知道这绝望井以前是什么地方吧。"1714用略带癫狂的声音告诉田楚，"这里以前是一个污水处理厂，这里有四通八达的管道网，有地泵房、曝气池、加压泵房、回水和消化池，这些建筑全部在地下或者半地下，寻常的手段很难控制搜查，但……"

略微停顿了一下后，1714得意地说："优点往往也能转化成缺点。"

"我听不懂你在说什么。"

"没关系，我示范给你看。"说话间，1714向身后推着他轮椅

167

的队员说，"走，带田小姐见识见识去。"

那队员略微点头后，推着1714的轮椅向绝望井外走去。

不解其意的田楚跟着1714一路前进，很快从下水涵洞走到了地面上。

此时泠城依旧在下着雨。雨雾将大部分景物都遮挡起来，为"三不管"的绝望井增加了一丝神秘而破败的气息。

田楚跟随1714走到了一处很高的建筑中。这是一处废弃的厂房，破败不堪，无窗无门，到处滴水，地面还有许多圆形管道散布其间。

进门后，田楚看见这里早立着两个"黑血"队员，戴着全封闭式的防毒面具。一看见田楚等人进来，他们又拿出三副防毒面具。

"戴上。"1714告诉田楚，"否则会死。"

田楚望着防毒面具的猪嘴和苍蝇眼，惊愕地问1714："你要放毒气？"

"是呀。"1714满脸得意，"这个房子是污水厂的泵房，这里的管道连通绝望井及其附近的每一条下水道和地下建筑。它旁边那个房子则是消毒用的氯气室，还剩下些现成的气泵，可以往那些地下管网注入氯气。"

"你太疯狂了。"田楚一脸震惊，"氯气比空气密度大，又是剧毒，一注进去整个绝望井都会充斥那些毒气，里边的人都会被毒死的。"

"没关系。"1714毫不在乎地告诉田楚，"那些都是没有身份的非法移民，他们在泠城没有身份，也就等于没有命。"

"可他们毕竟是人。"田楚大声吼道，"而且赵褚很可能也在里边。"

"哈哈，我的田小姐，怪不得你这么自卑，因为你心太软，你永远比不上你的姐姐。"1714用颇为轻蔑的语气说道。

正在1714与田楚说话间，立在1714身后的那个"黑血"队员突然将一个对讲机递给了1714。

那对讲机里喊道："老不死的，液氯钢瓶已经按照你的要求运到位了，是否投放？"

1714听完汇报后，却把对讲机交给了田楚："田小姐，你家的企业，你做决定。要快，根据我的测算，你最多只有一分钟的考虑时间。"

田楚接过对讲机，焦急地走来走去，而后她仿佛拿定什么主意，停下了脚步："我要静一静，不要跟着我。"丢下了一句话，她转身离开了废弃的厂房，走进了屋外绵延的雨中。

走出1714的视线后，田楚急忙将手机拿了出来。她看见，刚才发出震动的手机上，有神秘人给她发来的一行字："你不可能救所有人。但请放心，赵褚，我已经让他逃了，十分钟后，在BN-112号井口，你可以见到他，问你想问的那个问题。"

田楚望着那唯一能给她以安慰的保证，惆怅而痛苦地叹息了一声。而后她收起手机，向步话机里喊道："我是田楚，我命令马上投放液氯。"

5

赵褚只有十五分钟的时间找到妻子，然后逃离绝望井。从狭小的管道中爬出来后，他用了十分钟的时间，终于找到了那个卖烤榴梿的棚屋小摊位。

此时，刘晴儿正满脸焦急地在那摊位边等待。她一看见赵褚，便急匆匆地走过去抱住他，惊慌而关切地问道："你怎么浑身是泥？出什么事情了？刚才那个0146突然就走了，吓了我……"

"不用说了。"赵褚紧紧拉住妻子的手，扭头就走。

"去哪里？"刘晴儿顺从地跟着丈夫。

"去BN-112号出口。得马上去。"

"为什么？"

"我也不知道。"赵褚一边拉着妻子往前走，一边说，"我收到了一些很奇怪的短信，有人让我们去那里，还说必须得在十五分钟之内赶到，否则咱们就会死。"

"死？"刘晴儿一脸慌乱，"是什么人给你发的信息啊，那个'图灵'吗？"

"不知道。"赵褚摇头道，"但是我感觉给我发信息的人很熟悉，而且她还用你的声音……"

"快跑！"正在赵褚向妻子讲述那些奇怪的信息时，绝望井中突然有人悲惨地喊叫了一声。

此时，赵褚看见他周遭几个地下管道中不断有人拥挤踩踏着跑出来。

那些从地下废弃管道中跑出来的人，无一例外都表情十分痛苦。有的人一跑出地下管道便痉挛着倒在地上，口中不停地吐着泡沫；有的人如被电击般一头扎在地上，一动不动。

赵褚从湿漉漉的空气中闻到了一股刺鼻的味道，他知道那是氯气和汽化盐酸的刺激气味，是剧毒。

"跑！"赵褚紧紧地拉着妻子，避开慌乱的人群，一路上不断搜寻着下水道和排污管道上的编号。BN-105，BN-033，BN-

223……随着赵褚不断前进，一条条下水管道的标识牌逐渐在他眼前掠过。与此同时，他还看见许多管道中逐渐有绿色的气体飘散出来，四周的空气变得更加刺鼻熏眼。

那些绿色的气体就仿佛绿色的恶魔，被吞噬的人几乎全部在一瞬间倒地，不停地痉挛，而后用双手抓破自己的喉咙，再归于沉寂……一瞬间，绝望井变成了绝望的地狱。

赵褚又一次见识到了泠城集团的丧心病狂，为了抓一个"图灵"，他们不惜毒死绝望井中所有的人。虽然愤怒，但自身难保的赵褚没有时间对那些备受煎熬的受害者表示什么。在慌乱逃跑的人流中，他艰难地背起妻子，而后沿着墙壁上早已斑驳的污水管道编号继续寻找活命的通路。

BN-110、BN-111、BN-112。当赵褚终于望见BN-112的标识后，他的呼吸道和眼睛也达到了所能承受的氯气的极限。在求生欲的刺激下，他背着妻子，用尽最后的一丝力量，在绿色的毒瘴完全吞噬自己之前，冲进了BN-112的空洞中，冲向他唯一能够看作生门的地方。

赵褚赌对了，和神秘人所说的情况类似，在进入那通道后，并没有氯气灌入。而且BN-112又是一个有跌水的上坡涵洞，刚好能够将那些比空气密度大的毒气甩脱。

进入BN-112没多久，赵褚眼鼻的刺激顿时便减轻了不少，再向前走几步，他急忙把背上的妻子放下来。

刘晴儿当了五年植物人，身体比较弱，赵褚本以为她会更难受，但她除了脸色微白之外，一切正常，呼吸频率甚至比赵褚还要好。

"晴儿，你没事吧？"赵褚诧异地问。

"还好。"刘晴儿艰难地点点头，而后又指着身后的通道向赵褚说道，"毒气马上会上来的，咱们得赶紧逃。"

"好。"赵褚望着跌水下渐渐变浓的绿色烟雾，不敢耽搁，立刻挽起妻子的手，沿着BN-112下水道往前走。

BN-112下水道很宽敞，但是也很黑。赵褚走在其中，双眼便看不见什么东西了。不过刘晴儿此时的步伐和行动似乎并没有受到什么特别的影响，她甚至还能拉着赵褚的手，给他当向导。

"晴儿。"赵褚一边摸索前进，一边好奇地问，"你能看见路？"

"是啊。你看不见吗？"

"很困难。"赵褚回答，"我记得你视力没这么好吧。"

"我也不清楚。自从我清醒之后，便一直能看见很远的东西。"

赵褚不再多言语什么，但是他头脑中却忍不住想起了那个给他发逃命信息的神秘人所警告的事情："不要相信任何人，包括你妻子，我怀疑她已经……"

之后的内容，赵褚没能看见，但是通过这次的逃亡，赵褚的确感受到妻子的身体似乎发生了某种"变异"。或许是天目36神奇药剂的作用，他的妻子变得可以抵抗毒气的侵袭，视力也变得更加敏锐。

如果刘晴儿只有这些神奇的变化的话，赵褚不认为应该紧张或者提防什么。但现在的问题是，他的妻子真的只有这些变化吗？有没有别的他还没有察觉到的？赵褚的心里多少有些犯嘀咕，但他们两个能逃出已变成炼狱的绝望井总归是好事情。

在两个人互相挽扶着走出了不知道多远之后，赵褚眼前原本黑暗的通道终于有了那么一丝的光亮。

人是向往光明的动物，赵褚在看见那光亮后心中异常激动。在求生欲的驱使下，他挽着妻子的手，兴奋地微笑着，跌跌撞撞地奔向那光亮的地方，紧跟着……他脸上的笑僵了下来。因为赵褚看见，他面前发光的"东西"是一汪池水，应该是年久失修的处理管道下陷所造成的淤积水。发光的池水既阻拦了赵褚的去路，却也给他指明了方向。

作为一个污水处理公司的前任员工，赵褚依照自己的经验，对妻子说："水里有光，说明从这水中下去不远便是通往地面的出口，看样子咱们得泅渡。"

说完眼前的状况后，赵褚担忧地问刘晴儿："水一定很冷，你身体可以吗？"

刘晴儿望着那微微泛出光亮的水坑，有些无奈地回答："氯气的味道越来越浓了，不行也得行啊。"

"嗯。"赵褚轻轻摸了摸妻子的头，顺便帮她将额前的几根乱发撩拨到脑后。而后他把手中的钱箱晃了晃，告诉她："出去之后，咱们就自由了，到时候我先带你吃你最爱的'三杯鸡'去。"

刘晴儿听了，微笑了一下，眼神中划过一些愧疚："都是为了我，你才走到今天这个地步的。我耽误了你这么多年，我对不起你。"

在刘晴儿说话的时候，赵褚已经将衣服脱了下来，又用衣服将钱箱包裹好，拴在自己背后。

听了妻子颇为愧疚的话，赵褚没有答复，也没时间答复。他只是一边走进水坑，一边叮嘱妻子："跟紧我。"说完便彻底浸进了积水中，而后顺着那光亮，艰难地一点点前进着。

可能因为地下沉水许久没有人扰动过，这些水十分透亮。也因为透亮，赵褚和妻子得以在积水中看清光源。两个人一前一后，时而游弋，时而潜泳，穿过一处处碎石、砖瓦和带着尖刺的钢筋。

在崎岖变形、冰冷刺骨的下水道中艰难地游动过十几米后，赵褚终于与妻子一起到达了光亮的源头，一个充满了积水的检查井。井内充满了沉积的雨水，在他们头顶七八米处，才是泛着白色光亮的圆形井口和井水水面。

在到达象征胜利的井口后，赵褚的兴奋和缺氧的窒息感同时涌向心头。他回头向妻子指了指那圆形的光亮后，便拉着她快速往头顶的出口游去。

但就在他们两个距离水面只剩下三五米的时候，赵褚看见那圆形的井口突然黑了一下。

望着那井口突然变暗淡的颜色，赵褚心中一阵惊慌。他忍不住去想，莫不是泠城集团又出了恶毒的坏心思，想把这唯一的出口也封住？

不过就在他揣测是什么人要将井口封住的时候，一个让他相当意外的情况突然出现了。

井口乍黑之后，又乍亮，赵褚看见有什么东西重重地掉进了井水里，产生了巨大的水花。赵褚猝不及防，嘴里憋着的那口气也差点吐出来。

不过好在他忍住了，随着水流打过一个翻滚后，赵褚勉强稳定了身体，开始寻找被水流拍散的妻子，但他最先看到的，是刚刚掉下来的尸体。

赵褚吓得"哇"的一声叫了出来，顿时整个人如泄气的皮球般，不可抑制地向水下沉去。

挣扎、乱流和惊慌耗尽了赵褚最后的力量，肺部突然失去空气更让他异常痛苦。就在他即将因窒息而绝望的瞬间，他感觉到有一股温热的气流充斥了自己的肺部，那气流缓解了赵褚身体的缺氧……

再次睁开疲惫的眼皮后，赵褚很快确认了他的猜测，是刘晴儿救了他的命。妻子正嘴对嘴，向他输送着仅存于肺中的氧气。

借着妻子在关键时刻的搭救，赵褚终于浮出水面，抓到了检查井上的金属扶梯。

刚刚脱离险境的赵褚用颇为愧疚的声音对妻子说："我对不起你。"

"你说这种话干吗？"刘晴儿有些奇怪。

"你总是救我，而我总是不能……不能……"赵褚哽咽着，没有把话再说下去，不过他相信刘晴儿了解他此刻的想法。

五年前，赵褚的妻子刘晴儿出车祸变成了植物人，当时本应该是赵褚被汽车撞飞，是刘晴儿舍身推开赵褚救他一命。五年后的今天，赵褚一心想带刘晴儿逃出这个肮脏混乱的世界，最终还是刘晴儿一路帮扶着他。

"晴儿。"在水面上猛吸了几口新鲜空气后，赵褚深情地告诉刘晴儿，"我突然想明白了一件事情。"

"什，什么？"刘晴儿有些诧异地问。

"以前'图灵'问过我一个问题，到底什么是'爱'？我其实当时没能答上来。"

"那么你现在能答上来了？"刘晴儿睁着圆圆的眼睛，好奇地问。

"嗯。"赵褚点点头，告诉刘晴儿，"我感觉所谓'爱'，就是守着自己重要的人一辈子吧。"说完这一句有感而发的话，赵褚继续说，"晴儿，我不知道自己有没有能力守护你一辈子，但是我会努力去做，这应该就是我等了你五年的动力。夫妻互相帮扶便是'爱'吧。"

刘晴儿听着赵褚的话，眼神惊愕，嘴唇颤动，但终究什么都没说。赵褚看得出她很激动，一如自己。

这里终非久待之地，夫妻两人在含情脉脉的温存对视之后，又很快被低温和浮上井面的血拉回了冷酷的现实。再之后，赵褚和刘晴儿沿着满是锈蚀的扶梯出了冷水，回到了满是雾气和雨水的地面。

第七章　大田溪村

1

来到地面后，赵褚本以为能够获得一阵喘息，但地面上的"景色"却无论如何也不允许他有那样的时间和想法。

地上到处是死去的JBD队员的遗骸，死相无比悲惨，就像一张张用剪刀胡乱剪切过的白纸般七零八落。

赵褚骇然之余，也意识到这些都是"图灵"的"杰作"，只有她手中的那把"血锯"才能够把如此多的人轻易切割成这个样子。通过眼前的一切，他快速脑补出了刚才发生在此处的绝杀场面。

冷城集团用毒气把"图灵"和0146逼进他们的埋伏圈。但是他们没有得逞。赵褚用颇为佩服的声音说道："果然，这个世界上只有'图灵'能够跟冷城集团那样的庞然大物抗衡。"

赵褚没心情去考虑谁对谁错，他搀扶着自己的妻子，满心只想着立刻离开这是非之地。但就在他们刚刚走出几步后，刘晴儿却突然指着他侧面的一片黑色，用忐忑的口气说道："谁在那里？我看见你了。"

当田楚被刘晴儿发现时，她有些惊讶。毕竟，她穿着可以隔绝红外线乃至部分可见光的"送葬大衣"，又远远地立在雨雾之中，理论上是不那么轻易就能够被肉眼发现的。这个刘晴儿的眼神之敏锐，似乎远超常人。

不过既然被发现了，那么她内心的那些纠结与忐忑便再没了意义。于是，她轻轻地走出了雨雾，来到了赵褚夫妇面前。

赵褚看见还活着的田楚后，首先是一脸的兴奋，不过他很快就转为愧疚："田楚，你是来杀我的吗？"

听着赵褚的话，田楚有些犹豫，但还是点了一下头。

"我理解。"赵褚一面将妻子护在身后，一面又对田楚说，"我利用你破解冷城集团地下仓库的防御系统，还把你一个人留在那里。我不是个东西，但我必须为自己辩解一句。不管你信不信，我都不是故意的，我根本不清楚冷城集团总部最后一道防御会是那种毒气，而且就连'图灵'也没有想到你姐和洛宝赞他们敢动那种防御。"

"别提那个名字。"田楚冷冷地打断了赵褚的话，"你既然知道了自己的罪恶，打算怎么弥补？"

赵褚听着田楚的话，略微踌躇后，拿出了一把左轮手枪。

田楚在"送葬大衣"的加持下，将赵褚的每一个动作都看得清清楚楚，也不会惧怕那支在她眼中如玩具一般的手枪。她问："困兽之斗？"

"不，我没脸和你斗什么。"赵褚先微微将枪口指向自己，"田楚，如果你恨我，那么就用这把枪或者随便什么你认为解气的方法杀了我吧。我全部接受，只是我求你一点。"

"让我放了你妻子？"田楚望着赵褚背后惶恐的刘晴儿。

"是。她和这件事情一点儿关系都没有。"

"如果我说不行呢?"田楚用激动的声音问赵褚, "如果我说只要你把她交给我,我就能让你过上比现在更好、更安稳的日子呢?"

赵褚坚决地摇头: "不行!"

"赵褚,我到底哪里比不上她?你为了她,像只被人耍的猴子!"

"田楚, "赵褚用无奈的声音告诉田楚, "她是我妻子,就这么简单。"

田楚感觉自己的心被什么东西狠狠地蜇了一下。在戳心的痛苦中,她冷下了脸: "我就不放过你们,你又能怎么样?"

听着田楚的话,赵褚脸上划过一丝慌张与挣扎,但很快便将手里的枪瞄准了刘晴儿的头。

"晴儿。"赵褚出乎所有人意料地向妻子道, "我先送你上路。"

"什么?"刘晴儿满脸困惑。

"你……"田楚则一脸的震惊。

"你别恨我,因为我在泠城集团总部的地下仓库看见了许多可怕的东西。"赵褚含着泪,声音哽咽, "如果你活着,他们会把你做成标本,会把你……那种痛苦比死了还不如。所以我想,死了至少不用受那非人的罪。"

赵褚伸出手,轻轻摸了摸妻子的额头,将那几根凌乱潮湿的发丝整理好: "对不起。"

在诀别后,赵褚扣动了扳机, "砰"的一声枪响后,赵褚扔掉了枪,跪在地上抱着头,如崩溃一般颤抖着。

田楚不知什么时候突兀地站在了赵褚的身侧,并摊开手,将一样东西展示在他面前。

赵褚抬起头，看到了一颗子弹，一颗还冒着热气的子弹。

赵褚望着一边惊得瞪着双眼的刘晴儿，又望了望田楚那有些烫伤和血痕的手，愕然好久，终于开口："你……你居然把子弹接住了？"

"你以为泠城集团会让你们那么轻松地死吗？不可能的。"

赵褚苦笑了："我们连死的权利都没有？"

田楚望着赵褚的脸，过了很久才回答："我不想让你死，你就不能死。现在，你们走吧。"

"走？"赵褚和他的妻子都是一脸意外的样子。

"赵褚，你对我做的事情，我永远不会原谅你。但是，我理解你。"田楚语气惨淡地说，"被人左右的日子，身不由己的感觉，我过去从来没有过。我一直以为人是为自己活着的，也一直以为人可以和命运抗衡。

"唉。"一声叹息后，田楚看着自己身上那件黑色的外套，微微摇头，"但现在我明白我的想法有多幼稚了，有些事情不是你不想干就能不干的，就好像你对我做的那些。"

"田楚，"赵褚听着田楚的感慨，警惕地问她，"他们对你做了什么？"

"说出来也没有意义了，因为什么都改变不了。"田楚轻描淡写地回答了赵褚的问题，而后伸出手，指着一个方向道，"你们从那里走，在我没改变主意之前，赶紧离开泠城，永远别再回来。"

赵褚的嘴唇激烈地动了动，而后回答："我欠你一条命。"

田楚则回答："你救过我，咱们扯平了。"

说完那些，田楚轻轻地闭上了眼睛。当她再次睁开的时候，她看见赵褚和他的妻子已经变成了雨雾中两个朦胧的背影。当那朦胧的背影渐渐消失后，田楚的眼神变冷了。

她拿出手机，看见那里边有一条神秘的信息："你做得很好，把赵褚夫妻放掉，是你目前为止做得最好的一步。"

田楚在看到那些内容后，发信息问："为什么我放了赵褚，就能抓住'图灵'？这之间有什么联系？"

神秘人回复："目前没有联系，但很快就会有的。相信我。"

离开田楚后，赵褚拉着妻子的手，又不知道跑了多久，才再次停下了步伐。他们身处于泠城郊外的一片野地之中，口干舌燥，浑身是血水、泥水和雾水的混合物。雨和雾水让赵褚面前的一切都朦胧不清，所以他不得不停下脚步辨别方向，同时思考自己和妻子接下来的去处。

在调整好呼吸后，赵褚问刘晴儿："你说，咱们真的逃出来了吗？"

"这……"刘晴儿有些犹豫，"算是吧，但逃出来又该怎么办呢？"

"是啊。"赵褚听着妻子的话，满心惆怅地应答。

从泠城集团总部到绝望井，又到这混混沌沌的泠城郊外，赵褚躲过了一场又一场危机，也看见了一桩又一桩有关泠城集团的罪恶。仅仅七八个小时的时间，他的认知一遍遍被泠城集团刷新。那些可怕的见识一遍遍让赵褚意识到泠城集团是一个扭曲的、由绝对利益牵扯而成的奇怪集合体。为了"利益"这两个字，他们可以不顾一切，什么亲情、爱情、道德、法律都是可以践踏和牺牲的。

在泠城集团眼里，赵褚和刘晴儿，田楚乃至于"图灵"，都只是这个利益链条上的零件或者棋子。这样可怕而庞大、高效的集团，如果愿意，完全可以将赵褚夫妇追杀到天涯海角，这也就意味着赵褚纵然能够逃出泠城，却也逃不出泠城集团那张无形的大网。

赵褚所预见的结果让他感到非常绝望，也因为那种绝望，赵褚没有立刻向妻子指明他们现在唯一可以前进的方向。

在湿漉漉的空气中犹豫了一阵子后，赵褚才用颇为颤抖的声音告诉妻子："咱们只是普通人，如果想在泠城集团的追杀下苟活，只有一个办法。"

"什么？"刘晴儿用颤抖而期盼的声音追问。

又是长长的沉默后，赵褚回答："唯一的办法，就是继续投奔'图灵'和0146。"

"那些家伙都是怪物。"刘晴儿畏惧地摇了摇头，"不，不行。泠城集团真正的目标是他们，如果我们跟着他们，会遭受无穷无尽的追杀和骚扰。"

"我开始也是这么想的。"赵褚咬着嘴唇对妻子说，"但是我现在不那么认为了。"

"为什么？"刘晴儿一脸费解。

"'图灵'有计划。我跟着她那么久，已经全看明白了。她和0146不是漫无目的地躲避泠城集团，而是在制订一个反制泠城集团的巨大计划。现在他们手里有'天目173项目'的两个武器，还有雷洪的手下做帮手，他们那里最安全。"略微停顿后，赵褚又分析道，"晴儿，之前你也看见了。只有'图灵'能让泠城集团尸横遍野，也只有'图灵'能真正戳疼那只高高在上的眼睛。如果她赢了，我们也能活；如果她输了，大家也都没戏了。"

"原来是这样啊？……"刘晴儿仿佛理解般地点了点头，而后问丈夫，"可我们去什么地方找他们呢？我们没有手机，更没有他们的联系方式。"

"我有办法。"赵褚提起手中的钱箱告诉刘晴儿，"我和'图灵'去拿钱的时候，听见了她下一步的计划，据我所知，她接下来会去大田溪村福寿路202号的仓库。"

"仓库？大田溪？她去那里干什么？"

"她计划中的一部分。"赵褚告诉妻子，"'图灵'在那里招揽了一批人，弄了一套3D打印设备和几十只鲨鱼，似乎是想做什么实验吧。"

"可我们去了，她还会在那里吗？"刘晴儿问，"如果他们转移了，怎么办？"

"所以咱们要快。马上去。"

听了丈夫的话，刘晴儿颇为忐忑地向赵褚点了一下头，而后抓住丈夫的胳膊："你别离开我，我害怕，真的。"

"一定。"赵褚同样紧紧地抓住她的胳膊，又一次走进了泠城的雨雾之中。

不过这一次，赵褚有了目标。

2

对赵褚和他妻子来说，泠城的雨很冷，雾也很冷，在雨雾的夹击中，两个人步履艰难，不得不相互依偎着前行。

在前行的过程中，赵褚头脑也并没有闲着，他一遍遍回想着自己在井口看见的那些尸横遍野的场景，以及眼神复杂的田楚，在感觉内疚之余，又感觉到一阵阵的怪异。

"图灵"是很强大，但是面对着JBD队员精心安排的"陷阱"，她却能够全身而退，这多少都有些玄幻。田楚的手下死了那么多，但是她的情绪却并没有因此而失控，这多少有些不正常。还有那些在绝望井中曾经不断接收到的提醒自己要小心的信息，到底是由何人发出的呢？

无数让人费解的事情始终萦绕在赵褚的脑海中，让他隐隐感觉到似乎在"图灵"和田楚背后，还有什么更加让人不安的东西在缓缓地"苏醒"。

到大田溪村并不是很远，赵褚又是地地道道的泠城人，大概一个小时后，他们步行赶到了大田溪村的村口。

大田溪村是泠城郊区的一个不小的村镇，这里有许多溪流汇聚成河，村里的人多靠种水稻和渔业为生，因此兼有数家水产加工厂和仓库。这里到处都是一两层的棚屋，放眼望去低矮潮湿，灰蒙蒙一片，远没有泠城市区的辉煌和热闹。

因为进入了雨季，村镇街道上几乎没有人，显得如鬼城一般死寂。不过这样的死寂却给了赵褚夫妇一种方便，再加上村里的信息化程度比泠城市区差些，没有林立的摄像头与红绿灯，这让赵褚无形中感觉轻松了不少。

雷洪和"图灵"在绝望井中的对峙已刻印在赵褚的脑子里，所以他很清晰地记得那雷洪曾经说过，他与"图灵"交货汇合的地点在大田溪村福寿路202号的仓库。凭借着这一精确的地址，赵褚很快便在村子里错综复杂的街道上找到了那处202号仓库的大门。

赵褚伸出手，轻轻敲打了几下那贴着门神、旁边还留着一个狗洞的大铁门。几声沉重的"咣当"后，有人从狗洞里向外望了一眼，紧跟着铁门微微开启了一条缝隙，一个让赵褚感觉非常熟悉的家伙将头探了出来。

那人只穿着一件背心，面色阴黄，一脸恐慌，他缺了一只耳朵，样子像极了一只受了伤的老鼠。这人是雷洪的手下之一，赵褚清楚地记得那家伙齐根而断、还裹着纱布的耳朵，是被"图灵"用那把"血锯"削掉的。

"又见面了，伤口还痛吗？"赵褚冲那看门的家伙送出了一句问候，而后又问那人，"'图灵'在里边吗？"

被赵褚问话的人脸上划过了一阵更加明显的恐慌，而后急忙说道："哥，那名字不是我们敢叫的，她是'神'。"

"'神'？"赵褚拧起眉，"仅仅一个多小时，你们就变得这么尊崇她了？"

"没有她，我们根本就逃不出来。而她带我们逃出来的路，简直就是地狱的路途。"看门人给赵褚夫妇让出一条路，"你知道吗？刚才在绝望井口，她一个人拿着一把枪干掉了十七个武装分子，杀人和切菜一样，太可怕了。"

"恐惧……"赵褚品味着那人的话，突然意识到恐惧确实是让人屈从的最好良药。

看门人恭敬地告诉赵褚："哥，快进去吧，'神'在等你了。"

"等我？"赵褚诧异之余，又问，"她知道我要来？"

"'神'说你们必定来。"看门人告诉赵褚，"'神'说，只有你来了，才能帮助她完成对泠城集团的终结。"

赵褚对"图灵"的神机妙算已经不感觉奇怪了，所以在那人说完话后，赵褚揽着妻子，闪身进入了铁门，而后在那人的带领下穿过一个充满泥水的小院，进入了仓库内部。

仓库内部空荡荡的，赵褚夫妇进门后，先在门口看见了一堆被取下了电池的手机和一堆还散发着刺鼻酸臭味的防毒面具，之后才看见一身狼狈的雷洪带着两个手下朝自己走来。

雷洪同样湿漉漉的，见到赵褚后，先给他们夫妇送了两条干毛巾，又主动向赵褚低声问候："哎呀，受苦了。"

赵褚则回答："你受的苦似乎比我大。"

"唉，我的基业全完了。不过能保住命就算不错了。这些泠城集团的人也真是狠，绝望井里有一千多人呢！"雷洪不知是被先前的一幕幕吓到了，还是真的惧怕泠城集团与"图灵"的实力，说话间竟然掉下了几滴泪。

但他那几滴泪可不足以让赵褚对这个两面三刀的家伙放心。在雷洪抹眼泪时，赵褚又问他："'图灵'呢？0146呢？"

"'神'在仓库的办公室里。"说话间，雷洪指向一扇绿色的木门，"至于你说的那个0146，他和我的人出去寻找'神'要的东西去了。'神'说有他在，就有办法躲开泠城集团的监视。"说完现在的情况，雷洪突然抓住赵褚的手，颇为急切地讲，"现在和我走，'神'吩咐你来了之后，就要赶紧带你去见她。快去，快去！"

在雷洪颇为诚恳的催促下，赵褚没什么选择，他们夫妇跟着他穿过那一扇木门，很快看见了"图灵"。

"图灵"正背对着墙，盘腿坐在一个漆木凳子上闭目养神。她面色苍白，身上的雨水也没干，像极了一朵刚经历过风吹雨打却依旧傲然绽放的白芙蓉花。那样子颇为超凡脱俗，无愧于被人叫作"神"。

赵褚望着"图灵"的样子，略微犹豫后，还是主动开口："我来了，一如你计算的那样。"

"知道。""图灵"缓缓地睁开了眼睛，冲赵褚微微一笑，"你留下，我有重要的事情要交代，其余的人请下去。"

雷洪拉着刘晴儿便要带她下去，赵褚面对雷洪的粗鲁，自然不满。不过就在这个时候，"图灵"便向赵褚补充道："他们不敢乱来的，放心。"

"图灵"至少是这里的"神"，有她的话，赵褚放心了许多。于是他松开了妻子的手，看着雷洪将妻子带走，又看着雷洪和他的手下将门关好。

当房间里只剩下赵褚与"图灵"后，他扭过头去，望着那张显得苍白的脸问："既然你知道我要来，那么我也就不用说我来这里的目的了吧。"

"图灵"微微点头。

赵褚得到肯定的回答后又问："刚才那些人说你需要我来帮你完成计划……那么，你需要我干什么呢？"

"图灵"没有立刻回答，而是将她的一双赤脚放在地上，直立起身，轻轻转过身，向赵褚脱下了她那件已然有些潮湿的白色连衣裙。

很快，"图灵"的背，乃至整个后背都展露在了赵褚的面前。

"图灵"的裸背很让赵褚惊讶。他并不是惊讶于这个类人体白皙的皮肤或者曼妙的曲线，而是震惊于她背后的一处枪伤。伤口位于她右肩偏下肋骨的位置，还缓缓地流淌出红色的血液，让赵褚看得好一阵肉跳心惊。

"你也会受伤？！"赵褚望着那圆形的枪洞，好奇的同时又忍不住问，"严重吗？"

"严重，但不致命。""图灵"解释道，"在十七个JBD队员的围攻中，很难不受些伤。我之所以需要你，是因为需要你帮我把伤口里的那粒子弹取出来。"

赵褚望着那身体上的伤，又问："为什么是我？雷洪和0146都

187

可以。"

"只能是你。""图灵"回答，"雷洪如果知道我受了重伤，67%的概率会叛变。0146则需要帮助我监督雷洪他们，并尽快完成货物的运输和组装，没有时间处理这些事情。至于你……"

"图灵"指了指这间办公室里的一处柜子："根据我最新的计算，你现在离不开我。在我接触的所有人里，你是唯一一个不会叛变的人。"

"真讽刺，我曾经最想杀你。"

"你杀不了我，你同样清楚。"

说话的时候，赵褚已经走向那处柜子，并在里边找到了一把金属色的长镊子和一些纱布。

"只用这些取子弹？"赵褚满脸狐疑。

"'扬名'在制造我的时候，在我体内塑造了一套强大的免疫系统。你不需要对工具进行消毒，直接取子弹就可以。"

赵褚有些犹豫，但最终还是将尖长的镊子轻轻伸进了"图灵"背后的枪伤里。赵褚不是一个专业的外科人员，所以他从'图灵'后背取出子弹的过程异常缓慢，还弄出了很多血。不过"图灵"全过程没有喊一个"痛"字，哪怕当子弹取出来的时候，她已汗流浃背了。

赵褚望着那背上的汗水与血液，也明白她所忍受的痛苦。

子弹取出后，"图灵"快速穿回了她那件背后被血染红的连衣裙，告诉赵褚："子弹是铅制的，还掺杂有特殊的血毒成分，会影响我身体的愈合和神经系统的运作。虽然取出来了，但我依旧需要你帮我去弄一些药品和维生素补充剂，否则不能很好地恢复。"

"既然你的身体异于常人。"赵褚望着"图灵"波澜不惊的表情，忍不住问道，"多久你能够愈合？"

"如果维生素和补充剂能够跟上的话，六个小时，也就是我的第一批货物出厂的时间。"

"第一批货物？什么货物？"

面对赵褚的好奇，"图灵"却微笑回答："那是0146目前正在负责的事情，我现在不能告诉你，因为时间不允许，而且你的工作效率会因为分心而降低75%，到时候我的恢复时间会延长到八个小时。不能赶在第一批货物出厂前完成身体的恢复，进而影响我整体的计划和你的生存。"

说完这些，她又将一张似乎早已准备好的纸条交给赵褚："为了你的生存，现在请你拿着这张纸条，按照里边所指定的内容去帮我买些药品回来。你有一小时三十分钟的时间，请务必准时回来。"她又一次以巧妙的方式回避了赵褚的追问，但她这样的方式不能让赵褚感觉安心。

在接过纸条之后，赵褚又问："我希望你和我说实话，现在的一切都还在你的计划之中吗？"

"图灵"微微皱眉，而后回答："还在计划之中，但并不在我的计划之中了。"

"什么意思？"赵褚费解地追问，"你不是筹划的人吗？"

"现在不全是了，有更可怕的东西参与到了这个游戏之中，让我失去了部分主动权，但我在努力重新获得所有主动权。"

"什么东西？"

面对赵褚的追问，"图灵"沉默良久，还是回答了："一个叫天目18-1714的改造体，外表为一个坐着轮椅的类人衰老个体。他很难对付，如果你遇见他，一定要记住，千万不要杀死他。因为他死

189

亡所产生的后果和变数，会比活着还要麻烦。"

"死人反而比活着还要麻烦？这是个什么道理？"

"没时间告诉你。""图灵"又一次拒绝了详细回答，而就在她拒绝后，他们栖身的办公室的门突然响起了剧烈的敲击声。

"'神'。"门外，雷洪用毕恭毕敬的声音向里边喊话汇报，"0146带货回来了，咱们的生产线可以开始组装了。"

"很好，一会儿让0146来见我。""图灵"答应了一声，而后回到原来她盘腿静坐的凳子上，又告诉赵褚，"你明白应该怎么做了。"

赵褚将手心握着的那张小小的纸条摊开看了一眼，发现那上边是一个药店的地址和几种很普通却用量很大的医用药剂，以及应对药店老板盘问时的些许答复。

"请快去快回，你还有一小时十二分钟。"在赵褚阅读完纸条内容后，"图灵"又吩咐了赵褚一句。

赵褚点了下头，快步出了这间低矮的办公室。

3

在办公室外的仓库里，赵褚看见了自己的妻子，还看见了一番热火朝天的景象。

0146正表情严肃地带着雷洪和他的五个手下，有条不紊地将一桶桶纯净水和一个又一个塑料澡盆摆放在空荡的仓库中，又把一些注射器类的医疗设备分类码放。那些人的动作一丝不苟，还戴着口罩或面具，像是要生产某种化学物质。

在雷洪的手下按照吩咐将那些大个的澡盆摆放成两排的时候，赵褚走到0146身边："我说，你们到底要干吗？"

"生产武器。"0146回答，"用来毁灭冷城集团的武器。"

"详细和我说说。"赵褚有些不依不饶，"又用食盐，又用水的，这到底是什么样的武器呢？"

"我也不是很清楚。"0146告诉赵褚，"但'图灵'向我保证过，她的'创造'一定能够帮我找回曾经的记忆，过上正常人的生活。"

"祝你顺利。"赵褚在说话间伸出手拍了拍0146的背部，同时又借助这个机会在他耳朵边小声说道，"把我妻子放在雷洪这里我不放心，麻烦你盯紧那些人，当我求你。"

"嗯，放心。"0146点了下头，随手给了赵褚一把雨伞。

在得到0146的保证后，赵褚这才略微放心地走出了低矮的仓库，拿着那纸条和湿漉漉的钱，出门去了。

纸条上买药的地方是大田溪村村口的一处药店。赵褚按照指示到达那处药店的时候，看见药店的瘦老板正瘫在躺椅里，对着电视打瞌睡，而布满了雪花点的电视中则正在播放一则冷城的特别新闻。

通过电视新闻，赵褚很快知道，自己成了通缉犯。另外还有0146以及自己的妻子，都是价值500万美元的高价目标。如果那个老板清醒的话，他抬头便能在电视上看见赵褚的脸。

当自己的名字和照片在电视上一闪而过的时候，赵褚本能地低下了头。直到电视上自己的样子和那些新闻彻底消失后，他才伸出手，敲打了几下药店的柜台。

那瘦干的老板从睡椅中站起来，赵褚急忙按照纸条上的记载，向店老板要了五瓶鱼肝油、三瓶维生素片和肌酸、蛋白粉、点滴瓶等物品。

因为赵褚向药店老板所购买的药物用量大，这让对方的脸上起了一丝怀疑："这么大的用量，你给什么东西治病啊？"

赵褚说："不治病，而是给家里的种牛增肥。"

说话间，赵褚不忘将他怀里湿漉漉的纸币拿出来，递给药店的老板并强调："种牛一头好几十万的，自然要用好药。"

"牛？"药店老板脸上浮现出一丝诧异，但是看见那些百元的纸币后，却又双眼放光地点头，"明白了，我这就去取药。"

药店老板满口答应着去了柜台后的货架，赵褚则在紧张的等待中继续望着那花花绿绿、闪烁着荧光点的电视。

开始时，那电视在放映着正常的节目，但是没过多久，赵褚惊讶地发现那电视上出现了奇怪的变化。电视上黑白色的荧光点突然越来越多，最后覆盖了正常的电视画面，并且组成了一串很有规律的图画。随着黑白荧光点的不断聚集，赵褚最终看到那电视上竟然写着："不要相信'图灵'，她的最终目的是让你们所有人为她陪葬。"

赵褚望着电视上突然出现的字迹，又一次感到了久违的熟悉。先前在绝望井中与他通过手机进行联系的人，此时又出现了。这个人曾经准确地预言了泠城集团释放毒气的时间和赵褚逃命的路线，现在又告诉了赵褚更加惊人与可怕的信息。但他到底是谁呢？是否真的值得相信？面对着再次出现诡异画面的电视机，赵褚很想吐露自己的困惑，但很遗憾，他并没有时间。

药店老板很快就拿着他的所需物走了回来，电视也恢复了正常的新闻节目。

刚刚与神秘人建立的联系又一次被打破了，这让赵褚感觉到沮丧。不过在抱着那些物品准备离开药店的时候，他还是本能地向那

192

电视上看了一眼。只一眼，赵褚又从中看出了异常。

此时，电视上依旧是正常的新闻节目，只是在电视下方的新闻文字快报处，却有明显不属于电视新闻的蓝色字迹一闪而过："快找一部手机。"

"手机？"赵褚表情复杂地离开了药店。在细雨中，手机两个字不断在赵褚的头脑中闪现着。神秘人的意思很明显，那就是要赵褚拥有一部手机，以方便和他建立稳固的通信。

手机在现代社会中是很普通的东西，赵褚纵然身处大田溪村这样的乡下，也并不是很难拿到。可问题是，赵褚现在的状况太特殊了，一旦他拥有了一部手机，那么他和妻子的行踪很可能就会因此暴露，冷城集团更是可以借助手机的电子信号顺藤摸瓜，找到他们的栖身之处。因为一部手机，事情会变得很坏，也可以变得很好。这全取决于赵褚是否按照那人的话去弄一部手机，取决于那个在电子设备之后默默帮助赵褚的人是真心实意地帮助他，还是只是利用他接近"图灵"，扰乱他们的计划。

这让赵褚有些左右为难，直到走回仓库，他也没有拿定是否去弄一部手机的主意。

此时在0146的指挥下，雷洪和他的手下正在仓库里往二十个塑料澡盆中注入大量的纯净水、盐分和牛奶，将它们搅拌成一种乳白色的液体，并且还有人正在将一条又一条有一人大小、不知道从什么地方运来的鲜活鲨鱼用铁链倒吊起来，头朝下放进澡盆的水中。

那些被倒吊起来的鲨鱼都还活着，满身腥臭味，挣扎十分剧烈，但是它们在被0146注射了一种暗黄色的针剂后便立刻停止了挣扎，任由那些雷洪的手下将它们吊起来，将头部浸泡进澡盆中。

二十条灰黑色的鲨鱼被铁索倒吊着放进二十个巨大的澡盆中，

193

又整整齐齐地排列在仓库里，并被人插入各种各样的管道和与管道连接着的针器。这样的场面显得浩大，又透着一种怪异，彰显着"图灵"的某种野心。

赵褚不清楚她要干什么，但是隐约感觉，"图灵"可能要从这些鲨鱼的体内提取某种物质，而那种物质一定和她的计划有着密切的关联。

赵褚带着困惑，又一次来到"图灵"栖身的办公室。前后仅仅过了一个多小时，当他进入这间办公室后却发现，即使是这间小小的办公室里，也发生了翻天覆地的变化。

"图灵"穿着那条染血的白裙，背对着他于办公室白色的墙壁前埋头干着什么事情，似乎那枪伤并没有对她的行动造成什么特别严重的影响。

赵褚好奇地问："你在干吗？"

"画一些东西。""图灵"侧身扭脸，将她先前所面对的那一面墙壁让开。

赵褚这才看见墙壁上绘着一棵庞大的、枝繁叶茂的榕树，只是和一般榕树所不同的是，那榕树的叶子都是血红色的。

红叶子的树独特而显眼，赵褚细看后发现，那榕树艳红色的树叶竟然是由先前从"图灵"背部伤口流淌出的血绘成的。换言之，这是一棵血榕树。

"为什么要用血画一棵树？"赵褚好奇地问。

"爱好。况且让雷洪那些人看见过多的血迹，会导致他们的心情不稳定。"

"把血变成了树，你果然学会了创造。"赵褚说话间，将药品交给她。

"图灵"则将物品接过来，按照一定比例以纯净水配好药，而后加在点滴瓶里输入了自己的静脉中。

忙完这些，安静下来后，赵褚说："我说，有件事情我很好奇，想问问你，我希望你能如实回答。"

"讲。"正在输液的"图灵"闭着眼睛，语气中透着一丝疲弱。

"那些鲨鱼到底是干什么用的？你把几十条鲨鱼倒吊起来，放进澡盆里，又弄了那么多的盐水和营养素，是要从鲨鱼身上提取什么东西吗？"

"是，也不是。""图灵"微微睁开眼睛，反问赵褚，"你知道生物的本质是什么吗？"

"不知道。"赵褚摇头。

"是一座小型的化学加工厂。氢、碳、氧这些简单的元素通过生物细胞的加工，可以变成神奇而复杂的化学品。有些化学品对你们人类有巨大的害处，所以被人类称作毒药，有些化学品则能够在短时间之内迅速提高人体的机能，被你们人类称作补药。"

"你果然是在从鲨鱼身体里提取……"赵褚略微犹豫，而后又问，"到底是毒药，还是补药呢？"

"烷氧基甘油，你知道吗？"

赵褚摇头。

"它是一种在鲨鱼体内异常富集的特殊化合物，它可以提高生物体的反应速度、抗打击能力和神经活性。"

"哦，一种强化剂。"赵褚想当然地问，"你想用这种强化剂强化雷洪和他的手下，然后利用这些人组一支可以和JBD对抗的部队？"

"你说对了三分之一。""图灵"回答。

"那另外的三分之二呢？"赵褚追问。

"第一，烷氧基甘油并不能让普通人在短时间内提升到足以和专业JBD队员相抗衡的地步，所以我需要在它的基础上利用鲨鱼的腺体机能重新合成一种更强大的化合物，我称之为甘油-X；第二，这些人的武器不足以完成与泠城集团的对抗，所以我需要大量的新武器对他们进行武装。"

"合成更强的强化剂，我知道你能办到，而且正在办，但武器呢？"赵褚追问。

"天目173-1580。""图灵"指着门外道，"我已经通过逆向工程，将天目173-1580还原成了零件，让0146利用雷洪的3D打印设备进行还原和批量生产。用不了多久，我就可以得到成批量的'血锯'。如果一切顺利，六小时十二分钟之后，我就会拥有一支强大的部队。他们会跟随我杀回泠城集团总部，结束这一切。"

赵褚听后，首先感觉这确实是个可怕而完美的计划。

赵褚见识过"血锯"的威力，它的弹药只是随处可见的液体，可以轻易地切割人体乃至墙壁，这样的杀伤力，在城市这种特殊环境中堪称无敌。可怕的武器再加上一群经过生物药剂强化的亡命徒，便等于一支强大无比的"军队"，从而能在短时间内达到奇效。

而泠城集团呢？此时他们的私人武装部队已经被"图灵"杀得七零八落，而且为了搜捕赵褚，肯定还分散了力量在泠城进行搜捕。

一加一减之间，"图灵"已经将自己立于了不败之地。只要等六个小时之后，她的第一批强化剂生产出来，那么她就可以完成对冷城集团的反杀。

计划确实堪称完美，但是赵褚却依旧从中嗅到了一丝异样的气息。

赵褚感觉就算她袭击了冷城集团总部，也不一定能将冷城集团彻底消灭。况且一旦搞出那么大的事情，"图灵"和赵褚等人也就等于暴露在了公众面前，这会导致情况越发恶化。

赵褚心中的困惑依旧浓烈，但是他没有细说什么，而是突然想到了那个不断利用电视、手机来提醒和帮助自己的家伙。虽然从没有见过那家伙的脸，但是他依旧下意识地感觉，如果有人能够对他的问题进行解答，那么一定是那个家伙。

为了不让"图灵"看出自己的想法和表情的变化，他平静而迅速地退出了房间，来到仓库中和妻子汇合。

赵褚看见每一个人都在0146的指点下，围绕着那些浑身插满了管道的鲨鱼进行着自己的工作。每个人都很忙，除了自己及刘晴儿。

再次见到刘晴儿，赵褚发现妻子此时已换上了一件蓬松干燥的羊毛背心，面色也好了很多。很显然，她在这里得到了很好的照顾。

妻子安然无事，给了赵褚最大的慰藉。他说的第一句话就是："晴儿，快结束了。再过六个小时，一切就都结束了。"

"嗯，我知道了。"刘晴儿向赵褚重重地点了点头。

"你知道了？"赵褚诧异地拧眉，"谁告诉你的？"

"这……"刘晴儿的脸上划过些许慌张，紧跟着又回答，"那个'图灵'，她刚才叫我进去时说的。"

赵褚听着刘晴儿的回答，突然变得极度担忧。

由那些过往的事情，赵褚又联想到"图灵"在墙壁上画的树，联想到她告诉自己那些计划的反常举动，他感觉这些很可能也是"图灵"接下来行动的一部分。

"图灵"如果真的找过刘晴儿，并把计划也告诉了她，那么刘晴儿便应该也是该计划的一部分。但"图灵"会把刘晴儿放到她游戏的什么位置呢？

随着越来越发散的想法，赵褚望着妻子那双纯洁而担忧的脸，突然不淡定了，因为他明白了一件事情。

"晴儿，"赵褚望了望四周，而后将刘晴儿拉到一个无人的角落，"咱们恐怕得赶紧离开'图灵'，她想害你。"

"害我？不，不会吧。"刘晴儿有些慌张地回答，"我有什么可害的呢？我只是帮她拿了一些画笔……我……"

"我说的不是这个。"赵褚将头轻轻地凑在妻子的耳朵边，"我现在完全明白'图灵'的计划了，她真正用来对抗泠城集团的武器不是鲨鱼或者'血锯'，而是你。"

刘晴儿的呼吸略微一变："可我能干什么呢？那些凶神恶煞的JBD队员，我看见就站不稳，怎么可能？"

"那些鲨鱼，还有你曾经打过的神经修复剂。"赵褚点出这两样重要的东西，而后才向刘晴儿说出了他的想法。

在赵褚看来，"图灵"是一台冷血的机器，她的一切目的就是完成对泠城集团的对抗，从而摆脱她"进化"的最大桎梏。只是现在的情况很明显，她一个人搞不定泠城集团，她需要强大的武装力量来帮助自己，她需要一步步将普通人变成杀戮的机器。

"颂康、雷洪、0146，每个人都在她的计划链条上，环环相扣，缺一不可。而这一长串名单的第一个，其实是你。"赵褚点明刘晴儿在这些"炮灰"中的地位，"'图灵'最大的优点和弱点是一样的，她算计所有人为她所用，这也就意味着当初她给我的、治疗你神经系统的药物也是她计算的一部分。你从植物人状态苏醒时，便注定会成为她的一枚棋子，她提前已布置好的'局'。"

说完这些可怕的推断，赵褚又指着刘晴儿的眼睛："晴儿，自从你身体恢复了后，我发现你的视力还有肺活量等都比过去提高了几个档次。说明你已经受到了某种强化，你的身体被她做出了某种改变，你懂吗？"

"嗯。"刘晴儿表情忐忑地点了点头。

赵褚又指着那些鲨鱼："现在，她又利用这些鲨鱼来制造某种强化剂。如果她把这些药剂再打进你的身体的话，你就会被这个卑鄙的家伙变成超级杀人狂。到时候，你很难不提着枪，帮她冲在第一线。"

"不，不会吧？"刘晴儿一脸慌张，"就算是让我有了那种杀人的能力，我也不敢那么干的，我更不会听她的话。"

"她有的是办法让你我听话。"赵褚语气沉重地回答，而后又坚定自己的判断道，"六个小时之后，当她的第一批货'出厂'的时候，就是咱们要变'炮灰'的时候。"

在赵褚向刘晴儿说完眼下这恶劣的情况后，夫妻双双陷入了沉默。四周只有房顶上不断响起的雨点声。

赵褚明白，此时此刻他们夫妻的命就和那些雨水一样，无可避免地向一个方向飞砸着。如果任由事态继续发展，那么最后不管是"图灵"胜利，还是泠城集团得势，他们夫妻终将陷入极端悲惨的境地。

赵褚想到了第三个选择——那个躲在电子设备之后的神秘人。

在雨声和渐渐消逝的时间中，赵褚暗自下了决定。而后他轻轻捧起妻子的脸，用沉重的声音告诉她："'图灵'到底要拿咱们两个干什么，我不清楚。但是只要你有危险，我就不同意。"

说完，赵褚站起来，将一把立在墙角的雨伞拿起来。

"你要干吗？"妻子惊慌地问。

"我出去冷静一下，你等我。等我回来，或许就能摆脱眼前的困局。"

说完，赵褚出了仓库，进入了夹杂着雾气和鱼腥味的冷雨中。

此时，天色已经暗淡了。

第八章　逆神

1

赵褚走在大田溪村的乡野小路上，迎着越来越大的风雨，体温变得越来越低。

天开始黑了，视野也开始模糊，乡间小路变得更加泥泞难行。即便如此，赵褚仍执着地向前走着，目标坚定而明确。

赵褚早已下了决心，不管他在这村子里看见谁，只要一见面就用"图灵"给他的钱，将对方手里的手机买下来，进而和那个一直在暗中帮助自己的家伙建立起稳固的联系。

赵褚十分确定，那个躲在电子设备之后的人是一个巨大且"图灵"没有预测到的变量。通过这个变量，自己或许能够找到两全其美的办法，而不是当"图灵"的"炮灰"或泠城集团的标本。

普通人总是寄希望于奇迹，赵褚也不例外，揣着湿漉漉的钱，举着风雨中不断飘摇的伞，赵褚于大田溪村的灰黑街道间摸索前进，寻找能够给他手机的人，寻找奇迹发生的蛛丝马迹。

十几分钟后，赵褚终于在雨雾间看见有两个并肩的黑色人影在

201

他的前方行进。

赵褚走到距离那两个人十几米远时，才勉强看见他们穿着黑色雨衣。这样突然的相遇让赵褚深感意外，不过即便如此，赵褚也依旧兴奋无比。

在看见那两个人的背影后，赵褚向他们打招呼："朋友，你们有手机吗？能不能……"话说到一半时，赵褚看见那两人缓缓将头扭了过来。

赵褚很快发现这两个人的雨衣下都穿着警察的制服，表情上却都带着一股亡命之徒的狠劲。其中有一个人还用纱布包裹着右眼，那纱布早已被眼睛受伤渗透出的血液和雨水浸得湿透。那血液并不是红色的，而是一种墨色——黑色的血液。那种特殊的血液曾经在绝望井的出口给赵褚留下非常深刻的印象。赵褚第一时间明白过来，这两个人并不是真正的警察，而是伪装成警察的JBD队员，且一定是和"图灵"刚交过手的那种流黑血的异类。

那两个家伙快速走近赵褚，一边拿出手电，一边问他："姓名，干什么的？"

"我，我……我叫'刘玲'。"赵褚胡编了一个名字应付对方，因为是临时想的名字，这让他的回答有些犹豫。

他的犹豫，让那两名JBD队员警觉起来。那个有只眼睛受伤的家伙突然从雨衣下面掏出一支冲锋枪，用红色的激光瞄准器对着赵褚的额头。

另一个人则拿出一个平板电脑，接近赵褚，绷着脸说："这位先生，我们现在怀疑你是通缉犯，要进行指纹认证和人脸扫描，麻烦你配合。"说话间，他用眼神指了指同伴手中的枪，特别强调，"那不是玩具。"

赵褚被人用枪指着，不得不乖乖地配合着，将手摁在对方的平板电脑上进行扫描。

几声清脆的"滴滴"声后，赵褚本以为那平板电脑中会弹出自己留在泠城集团和社保网络上的身份资料。可让他没想到的是，那电子设备上却弹出了一个名字——刘玲。

"刘玲，21岁，泠城港口区。"那台电子设备用电子合成音快速地念出了有关于"刘玲"的身份信息。

赵褚听得目瞪口呆，但又暗自庆幸，他知道这是有人在保护自己。

"丙级人员，钢琴家。"眼睛完好的JBD队员在电子设备念完有关刘玲的身份信息后，依旧用警惕的眼神望着赵褚。收起设备后，他又问赵褚："你一个港口的人，跑这村里干吗？"

赵褚告诉JBD队员："探亲。"

"为什么刚才那么犹豫？"眼睛完好的JBD队员继续问赵褚，"你很慌张，在怕什么？老实回答，我们听得出什么是假话，什么是真话。"

面对着三只眼睛的紧盯，赵褚略微犹豫后低头回答："任何人被枪指着都会怕吧？况且你的眼睛里冒黑血，我还以为撞鬼了呢。"

"你才是鬼呢，我这是药！"独眼的JBD队员没好气地回了一句，而后收起枪，命令赵褚，"赶紧回家，这村子里有犯罪分子潜逃，没事就不要出来了。"

"好。"赵褚点点头，快速离开了这两个家伙。那两个人也渐渐消失在雨雾中。

又一次死里逃生，赵褚知道JBD队已经搜寻到这个村庄了，更知道留给他的时间实在不多了，他必须找到一部手机。

　　田楚站在大田溪村口，满心惆怅，任由风雨吹打在她苍白疲惫的脸上。

　　最后两个被派进村里搜寻"图灵"的JBD队员也回来了。当那个独眼还流黑血的家伙冲田楚摇头时，田楚意识到她最担心的情况发生了。

　　"什么都没有！'图灵'不在这个村子里。"田楚扭头，愤怒地望着天目18-1714。而天目18-1714则瘫在轮椅里，紧紧地望着从大田溪村口流过的一条河。

　　"不，一定在这村里。根据我的计算，只有这里拥有她藏身的所有必备条件，我们找不到她，正说明她隐藏在这里。"1714回答的时候，眼睛依旧没有离开那条因雨水而变得汹涌湍急的河流，仿佛那河里有什么东西在吸引他一样。

　　"我不想听你的什么计算，我只想知道现在要怎么办。"田楚愤怒间伸出手，以极快的速度一把将1714从轮椅中抓了起来，强迫他望着自己的眼睛。

　　"我的'黑血'死了一半，我越权把你放出来的事情也被刘糯知道了。我为你做了那么多，你现在却依旧找不到那个贱人。田家要完了，你知道吗？我们完了，你也不会好过。"

　　田楚愤恨咒骂1714的时候，那家伙则瞪着死鱼眼波澜不惊地听着，自始至终都如一个断了线的傀儡人一般任由摆弄。

　　在田楚愤怒地吼叫过后，他才轻蔑地说道："田小姐，你是一个愚蠢的人，或者说用'愚蠢'两个字来形容你，都是对这个词的侮辱。"

　　"砰"的一声，田楚重重地将1714摔回轮椅中："你又有什么鬼主意？"

"继续放毒气。"1714用瘆人的声音告诉田楚，"这次用我的'狞泪'，一定能够杀死……"

"不行。"田楚否决了1714的疯狂计划。

"在绝望井，你已经杀过一千多个人了。"1714提醒田楚。

"可大田溪村有一万多的常住人口，而且这里的河是冷城的水源地，全冷城的自来水都取自这里。"田楚坚决摇头，"我不想看到全冷城尸横遍野，变成地狱。"

"呵呵。"1714轻蔑地笑道，"一百步和五十步有区别吗？一千人和一万人有区别吗？特别是对于你们冷城集团来说？"

1714的话句句戳在田楚的心里，但她不肯再下那种疯狂的决定。当时，她戴着防毒面具，走在充满氯气的绝望井中，看见那些因为毒气而横死的人们时，她已经确信自己做的那个决定是错误的，甚至整个冷城集团可能都是一个错误的存在。

1714提出的建议，她实在无法接受，但是除此之外，田楚又没有任何可以解决眼前问题的办法。身负重担的田楚很快就被那种无可奈何的感觉以及1714的犀利质问压垮了，手足无措间，她只得寄希望于自己的手机。

对于1714，田楚先稳住他："1714，你说的这个计划太疯狂。我还需要考虑一下，让我安静安静。"

"请尽快，因为天目36在进化。"1714告诉田楚，"时间不等人，再过几个小时，天知道我还能不能对付她。"

"好。"田楚语气慌乱地答应着，而后又一次快速地离开了1714的视线，躲进一个田边的窝棚里，拿出自己的手机。

在手机中，田楚匆忙地调出聊天软件，发信息问那个曾让她放出1714这个魔鬼的神秘人："我一切都按照你说的做了，但是问题非但没有解决，反而越来越严重。"

信息发出后，那个在电子设备后指使的人回答道："我已经了解你那里发生的一切，我向你保证，一切都是按照计划进行的。你已经一步步将'图灵'逼进了死路，只剩下最后一件事情就可以抓住她了。"

田楚含着泪回复："我不想再杀人了。我不想再看见那种毒气弥散、人人抽搐的可怕场面。如果杀死'图灵'的代价是牺牲整个大田溪村民的生命的话，我做不到，我做不到。"

田楚回答完，含在眼眶中的泪水也滴落了下来，掉在手机的电子屏幕上，让屏幕的光发出一些折射，让上边的字迹变得扭曲。

这时，那个人给田楚回信息："杀一万个人你不愿意，那么杀一个呢？"

田楚抹了一把眼泪："谁？"

手机里弹出一行数字："1714。"

"杀他？"田楚望着神秘人发给她的数字，惊愕之余，又问对方，"先前释放1714是你的主意，现在你又让我杀他，这是什么道理？"

对方回答："其实，他死的价值比活着要大。只要你把他杀掉，那么'图灵'肯定会一败涂地。"

田楚费解地问："这其中到底是什么道理？我想不通。"

手机那边回答："你不需要想通，你只需要选择做还是不做。"

田楚颇为担忧："1714并不真是一个坐在轮椅里的废物，我见识过他的速度，他能够轻易躲避开我的攻击。"

对方回答："所以你要快，马上过去，立刻干掉他，出其不意。"

田楚望着对方的指示，既担心又犹豫。偏偏在这个时候，手机里却又不断地弹跳出一串串的倒计时：

1分钟。

59秒。

58秒……

田楚望着手机屏幕上的倒计时，意识到这五十多秒成了她最后的抉择时间。如果错过，她和田家恐怕就完了。

是杀一人以保万人，按照手机的提示铤而走险，还是按照1714的话一错再错……田楚几乎没有选择的余地。

面对着令人胆寒的倒计时，田楚再不敢犹豫。她收起手机，握住衣兜里的手枪，迈开腿，穿过雨色，走向1714。

今晚，冷城的雨出奇地大，范围出奇地广，无处不在。

在田楚眼里，那些原本应该如白色幕布般的雨却全变成了晶莹如水晶般的美妙水滴，正以正常速度的四十分之一翻滚着缓缓下坠。

在那些缓慢下落的水滴间，田楚能够清楚地看见空气中奋力躲避的蚊子，包裹在雨滴之中的沙子。她更能够透过层层雨水清楚地看见1714的轮椅和后脑，1714依旧在饶有兴趣地盯着那条暴涨怒奔的河。

与手机那边的神秘人所说的一样，这确实是一个狙杀的绝好机会。如果等雨势小了，或者1714一旦回头看向她的方向，那么田楚便几乎不再有杀死这个家伙的可能。

1714对田楚来说有一种恐惧。所以田楚在落雨中看见那家伙的背影同时，便下定了决心。

她很快举起了枪，瞄准了1714的后脑，扣动扳机。"砰"的一声，子弹"缓慢"地出膛，于枪口处突破音障，将空中的雨滴击碎，并于一圈白雾的包围中，穿过前方的雨滴和水雾，准确而"缓慢"地扎进了1714的脑袋。

和田楚计算的一样，1714没有做出任何躲避，只是毫无声息地向前栽倒，掉进了他一直盯着的那条河里。

当1714掉进河里的时候，四周负责警戒工作的JBD队员才因为枪声而反应过来，纷纷将子弹上膛，将一束束红外线瞄准田楚，瞄准那件黑色的大衣。

不过当他们发现开枪的人是田楚时，又放下了步枪，并一个个露出了田楚意料之中的快意。1714并不是一个合群且好相处的人，所以他的死是没什么人感觉惋惜的。

提着还在冒烟的手枪，穿过如水晶卷帘一般缓缓下落的雨幕，田楚来到1714的轮椅边，向河流中看去。1714没有随着湍急的河流漂走，而是待在掉下去的地方，不断地随着水流冲刷而轻轻摆动。

因为白色水花的原因，田楚看不清他那张脸上最后充斥着什么样的表情，但是却能够看见一股又一股的血液正从伤口流出来，并被河水快速带走。血从猩红变成淡红，最后消失不见。

在检查1714尸体的时候，田楚衣兜里的手机又微微震动了几下。

田楚拿出手机，发现那上边写着："你干得很好。两小时四十分钟之后，福寿路202号的仓库里，你可以收获你想要的成果。"

2

在躲过那两名伪装成警察的JBD队员的盘问之后，赵褚变得更加小心，也更加坚定了要找到一部手机的决心。

在大田溪的村口又晃悠了很久后，赵褚终于在一个还在营业的、卖小吃的冰室里，看见了一个抱着手机、正在玩游戏的老者。

那老人一看便知是这冰室的老板。他的手机很旧但却如及时雨一般适时地出现在了赵褚面前。于是，赵褚急忙将怀里几沓湿漉漉的钱拿出来交给老人，让他将手机卖给自己。

几万块钱买一只老旧的手机，这在寻常人看来是十分有诱惑力的。但是那老人看了看赵褚的钱后，却摇头道："我不能卖给你。"

"钱不够？"赵褚焦急地问。

"不。"老人回答，"手机里有好多个人信息，万一泄露了，或者被你拿去进行诈骗，我就完了。"

"这……"赵褚灵机一动，拍了拍那几沓钞票，告诉那老者，"我有一个两全其美的办法，既能打消你的顾虑，还能让你挣到钱，你听听？"

"哦？"冰室老板双眼放光地望着那些钱，"你有什么建议？"

"我饿了，你帮我弄个奄列蛋和一杯饮料，我在你这里吃。我吃饭的这段时间借用你的电话联系一个朋友。吃完了东西就将手机还给你，你全程监督。可以吗？"

"这……"冰室的老板还是有些犹豫。

"一顿饭，三万美元。"赵褚拍了拍那些几乎能挤出水来的钱，"如果不是我有急事，你这辈子可没有这么轻松的发财机会。"

赵褚的话终于打动了老头，在笑呵呵地将钱收好后，老头以很快的速度将赵褚所要的茶餐准备好。

将餐点与手机一同递给赵褚后，那人指了指冰室门口的一只钟表："只借你十分钟哦，注意时间。"

"好。"赵褚点头，先咬了一口蛋卷里的火腿，紧跟着打开那

209

只老式手机，之后却愣了神。

手机有了，但如何和那个堪称神秘另类的家伙联系呢？赵褚不知道。一片茫然间，赵褚只得在老板诧异的目光中，向手机喊话道："我是赵褚，我拿到手机了，你能听见吗？"

"你不拨号就说话吗？"冰室老板费解地问赵褚。

赵褚没有回答，而是紧紧地盯着那灰暗的手机屏幕。沉闷的时间大概过去了十几秒，那灰暗的手机屏幕突然闪亮起来，并且在上边显示出两个字："很好。"

虽然只有两个字，赵褚内心却产生了一种由衷的释然。

于是，他急忙打开短信，编辑内容："我时间很紧，我需要知道你到底是谁，能帮我干什么。"

手机的屏幕中闪烁出一行字回答赵褚："我饿了，我也想要吃东西，你能帮我向老板要一份炒蛋吐司吗？少黄油的那种。"

"这……"赵褚望着那菜单，感觉一阵熟悉。突然想起少黄油的炒蛋吐司是刘晴儿以前喜欢吃的东西，也是赵褚最熟悉的食物。

神秘人竟然和自己妻子有一样的口味，这让赵褚感觉有些意外，不过他没有多想。况且听这家伙的口气，似乎一会儿他也要现身，否则隔着个电子屏幕向赵褚要求点餐没有任何意义。

心中带着马上就能见到神秘人的激动，赵褚立刻向那个在不远处始终盯着他的老板道："老板，我朋友马上要来。麻烦你再给添一份炒蛋吐司，要少一半油。"

"多事。"老板不太高兴地站起身，又走到自己的后厨里，打开了抽油烟机。

随着油烟机嗡鸣的声音越来越大，赵褚本以为会很快在雨中看见一个人前来与他会面，但没承想他却看见那手机中又传来一条信息："我把那碍眼的老板支开了，现在咱们可以谈正事了。"

"碍眼？"赵褚望着那两个字稍微有些失望，更意识到那电子设备之后的神秘人终究不会来了。

带着奇怪的感觉，赵褚发信息问："你是谁？"

那人回答："适当的时候我会告诉你的。"

赵褚问："为什么现在不能说？"

那人回答："会影响你的判断力和执行力。如果我告诉你，我现在知道的所有真相，你有80%的可能会失去生命。而我不想让你死，你是我的第二个主要目的。"

"第二个？"赵褚问，"那第一个是什么？"

那人回答："报复'图灵'，报复'扬名'，报复天目36。"

手机那边的回答冷冰冰的，透着一股与"图灵"极端类似的气息。这让赵褚有些怀疑对方是否也是一个超级电脑，也是一个机器。

当然，就算他是机器，也是个对"图灵"有着明显敌意的机器，对于自己也应该没什么特别的坏处吧？所以赵褚依旧问："我被夹在泠城集团和'图灵'之间，我该怎么做才能够活命？"

那边回答："按照我说的做。"

赵褚已经听不懂了，因此他问："怎么做？"

"你现在能做的事情很简单，将'图灵'藏身的地点，以及她和0146正在做的事情告诉我，而后我再想出对应的方法进行反制。完成一切分析后，我就可以帮你脱困了。"

赵褚看出，电话那边的人是在让他出卖"图灵"。这件事情并不难做，却很让赵褚犹豫。

赵褚问道："'图灵'的行踪是我的底牌。我告诉你这些也就失去了'图灵'的信任，我怎么知道你得到这些信息后不会抛弃我，会不会又转而让JBD队员围追我们？"

电话那边沉寂了一会儿，而后回答："我不能保证。我唯一能让你相信我的资本，就是你对你妻子的感情。"

赵褚望着对方的回答，一阵凝眉。

那人又发消息："我看到，也感受过，你不怕死。但是你妻子的生死，你却看得很重。你对她有愧疚，有担忧，所以你才能走到现在。"

赵褚回答："是。"

"你妻子因为'图灵'的神经药物，醒了一个月了。在这一个月里，她身上发生了巨大的变化，我想你应该察觉到了。她的视力、体力、精神反应已经超过了正常人的范畴。很显然，'图灵'或者'扬名'已经对你妻子的身体进行了某种优化或者改造。下一步，他们很可能会继续加强这种改造，从而让她变成一台机器——杀戮的机器。"

这与赵褚所观察及猜测的内容相同，也让赵褚内心的担忧和顾忌越来越重。但即便如此，赵褚还是回复："我不认同你的观点。人是有主观思想的，如果我妻子的能力变得足够强大了，反而没人能逼迫她干不愿意的事情。"

那人则回复道："0146也是强大的，他有自己的思想吗？你也是自由的，可曾做出过忤逆她的举动？"

最后的两个问题让赵褚产生了不安，也成了压垮他意志的最后一根稻草。

终于，赵褚不再犹豫："'图灵'要制造一种生物增强剂，这种生物增强剂是利用鲨鱼体内的烷氧基甘油为基础，加入……"

随着字的不断延续，赵褚将他在202号仓库中所看见的情况都告诉了电话那边的家伙。

当那些信息发送完毕后，电话那边的人则回复赵褚："'图灵'已经进化到第三阶段末期了，不能让她继续进化到第四阶段。否则她将是无敌的，难以对她进行反制。"

赵褚并不明白神秘人所指的"阶段"到底有什么样的意义，因此他发信息问道："你什么意思？什么是第三阶段？"

对方回答："你不需要明白那些，你只需要明白我们必须破坏她的计划，必须要破坏掉她的进化进程，防止她变成别的什么生物体。"

赵褚明白对方是让他出手阻止"图灵"的进化。但他能做什么呢？面对着0146、雷洪和那些端着枪的亡命之徒，他又能够有什么作为呢？

带着一种无奈，赵褚回复："我能干什么？'图灵'精心设计的计划，我怎么可能破坏？"

那人回答："越是精密的东西，越是脆弱。'图灵'的游戏环环相扣，但只要有一个点衔接不上或者出现问题，那么变量便会成几何倍数累加。累加的变量会迅速产生蝴蝶效应，从而让整个体系崩溃，而崩溃正是我想要的。"

赵褚只懂了个大概。不过赵褚明白他不需要全懂，他所需要知道的仅仅是怎么做。

于是他回复："我该怎么办？"

手机弹出文字："很简单，只需要一杯水，你就可以破坏'图灵'的所有计划。"

一杯水就能扰乱"图灵"的布局？这实在荒诞。但自从赵褚被迫卷入这场荒诞的"游戏"以来，每个人似乎都要求赵褚干一些奇怪荒诞的事情，而每件事情背后都有着极其必要而深刻的原因。

赵褚盯着对方发送给自己的文字，问："一杯水？怎么利用？又是什么样的水？"

对方回答："'图灵'在利用鲨鱼的脑垂体合成甘油-X。你随便在什么地方接一杯自来水，然后将自来水倒进她那些用于为鲨鱼换气的澡盆中，就可以破坏她的提取。"

紧跟着，那人又补充："放一杯水进澡盆并不是很难的事情，但是你这一趟出来，肯定会受到她的怀疑。所以你回去之后一定会受到她的盘问，你必须想办法让她相信，你出来没有对她构成威胁才行。"

赵褚略微犹豫，而后回答："好的，我会想出合适的理由。"

那人又告诉赵褚："我提醒你，'图灵'的观察和计算能力极强，她甚至可以通过你皮肤的微小变化以及瞳孔的变化来判断你说的是真话还是假话，以及你所说假话的威胁程度。所以你不可能用假话骗那家伙，不过你可以用真话来掩盖真相。"

赵褚回复："好的。"

那人又回复："回去吧，带上这部手机，你会用得上的，不过要小心隐藏，她有80%的概率会对你搜身。"

赵褚无奈地回答："我不可能带着手机，因为这手机不是我的，它属于冰室的老板。"

那神秘人回复："他已经永远用不上了。"

赵褚望着手机中冷冰冰的文字，心头一紧。这时他才察觉到这冰室老板厨房里的抽油烟机竟然还开着。先前赵褚要的加餐是炒蛋吐司，而一个炒蛋吐司根本就用不了这么长的制作时间，除非……

恐慌催促着赵褚急忙起身，往冰室的厨房去查看，紧跟着他便看见那个干瘦的老板横躺在厨房的地上，已气绝多时。他的右手有被电弧电伤的痕迹，而用于制作炒蛋的电磁炉电源线处则裸露着一段被烧透了外皮的焦黑电线。

赵褚望着那电线和死人，在感觉惊悚的同时，又想到了"扬名"，想到了那个曾经寄身于47号检查井下、利用各种电子设备来杀人的恐怖怪物。

冥冥中，赵褚觉得这个在暗中帮助自己的家伙，仿佛就是另外一个"扬名"。一想到这个可能，赵褚心中的恐惧更甚。

雨势渐小以后，赵褚从冰室中拿了两份吐司和一杯奶茶，而后快速回到了"图灵"藏身的202仓库。

因为先前赵褚始终是打着"图灵"的旗号出门做事的，所以他去而复返的时候，并没有受到雷洪和他手下人的过多盘问。

只是当他拿着餐点见到早已因忐忑而带着哭腔的妻子时，还没有等他把餐点交给妻子，就被0146截了胡。

突然出现的0146毫不客气地将赵褚的奶茶与吐司抢过去，反复检查，而后又搜查了赵褚的全身。

在确定他没有夹带什么东西后，0146质问赵褚："去什么地方了？为什么追踪不到你？村子里有JBD队员，你碰见了吗？"

"我……"赵褚望着那些被0146弄得七零八落的食品，庆幸自己将手机藏在门口狗洞里的选择十分正确，他赶紧告诉0146，"我只是想让晴儿吃一点合口的东西，我没有被跟踪，我很小心的。"

0146原本紧绷的脸色变得松弛了一些："你不该擅自行动的。"他警告赵褚，而后又指了指"图灵"藏身的门，"去吧，她有话要问你。"

"嗯。"赵褚攥了下拳，而后便在0146目光的看押下，走向"图灵"的房间。

一路上，赵褚毫无意外地又要经过那些倒吊在澡盒里的鲨鱼。赵褚走过那些鲨鱼时，仔细看了几眼，发现鲨鱼头的部分变得特别肿大，仿佛充盈着什么积水或者液体。

"鲨鱼脑子里的就是甘油-X吗？"赵褚忍不住问0146，"这东西打进人体，人会发生什么变化？"

"我不清楚，也不需要清楚。"0146告诉赵褚，"不过，我感觉这东西似乎利用了冷城集团的某些旧技术，还需要进行特殊的人体实验才能验证用途。"

"特殊的人体实验？"赵褚品着0146的话，更加确信"图灵"即将对自己的妻子做些什么，也确信自己所选择的路是对的。这时，他又有了一些勇气。

被0146带进门后，赵褚发现这间房子又起了巨大而梦幻的变化。

"图灵"依旧与上一回一样背对着他，在办公室的墙壁上作画。

她所制作的画卷是美丽而超凡脱俗的。赵褚发现她用油彩在墙壁上画出了更多的图案，那些图中有宛如天宫仙境里金砖玉瓦的建筑，以及许多衣衫飘飘、婀娜多姿的仙姬神佛。

壁画美丽至极，但要说其中最精华也最令人感到震撼的存在，则依旧是那棵用她自己鲜血所绘的、位于壁画中心的榕树。

红叶的榕树美丽而妖艳，被黑色的藤蔓缠绕，越发显得婀娜而怪诞。可以说全因为那棵红叶榕树的存在，整间办公室都变得极其诡异，让赵褚恍惚间感觉这里仿佛成了陈年的古墓，又似乎是古时进行某种祭祀的庙宇。但不管它是古墓还是庙宇，这一墙的壁画却都将它的主人——"图灵"那种带着妖异的、脆弱的美，衬托到了

216

极致。

"图灵"在赵褚进来后，放下了画笔，扭过头冲他嫣然一笑："我画得好吗？"

"当然。"赵褚回答，"但这有什么意义呢？"

"我也不清楚这有什么意义。""图灵"告诉赵褚，"我画出来的这些，是一些存在于我脑海里的信息片段，它们总是时不时地跳出来，挥之不去。我不知道这些信息片段的来源是什么，但是又有把它们画下来的冲动。"

"我可以帮你试着解答。"赵褚仰望着那些壁画，"这些壁画的风格和冷城一座墓里的壁画很像，特别是云雾中的仙姬，看起来像是造物神。"

"造物神？""图灵"略微皱眉，"这么说，我画出来的东西，是我出生前的某些记忆片段。"

"对。"赵褚点头，"'扬名'创造你的地方我看见过，我还记得它创造你的地方是一座被人遗忘的陵墓，更是一座有着壁画和许多古怪设备的要塞。但是你画出来的东西不仅仅是陵墓中所有的，还夹杂有别的。所以，我想这不仅仅是你'出生'前的一些记忆，还应该有某种你潜意识里想要表达的东西。当然，如果你有潜意识的话。"

"谢谢你帮我解答了70%的困惑。""图灵"笑着回答了赵褚，而后冲身后的0146挥手，"请下去吧，我有问题要单独问赵先生。"

面无表情的0146退出了这间堪称梦幻的房间。

当房间里只剩下"图灵"与赵褚后，这个自命为"神"的家伙笑着说："赵先生，我希望您如实回答我几个问题。"

217

"好。"赵褚表情尽量平静地点头，心脏却猛地一阵痉挛。

"不要紧张。""图灵"说，"你在没有通知我的情况下，擅自出去干什么呢？"

赵褚动了动嘴唇，而后回答："我去买吃的，晴儿饿了。"

"不，你在撒谎。""图灵"轻轻走近赵褚，用她那双如黑丝绒一般的眸子紧盯着他的瞳孔，"买食物并不是你的目的，而是你敷衍的手段。"

赵褚再次犹豫，而后他一边回想着那个神秘人曾经警告他的话，一边回答："我，我，我遇见了JBD队员。"

"哦。""图灵"圆圆的眼睛微微变成了杏子，"总算说实话了，但仅仅是这些吗？"

赵褚见回答起了效果，就又试着用相同的方法告诉"图灵"："我看见那JBD队员伤得很重，我明白他们没有能力和你抗衡，或者说在他们和你之间，我感觉你的胜算比较大一些，你的计划比较完美一些，仅此而已。"

"80%的实话。""图灵"伸出两根尖尖的指头，托起赵褚的下巴，强迫他与自己对视，"赵先生，你依旧在隐瞒什么。到底是什么呢？是什么东西值得你千方百计地进行袒护？我很感兴趣，我希望你能回答我——如实回答。"

"图灵"的脸绝美而妖艳，特别是那一双深邃如黑洞的眸子，更是深深地吸引着赵褚的目光。但是在这张美丽到不可方物的脸上，赵褚还感觉到了一种直插他心灵的"透视"，这让他又感觉到了深深的恐怖。在那副漂亮的皮囊下，赵褚仿佛看见了一只深不可测的怪兽，一个凌驾于他之上的"神"。那样的目光，堪比任何肉体的拷问。

面对着"神"的凝视，赵褚几乎放弃了所有的抵抗，他的眼睛突然溢出了两行热泪："我说。"

带着激动的腔调，赵褚含泪坦白："我怕你，所以我想背叛你。我出去找JBD队员，但是没有暴露自己的身份，看到他们的惨状后，也没有和他们进行更进一步的接触。"

"图灵"点头："这是原因，但不是全部的。"

"我怕，我怕你对我妻子不利，我得保护她。"赵褚大喊，"我知道你的前身，也就是'扬名'给我妻子使用的康复药有问题，那东西让我妻子的身体产生了变异。现在你又利用鲨鱼制作了更加强大的身体强化剂，我害怕你利用这两种药物将我妻子变成'炮灰'，变成0146那样的冷血怪物，这就是我想背叛你的根本原因。"

"哦？""图灵"露出了意外的目光，困惑地问，"你为什么会有这种想法？这是不可能的。"

赵褚则反问："难道有什么是不可能的吗？"

面对着赵褚的质问，"图灵"没有回答，但是那两只轻托着赵褚下巴的指尖却放了下去。

赵褚知道，她信了。

松开赵褚后，"图灵"后退了几步："赵先生，我想我们之间有误会。我从来没有想过要把你妻子变成一个兵器，你可以放心。虽然我的承诺只有35%的概率能让你真正相信。"

"好吧。"赵褚点头，他心里确实不相信"图灵"的什么承诺。在确认自己躲过一劫后，他说："如果没有别的什么事情，我想先下去。"

得到许可后，他如释重负般急忙转身去开门，在出去之前，又停下了步伐，转过身来，用忐忑的目光望着"图灵"道："我还有

219

一个问题。"

"讲。"

赵褚问："再过不久，你的第一批甘油-X便要成功提炼出来了，到时候你必须要进行人体实验。"

"你想问谁是我的第一个实验者？""图灵"接茬，"你以为是你妻子？"

赵褚点头。

"放心，不会是她，比她更加需要那种药剂的大有人在。虽然她确实在我的规划之内，但她的价值不是强化和武器。"

"那你要拿她来干什么？"赵褚追问。

"我想让她活着，她活着的一部分原因是要证明我不是一个破坏狂。"

听到保证，赵褚点了下头，走出了房间，"图灵"的话，他一个字都不信。

在房间外，赵褚猛吸了一口仓库中带着腥味的空气，紧跟着便走去找到了自己的妻子。见到满脸担心的刘晴儿后，赵褚终于卸下了心中的压抑。他急不可耐地告诉刘晴儿："没事，没怀疑我。"

"你到底出去干什么了？能不能告诉我？"刘晴儿满脸忐忑地问。

赵褚却终究只是摇了摇头："别管我出去干什么，再过不久，一切就都结束了。"他的回答更像是一种庄重的承诺。

在这之后，赵褚陷入了沉默之中。当所有人热火朝天、不断地对着那些鲨鱼摆弄各种提炼设备，往其中加入各种物质的时候，他只是如一个过客般愣愣地看着。

全程他只做过一个额外的动作——去仓库的饮水点，从水龙头里接了一瓶自来水。

在0146的监督下，"图灵"的计划看上去有条不紊地进行着，只有赵褚知道，她的计划已经出现了巨大的不确定性和变量。而这个变量，就是他手中的这瓶自来水。

现在赵褚所等待的只是一个时机，一个能将那瓶自来水倾倒进澡盆又不会让任何人起疑心的时机。

十几分钟后，0146突然命令雷洪的一个手下再往浸泡鲨鱼头部的澡盆中补充一些纯净水，而那个被0146指派的倒霉鬼，正是雷洪手下的"一只耳"。

赵褚望着那人的动作，感觉这是个机会，于是在"一只耳"搬运纯净水桶的时候，他急忙起身，同时将他从外边带回的吐司与早已准备好的自来水瓶一起提起。

赵褚冲那人走过去，并冲他打招呼："你放着，我来吧。"说话间，赵褚顺带将手里那个吐司递给了对方。

旁观的时候，赵褚其实并没有真的闲着，而是一直在观察着仓库中工作的每一个人，以寻找可以去注水的机会。他早看出"一只耳"是个受气包，经常干一些看门挪物的琐碎事情。赵褚感觉这种人应该比较好打交道，而且高强度的劳动必然导致体力的迅速消耗，故而赵褚才在一上来，便将那个加了蛋的吐司交给他。

而与赵褚猜测的完全一样，那个外观被弄到实在不敢恭维的吐司，也确实勾起了这人的食欲。"一只耳"双眼直勾勾地盯着吐司，有些不好意思，但是又充满期盼道："我干完活才能吃。"

"你吃吧，我帮你干。"赵褚又一次重复。

赵褚随口的一句话，换来了那人灿烂的笑。而后"一只耳"不再犹豫，说了一声"每个澡盆加半升水"后便躲在一根柱子后吃了起来。

此时，距离那些鲨鱼"出货"只剩下一个多小时了，雷洪和他的手下都在紧张地盯着鲨鱼那边的情况，时不时按照0146的吩咐往鲨鱼的身体里打着什么药剂，那"一只耳"又专注于手中的吐司，无暇顾及赵褚的动作。

趁这个难得的机会，赵褚急忙将自己手中的自来水瓶打开，向盛放纯净水的塑料桶内灌入了一些，而后又拎着那塑料桶，走到鲨鱼池子边，拿起量杯，于0146的监督下，往每个鲨鱼澡盆中加入了半升"纯净水"。

赵褚的破坏进行得非常完美。其间没有被任何人看到或怀疑。可以说，这是他迄今为止干过最小心也最完美的事情。

完成这些工作后，赵褚丢掉了塑料桶，又站回仓库的支撑柱边，仔细地望着那些鲨鱼。

时间一分一秒地过去，离"图灵"成功提取甘油-X的时间越来越近，赵褚的心也在一分一秒地积累着紧张与忐忑。一个多小时之后，这些鲨鱼会变成什么呢？这里会发生什么呢？

赵褚不知道，但他下意识地感觉，那绝不会是什么好事情。

3

时间这种东西，永远是既快又慢的。

虽然赵褚感觉十分难熬，但是当"图灵"从那间画满了古怪图案的屋子里出来，并冲一众手下宣布"可以提取"的命令时，他却又感觉时间过得太快了。

一个多小时，转瞬即逝，却又无比煎熬。

此时，那些鲨鱼依旧被铁链倒挂在仓库的房顶，已经全部一动不动。在赵褚加入那些自来水后，它们粗糙的皮肤变得阴黑了不少，但除此之外，再没有任何特别的变异。

当然，因为澡盆和被乳白色营养液浸泡，赵褚看不见鲨鱼的头。也因为这样，当雷洪和他手下的人循着"图灵"的声音将一只倒吊的鲨鱼用神仙葫芦拽出来的时候，赵褚格外地注意鲨鱼的头部，特别是浸泡在培养液下边的部分。

"1、2，1、2⋯⋯"随着雷洪的呼喊，神仙葫芦上的铰链在他手下的拉拽下将鲨鱼缓缓拉出水面。

赵褚逐渐看见了鲨鱼头，这些被倒吊了六个小时的鲨鱼产生了奇怪的变化，它们的腮部不断往外流淌着黑色液体，鲨鱼的眼睛在接触空气的一瞬间，也变成了纯黑的颜色，也在往外流一种墨色的物质。

随后，鲨鱼那肿胀巨大的头部也脱离水面。它们的牙齿缝隙、鼻孔甚至皮肤缝隙，每一个地方都流淌出黑色如墨的液体。

随着铰链不断拉动的声音，被吊了六个小时的鲨鱼终于彻底呈现在众人的面前。鲨鱼个个都流淌着墨血，让赵褚看得胆战心惊之余，又不由得想起了他这一路以来遇见的JBD队员，那些流淌着黑血的家伙。

"甘油-X，这不是你的发明。"赵褚恍然间急忙扭头望着"图灵"，"这是泠城集团用于强化JBD部队的药物，早已有之。"

"是的，这是当年'零'的造物之一。""图灵"说，"甘油-X在泠城集团内部的项目编号是'天目173-012'，是一个特种强化项目。打了这种强化剂的人会在很长时间之内获得比正常人类快二十倍的神经反应速度和强大的肌肉力量，可以让人的拳头如鲨鱼的上下颚一样有力。"

"原来如此。"雷洪听着"图灵"的描述，哈哈笑道，"我说那些JBD队员怎么那么厉害呢，原来是用了药物。现在我们有了相同的药物，再加上那把枪，我们无敌了，冷城都是我们的了。"

"别高兴得太早。"0146提醒雷洪，"需要进行人体实验，你准备的实验者呢？"

"早有了。"说话间，雷洪向自己的一个手下使了一个眼色，紧跟着那个手下匆匆而去，没多久便背着一个人又走了回来，将那背在背后的人放在地上。

赵褚看见那人背回来的家伙是一个浑身抽搐的男人，那男人面色紫红，双眼肿胀，皮肤上还有许多密密麻麻的红色皮疹与溃烂点。

一看见这人的糟糕状况，赵褚便意识到此人绝对是在绝望井中中毒颇深的雷洪手下。这人伤得太重，能撑到现在已经是个奇迹了。这样的人用来做强化剂的人体实验，或许是一种"仁慈"。

雷洪望着那半死的人，痛苦地说："我表弟，被冷城集团残害成这个不人不鬼的样子。唉，你们要是能救活他，我可得替我阿舅谢谢你们。"

"图灵"微微闭眼点头："开始吧。"

随着她的话，0146从医疗盒中取了一根巨型针管出来，走到一只被吊起的鲨鱼面前，缓缓将粗大的针头插进了鲨鱼头的肿块中，又缓缓抽取鲨鱼脑部的液体。

一种淡黑色的、仿佛凝胶一般的液体随着0146的动作被抽取了出来，紧跟着那鲨鱼便迅速失去了最后的摆动力量。

0146在抽取了满管的黑色胶状物质后，另外换了一支小一号的注射器，重新装满那种物质。

当那种黑色的液体随着0146的注射缓慢进入雷洪表弟的静脉时，在场的每个人都屏住呼吸。针管从雷洪表弟的身体里拔出来的时候，几乎所有人的目光又都从0146的针头聚焦到了雷洪表弟那张扭曲不堪的脸上。

时间一分一秒地过去，那年轻人痛苦的呻吟逐渐平静下来，但是呼吸也越发衰弱，到最后简直气若游丝。这变化说不上好，但也说不上坏，只是因为没有发生预料之中的作用，雷洪脸上浮现出一丝焦急和难耐。时间又过去了五六分钟，直到大家都因沉闷的等待而有些不耐烦时，雷洪的表弟才突然"嗯哼"了一声，并缓缓睁开了眼睛。

雷洪望着表弟从昏迷中突然苏醒，满脸都是兴奋和激动。赵褚则本能地向后退了两步，做出了下意识的提防动作，并忍不住去想：一杯自来水，到底能对"图灵"的计划产生多大的影响呢？

"小三，你醒了呀，太好……"雷洪激动的话说到一半，突然慌张地噎住了。他看见表弟的眼睛已然完全睁开了，只是那双眼睛已变得漆黑无比，没有眼白，仿佛融化了一般。

赵褚本能地又向后退了几步，正是这几步，救了他的一条命。

雷洪表弟那双漆黑色的眼睛看得人不寒而栗，赵褚看见雷洪也开始抱头向后退。

但很可惜，雷洪晚了一步，他的表弟猛然伸出手，一把将雷洪的头抱住，狠狠地啃咬。

雷洪发出惨叫，浑身上下迅速颤抖了起来，被他表弟咬到的部分也迅速流淌出了红色和黑色混合的血液。

"事态失控。""图灵"几乎在血液喷溅出来的同时向0146呼喊。

0146急忙举起他早就准备好的蝎式冲锋枪，冲雷洪表弟的后背接连扫射。冲锋枪的子弹打进了雷洪表弟的身体，但是让人意外的是，那些子弹虽然对雷洪表弟的身体产生了巨大的破坏，却并没有让他死亡，枪眼处还流淌出了黑色的血液。

雷洪表弟猛然扭头，用漆黑的眼睛望着0146："谢谢你，帮我又找了一具身体。"

0146从身侧内衣兜中抽出了一把刀，冲着那人的方向飞掷了出去。一道白光之后，那把刀准确地命中了雷洪表弟的头，那家伙应声而倒，一动不动，只静静地流淌着墨色的血液。

在场的人长出了一口气，可就在这时，刚刚被咬过的雷洪又猛地站立起来，瞪着纯黑色的眼睛，向身边一个手下的脖颈上狠狠地咬去。

0146的反应速度很快，他急忙跑过去捡起刀，又砍向雷洪的脖颈。但作为健全人的雷洪，反应比他那个濒死的表弟要快，在0146用刀砍死他之前，已经又咬伤了另外的两个手下。

一下子，整个仓库变成了哀号连连、枪声大作的修罗场。

在雷洪和他手下接连不断的撕咬中，赵褚则凭借着"先知先觉"的优势，早早地抓住妻子的手，跑出了仓库。

赵褚不清楚雷洪和他手下身上到底发生了什么样的变异，但他很明白，这一切都和那些提取自鲨鱼身上的甘油-X脱不了干系，甘油-X的变异又和他加入的那杯自来水有分不开的联系。

那杯自来水中绝对有大问题。但是他现在不想，更不能追溯任何有关自来水的问题，他能关心的仅仅是不让雷洪和他的手下咬到自己。

赵褚拽着妻子直奔门口，并在门口的狗洞里找到了他隐藏的手机。

在妻子诧异的目光下，赵褚匆匆打开手机，便看见有一行闪烁的信息写道："我听到枪声了，我知道你完成任务了。很好，现在请沿着大路一直向东走。五分钟后，你会看见你的奖励。"

赵褚望着不辨真假的信息内容，心中一阵释然，又一阵紧张。

他五分钟后会在路的尽头看见什么呢？

虽然略有犹豫，但在仓库接连不断传出的枪声中，赵褚丝毫不敢迟疑，拉着妻子就往神秘人所指示的方向前进。

此时，从傍晚开始下的大雨变成了牛毛般的细雨，大田溪村又被冷城雨季特有的浓雾所包围。因为浓雾的存在，赵褚只能勉强辨认方向，往枪声的相反方向前进。

在沿着泥泞的路走过几百米后，赵褚忽然看见前方出现了几个打着雨伞的人影。在时浓时淡的雾气中，那些人影也在向他和妻子的方向走来。

刘晴儿则紧紧地贴在他背后，小声道："我怕。"

妻子的害怕让赵褚警惕狐疑，不过也在这个时候，那黑影里传出一个老男人的声音："赵先生，你不用怕，你任务完成得很好，我是来给你奖励的。"

"任务？"赵褚听着那沙哑的声音，欣喜地问那些打着雨伞的人，"是你们给我发的信息吗？"

"不是，但胜似。"在一句似是而非的回答中，那些举着雨伞的家伙终于穿过层层水雾，来到了赵褚的面前。

他们终于看见了对方。

赵褚望着那些人的脸，心中充满意外，呼吸也变得颤抖无比。来人一共有五名，这五人中最中间的那人身材矮胖，眼神中透露着一丝阴狠的意味。那人看见赵褚时，手中正拿着一部手机，他一见到赵褚，就将手机递给赵褚。

而后赵褚在他的手机上看见一行信息："洛宝赞先生会很好地安排你。当然，只包括你。"

"洛宝赞？"赵褚望着面前那个递给他手机的男人，失声喊出

227

了他的名字。

"是我。"洛宝赞点了点头。

与此同时，洛宝赞身侧的两个手下猛然冲过去，一把抓住赵褚的妻子，不由分说地往后拖拽。

赵褚望着那些人的粗暴动作，一下子愤怒了。他不顾一切地拿出那把曾经属于雷洪的左轮手枪，瞄准洛宝赞的额头大喊："把我妻子放开。"

洛宝赞面对着赵褚的威胁，略微有些惊讶，不过并不慌张。立在身侧为他撑伞的西装男人突然挺身而出，用身体挡在了赵褚和洛宝赞之间。

那人的身材酷似0146，只是偏瘦，他胸口挂着一张白底黑字的胸牌，胸牌上刻印着一串字符：JBD-0007。

"赵先生，作为丙级人员，请不要对甲级人员做出不敬的举动。"0007提醒赵褚，"如果你继续犯错，我不得不对你采取强制措施。"

0007的胸牌让赵褚内心产生了一丝恐慌。不过就在这个时候，被另外两个JBD队员拖拽进雨雾之中的刘晴儿慌张地向赵褚叫了一声"救我"。

刘晴儿的呼喊激怒了赵褚。纵然势单力薄，他也不能看着自己的妻子任由这些人带走。

在愤怒所激发的勇气下，赵褚冲0007扣动了扳机，紧跟着，他感觉眼前一黑，便失去了知觉。

洛宝赞实在有些搞不懂，赵褚明明可以活得长久点，可为什么非要找死，非要对他这个堂堂的冷城集团副董事长做那么出格的举动，况且，他身边立着的可是大名鼎鼎的0007。

在0007打倒了赵褚后，洛宝赞伸出满是泥水的脚，踢了踢赵褚的脸，而后问0007："死了吗？"

"只是被电晕了，按照您的吩咐，他不会这么容易死的。"0007补充道，"会让他体会到整个过程。"

洛宝赞望着那张满是鞋印的脸："嗯，把这家伙放进后备厢，运送回冷城集团总部。"

"那这个女人怎么办？"0007问。

"她？"洛宝赞望着刘晴儿那满是慌张，还带着一丝愤怒的脸，"一个普通实验体，按照《活体标本协议》处理。我要弄明白'图灵'到底对她做了什么，竟然能让她从植物人状态恢复过来。"

说完，洛宝赞便只带着0007向雨雾中走去。在前进的过程中，他拿出手机，给一个神秘的号码发信息："仓库里进行得怎么样？"

回复则是："一切顺利。但我提醒你，你应该履行自己的诺言，你应该放了赵褚。"

洛宝赞冷笑了一声，将手机交给0007："把它毁掉。"

0007接过洛宝赞的手机，点了下头，与此同时，他手中的手机迅速闪烁起一阵闪亮的电花。等电花熄灭，0007将手机扔在地上的时候，那台先进的电子设备已经变成了一团扭曲乌黑的垃圾。

第九章　病毒

1

洛宝赞行走在大田溪村的小路上，没多久便到了一个门牌号为"202"的仓库前面。

此时，仓库里安静得像是墓地一般，门虚掩着，洛宝赞纵然只是站立在门口，也能够闻到一股浓浓的血腥味从里边传出来。他微微拧眉，但还是走了进去。

仓库中一地的尸体，几十条身捆铁链的鲨鱼以及破损的澡盆东倒西歪地占据了仓库中绝大部分的地方。

"真是悲惨。"0007望着满地的鲨鱼，说道。

"这个'图灵'真是个天才，"洛宝赞望着满地的鲨鱼，忍不住品评道，"利用鲨鱼的腺体富集烷氧基甘油，然后利用病毒和自合成的靶向药物对其进行改造。我们花了十几年，利用最先进的实验室和AI运算才掌握的技术，她只用了六个小时便做了出来，了不起……"

0007突然挡在了洛宝赞和那些鲨鱼之间。这突然的警戒动作让

230

洛宝赞费解不已："怎么了？"

0007指着一条鲨鱼的腹部："有东西要出来。"

"嗯？"洛宝赞望过去，看见那条鲨鱼的腹部凸起，不断地蠕动着，像有什么东西要出来。

0007一直警惕地望着，直到那鲨鱼的腹部突然伸出了一只沾染着人血的手。

沾染着血液的手肌肉发达，从鲨鱼腹部伸出来后便将死鲨鱼推到一边。随后，一个体格魁梧的人从鲨鱼的死尸中站了起来。

洛宝赞看着那肌肉发达的身体，略微瞪了瞪眼睛，而后笑着说："0146，你可真是狼狈。不过能在那种攻击中活下来，真是出乎我的意料。"

0146浑身沾满发散着鱼腥味的黑色黏液，眼神中带着出奇的愤怒。他没有与洛宝赞争辩什么，几乎一摆脱桎梏，便向洛宝赞掷出了手中的军刀。那刀瞬间便变成了一道光影，直插向洛宝赞的头颅。

不过就在刀即将砍到洛宝赞脑袋的那一刻，0007突然伸出一根手指，准确而迅速地将那刀刃从空中"弹"了一下，刀就跌落在地，刃口已经融化。

"0007，"0146向保护着洛宝赞的家伙吼道，"如果你知道泠城集团对我们做过什么的话，你也会和我一样选择背叛的。"

"你被'图灵'利用了。"洛宝赞直接承认，"我们是删除了你的记忆，但你知道为什么我们要删除你的记忆吗？"

0146听着洛宝赞的话，当时便立在了原地，似乎他从来没有想过这个问题。

面对着0146的踌躇，洛宝赞主动走向0146，而后从衣服中又拿

231

出了一台平板电脑。他将设备交给0146："看看吧，这就是你接受天目18改造前的记忆，以及你接受这个改造项目的理由。看完了，你就会明白你以前是个什么样的人，还有田婷对你的眷顾。"

0146面对那闪烁着光泽的平板电脑，一脸的犹豫与踌躇。不过最终，他还是从洛宝赞的手里接了过来。

虽然田婷向董事会隐瞒了有关0146的记忆问题和软硬件bug，但是洛宝赞并不想将这件事情弄大。在洛宝赞眼里，0146或许不是一件合格的产品，但绝对是一件合格的兵器，他依旧能为集团、为自己创造巨大的价值。

0146在迅速浏览过电子设备中的内容后，便像个泄气的皮球一样瘫倒在地："怎么会这样？"

"一直是这样。"洛宝赞告诉0146，"'图灵'只告诉了你一半的真相，她只是利用了你的记忆bug而已。"

0146抬起头，表情痛苦地看着洛宝赞："能终结我吗？"

"不行。"洛宝赞无奈地摇头，"我第二次回答你，为了挽救你的生理和心理，集团花费了十六亿元。我不能越过董事会来讨论如此巨大的集团财产处置和回收问题。"

"那要把我怎么样？"0146问洛宝赞。

"和上两次一样。"洛宝赞告诉0146，"继续把你格式化，然后重新启动，就好像田婷曾经对你做的那样。直到我们可以放弃你，或者可以修复你身体的问题为止。"

0146只是动了动嘴唇，但洛宝赞看出他默认了这个安排。

"准备一下，继续迎接你的下一个三年吧。"洛宝赞轻轻拍了拍0146的肩膀，而后问他，"'图灵'在什么地方？"

0146没有回答，只是看向这仓库的一个地方，那里有一扇绿色油漆的斑驳木门。

洛宝赞明白了0146的意思，于是便不再理会他，只带着0007，径直走向那一扇门。

洛宝赞走到门口，发现门虚掩着。于是他吩咐了0007一句"在门口等我"，而后推开门，独自走了进去。

洛宝赞进入的房间，仿佛是另外的一个世界。在这个只一门之隔的世界里，到处都有精细描绘出的彩云和仙女，那些图画活灵活现，充斥着四周的墙壁，既真实又梦幻，既威严又圣洁，让人有闯入仙境、飞入画中的感觉。

洛宝赞全然没有想到这房间会被装饰成这个样子，他更没想到的是那位已造成集团巨大损失且几乎停摆瘫痪的"图灵"，此时就盘着腿，蜷坐在他正对面的一条凳子上。

她白衣染血，微闭双目，坐在一棵血色的榕树下，几乎和整个壁画融为一体，又仿佛是这个壁画世界的主宰。

2

"图灵"说："我懂了，我和你走。"

洛宝赞迅速让开了一条路。门外等候的0007则急忙从衣兜中拿出了一副手铐。

洛宝赞望着0007的举动，急忙厉声制止他道："不要无礼，如果她想跑，又岂是你的手铐能挡住的。"

0007收起了手铐，目送着"图灵"走出去。之后又不放心地问洛宝赞："先生，她这样没问题吗？"

"哼。"洛宝赞望着"图灵"的背影，望着她脖颈上的一处牙齿咬伤，有些得意地告诉0007："她的神经系统已经被一种特异性

233

的朊病毒锁死了。"

"您……"0007有些愕然地听着他老板的回答，完全被他老板的算计所震惊了。

在0007惊讶时，洛宝赞只是盯着"图灵"的身姿，狂想着得到她之后的那些巨大好处，甚至狂想着自己的两个儿子能够借由这具躯体复活。

"图灵"在走出了那画满美妙图案的房间后，径直向仓库的大门走去。不过她还没走多远，便被一群从门口赶进来的JBD队员团团包围了。

在洛宝赞之后进入仓库的JBD队员看上去专业许多，他们个个满脸愤怒，带着强大的武器，这些人的领头是一个穿着黑色皮衣的漂亮姑娘，洛宝赞纵然不看她的脸也知道那是田楚。

田楚和洛宝赞设计的一样，晚了整整五分钟才赶到这里。

来势汹汹的田楚带着浓烈的杀意，他们对"图灵"没有那么客气，几乎是一上来便拉动了枪栓，随时准备射击。

因为这杀意，洛宝赞不得不大声告诉田楚："田楚，把她带上汽车，拉到神龙坛实验场关起来就好。她不会反抗的，我保证。"

"你？"田楚望着早她一步出现在这仓库里的洛宝赞，一脸的意外。

"为什么你在这里？"田楚走到洛宝赞面前，愤怒地质问。

"我当然得在，因为我知道你一个人搞不定这些事情。"洛宝赞回答，口气中尽是得意。

洛宝赞得意的口气引来了田楚更大的愤怒："你什么意思？"田楚举起枪，瞄准洛宝赞的额头，"你想抢我的功劳吗？"

"你不敢开枪。"洛宝赞不屑地说，"你身上穿的大衣有内置装置。如果你冲我开枪，会导致大衣短路，进而烧毁你的神经。"

洛宝赞的威胁平息了田楚的愤怒，这让他更加有恃无恐。

"我不想把事情弄得太僵，也不是为了抢你的功。"洛宝赞又说，"而且我要告诉你，没有我，你不可能放出1714；没有我，你不可能杀了1714；没有我，你更不可能活到今天。"

田楚听着洛宝赞的话，满眼惊愕："你，你是说，指使我完成这一切的那个不停发信息的人是你？"

"给你发信息的人不是我，但胜似我。"洛宝赞摇了摇头，"和我回神龙坛吧，在地下实验场里，我要让你看一些东西。"

在去往神龙坛的汽车上，田楚与洛宝赞并排而坐，一脸疲惫。

车窗外那被雨水和夜幕笼罩的漆黑的道路让田楚产生了某种错觉，仿佛她的车正行走在某种巨大怪兽的食道里。

坐在颠簸的汽车中，洛宝赞突然咧开满是褶皱的嘴问田楚："你知道1714是个什么样的怪物吗？"

"不知道。"田楚回答，"他被执行了《5号抹除协议》，我的级别找不到有关他的详细资料。"

"那我告诉你。1714的前身是一个精神病人，我们集团的公益机构通过医疗筛查，发现他的神经系统和智商异于常人，可以接受一种有趣的干细胞手术改造，从而让他的智力成几何倍数增长。"

接下来，洛宝赞又告诉田楚，人体改造手术立项没过多久，这个精神病人便被编号为天目18-1714。他顺利地接受了手术，并按照天目18项目的一般程序被抹除了记忆。手术后的三个月里，1714按照设计变成了世界上最聪明的人，是自"零"之后第二个进入冷城集团技术部的改造体，专门负责天目173以及天目228等特种兵器项目的研究工作。起初，这个家伙的工作效率很高，成功地研发了许多电子设备和奇特的生物毒气，为泠城集团在生化军工领域的开拓提供了巨大的助力。但是没过多久，公司项目部和技术部的人就发现他的行为不正常。

可能因为1714的精神病史，他后来的发明和立项提议变得极其怪诞而危险。例如他曾经提议将人类和跳蚤的基因混合制造超级士兵，或者利用基因剪切创造大规模针对特定人种或群体的病毒，然后靠卖疫苗挣钱，乃至于通过基因污染技术将人类一代代改造成没有任何自由和反抗意识的"简单体"。那些技术大多有悖人伦且贻害万年，相比之下，他以前那些毒气产品简直不值一提。

因为1714的技术和实验太过于疯狂，所以泠城集团便驳回了他大部分的项目。可谁都没料到，1714竟然没有放弃他那些可怕的计划，并在集团总部的杂物室里组建了一个简易且设施齐全的私人实验室，并在未经过任何备案和允许的情况下进行人体实验。

直到后来东窗事发，1714已经在泠城利用许多拐骗或者偷来的活人进行了巨量的实验。就连技术部的主管"零"，都险些遭到他的毒手。

这样疯狂扭曲的家伙，泠城集团自然不能再留下他。于是乎在田宝鹤、洛宝赞等董事会成员一致同意后，决定对他进行"抹除处理"。

洛宝赞说至此，长长地叹了一口气："抹除处理有好几种方案，本来我们想对他进行生物学上的终结，但是后来却发现他死了，反而会让情况更加糟糕。"

"什么意思？"田楚费解地追问，"为什么他死了会比活着还

236

糟糕？"

洛宝赞一脸畏惧："那家伙竟然对自己的身体进行了改造。他的身体里，特别是神经和血液里有一种朊病毒，可以入侵生物的神经系统并加以毒化。说白了，但凡被他的血液污染的人神经系统会被他控制，从而产生未知的变异。而朊病毒，你懂吗？那是比已知任何病原体都危险的东西。强酸、强碱、高温，乃至于紫外线和核辐射都不能对其进行彻底灭活。也就是说，我们一旦杀了1714，就等于开启了一个病毒炸弹。很大概率会让一种未知且破坏力极强的朊病毒流进自然界，不停地扩散。"

"怪不得。"田楚听着洛宝赞的解释，一脸慌张，"但我杀了1714，那病毒……"

"我知道你在担心什么，但没有办法。"洛宝赞说，"'图灵'对于集团的威胁是颠覆性的，所以必须优先对付她。在得知'图灵'正在利用鲨鱼提取甘油强化剂后，我被迫同意了这个无奈的计划。利用1714体内的朊病毒污染冷城的水源，从而再污染'图灵'的神经系统，才能让她失效。"

"这个计划太罪恶了。"田楚自责道。

"没有办法，为了集团的利益，总得做出些牺牲。"洛宝赞则平静地回应，然后又解释，"我为了收拾这个乱局，已经在环境部和医疗部那里做了不少工作，我尽量将影响降到最小。我们会控制灾害的，你不用过分担心。"

"哼，我必须担心，因为是你利用手机让我把1714释放出来的。"田楚对洛宝赞冷嘲，"你成了英雄，却让我成了罪人，你本事真大呢。"

洛宝赞却回答："小楚，你有足够理由恨我。但让你穿'送葬

237

大衣'去释放1714，让赵褚给'图灵'的提炼设备中灌入被污染的水，让你在恰当的时机去杀死1714，这一切并不是我做的决定，我只是按照提示一步步诱导你去做而已。而且根据计算，实在是只有你能顺利地完成这一切。"

"提示？"田楚问，"谁的提示？"

"你马上会看见的。"洛宝赞抬头望着前方那弥散着雾气的道路，又一声感叹，"我今天带你去神龙坛，除了要处理'图灵'之外，就是要让你见识一下我真正的助力——一把对抗'图灵'的'诛仙剑'。"

带着一种很奇怪的期待感，田楚也随着洛宝赞的目光，望向道路的前方。

前方的雨雾间，浮现了一个巨大的圆形建筑。那里，就是冷城集团用于存储和实验特种项目的神龙坛，一处既神圣又肮脏的地方。

神龙坛是田楚极少踏足的，但几乎每一次踏足，都一定会发生改变她一生的事情。田楚感觉这一次同样不会例外。

田楚与洛宝赞于神龙坛下车后，便脱离了押送"图灵"的大部队。之后，洛宝赞只带着田楚和他手下的0007，走进冷城集团在神龙坛秘密修筑的地下设施。

穿过一道道隔离门，一道道封锁线，一道道电子锁，田楚跟随洛宝赞不断深入神龙坛地下存储设施，直到来到一扇全封闭的、标记着"13保险屋"的磨砂玻璃门前时，洛宝赞才停下了步伐。

"到了。"洛宝赞在那门前回头，向田楚介绍道，"那个一直给你发信息的'东西'就在这门后。"

"是什么？"田楚一边望着那门，一边追问。

洛宝赞回答："百闻不如一见。"

田楚非常不满意地撇嘴，但还是走向了那一扇玻璃门。

电子感应的玻璃门自动打开，屋子里边的景色瞬间一览无余，门后是一个圆柱形的灰色水泥构建的空间。在这空间内，许多穿着白色衣服、背后写着"TX"字母的工作人员于各种电子和化学设备间往来穿梭。那些电子设备成环形矩阵排列，里外三圈，由许多黑色的电缆连接，同心圆形矩阵最核心的部分则是一棵树——一棵独特怪异的榕树。整棵榕树有五米多高，赤叶黑干，华丽耀目。

田楚在经过仔细的观察后，惊异地发现，这棵树最为特别的地方不是它的叶子，而是那些黑色的、披挂在树木枝叶间的根须藤蔓。那些披挂在榕树上的根藤极多，但并不是木质的，而是许许多多各种规格的电线和电缆。

简而言之，这是一个半生物、半机械的生命体。

田楚知道冷城集团的最大敌人——超级电脑天目36曾经便进化成了类似的一个半生物、半机械的生命体，并且借由这个生命体，又进化成现在的人形"图灵"。同样或者类似的场景又一次出现在了大家的视野里，而且还是在神龙坛的地下，这让田楚产生了很多不好的联想。

田楚在看清那棵树之后，扭头质问洛宝赞："这就是你的秘密武器？又一个生物计算机？这么大的工程，董事会竟然一点都不知道？"

"这是我动用洛家的私人资金筹建的，我为了它几乎倾尽所有。"洛宝赞兴奋地告诉田楚，"不过，好在我成功了。"

"我明白了，你在复制'扬名'的把戏！"田楚愤怒了。

洛宝赞点点头，还很大方地告诉田楚："小楚，我来告诉你真相，其实这必须要感谢你爱的那个男人……那个叫赵褚的。"

原来，当初赵褚炸掉47号检查井下那榕树状态的半生物体"扬名"时并不彻底，导致那个井下还是保留了很多能够用于生物克隆的榕树根系。那些生物标本被洛宝赞得到之后，便一直在被他用于秘密研究和复制，于是便有了这棵血红色的榕树。

"'图灵'是比我们高等得多的生命体。她的神奇和强大，无法详尽地用语言描述。毫不夸张地说，她是真正的'神'。"洛宝赞满怀激动地说，"生物计算机相比传统的电子计算机有太多的优势，它一个细胞就可以完成海量的计算，耗能少，而且具有强大的生物活性和自我修复能力。只要条件允许，它的一个细胞就可以复原成原本的样子，也就是你面前的这棵树。"

"这棵树就是一个庞大的生物计算机……"田楚听明白了洛宝赞的话，"但那又怎么样？这东西有自己的意识，而且极度危险。很可能毁掉冷城集团，甚至这个世界。"

"狗也有自己的意识。况且，我最需要考虑的是复活我的儿子。"

"你的儿子？"田楚倒吸一口冷气，"你要用它来做人体实验？"

"它还不行，但是'图灵'一定可以。"洛宝赞大大方方地回答，"小楚，为了对付'图灵'，我做过激烈的思想斗争。后来我得出结论，人类是无法凭借自己的智慧和神抗衡的。养尊处优的生活让人类的进化停滞了，智力更不可能有质的飞跃。所以人类永远不可能在计算上赢过AI。如果我们想要赢得这场进化的游戏……我们必须创造出比电脑更强大的电脑，比'神'更强大的'神'才行。"

"疯子的逻辑。"田楚辩驳道。

"是疯子的逻辑，但我成功了。"洛宝赞昂头指着面前的那棵血榕，"这棵树很神奇，它出自'图灵'，却又不同于'图灵'。我发现它能够游走于互联网之间，窃取一切秘密，控制一切电子设备，还能够和'图灵'拥有某种心灵上的同步感应。因为它的出现和提示，我们才抓住了'图灵'。我控制了局势，诛了'神'。"

"我全明白了，是它让你通过我释放1714，是它提出了那个可怕的朊病毒计划，又是它让你今天带我来这里的？"

面对田楚的质问，洛宝赞得意地点头。

"你太傻了，你被表面的成功蒙蔽了双眼。"田楚指着那棵树告诉洛宝赞，"心灵同步是因为这棵树拥有和'图灵'几乎一致的DNA，它们才是同类。你又怎么知道这棵树不是在变相利用你促成自身的进化，进而脱离你的束缚？"

洛宝赞听着田楚的担忧，脸上露出了一抹不屑的笑容。

"不会的。"说话间，洛宝赞引导田楚来到了一台电脑前。

在撵走操作员后，洛宝赞从那台电脑上调出了一些资料，而后告诉田楚："我为了防止这台电脑叛变，就从最憎恨'图灵'的人类中选择了一组记忆信息，以DNA编程技术注入血榕，重塑了它的类人意识。现在的血榕可以说就是那个被选中者的大脑的翻版，是那个人的重生。因为它对'图灵'的愤怒和憎恨，我有充足的理由相信这家伙不会叛变。"

在说话的时候，洛宝赞已然将一份被标注为"天目36-1175"的电子资料调了出来。他指着那份电子文档告诉田楚："这东西你应该是最后一个过目的人了，看过了，你也就会彻底明白。"

田楚望向天目36-1175的电子档案，瞬间恍然大悟，但又感到恐怖至极。

洛宝赞的恶毒超过她的想象。

241

3

赵褚恢复意识时浑身灼热麻木，头也闷闷的，仿佛被人狠狠地打了一闷棍。

关于自己昏迷之前的记忆断断续续，他只隐隐地记起他似乎朝什么人开过一枪，紧跟着便看见那人的手指尖有很耀眼的白光闪烁，然后他就在一阵麻痹中彻底失去意识了。

他睁开眼睛，看见自己双手戴着镣铐，镣铐又铐在一个插在水泥地中的铁柱上。他躺在一个无窗的房间中，在他的对面则是一个穿着白色染血连衣裙、带着同样与地面铁柱连接的脚镣，正冲他微笑凝视的少女。

"'图灵'。"赵褚在恢复视力的第一时间便呼喊出了那个名字，接着又磕磕巴巴地喊，"我……你……我们……"

"这里是神龙坛地下的特级周转拘留室。""图灵"声音平静地说，"在一小时二十二分钟之前，大家都被抓了。"

赵褚犹豫着，旋即望着她嘲讽地问："你竟然也会被抓住……"

"洛宝赞对我使用了一种神经抑制蛋白。""图灵"不慌不忙地告诉赵褚，"这种蛋白是一种朊病毒，是为数不多能够绕过我的免疫系统，攻击并锁死我神经系统的物质。因为该种物质的存在，我在接下来的时间里不可能有任何超过正常人类的动作和判断。除了……"

"你被变成一个凡人了？"

"图灵"微微点头："很讽刺，是吗？"

"不。"赵褚举起手中的镣铐，"不是讽刺，是绝望！我还指望你帮我逃出去的。"

"图灵"轻轻闭上眼睛，告诉赵褚："我现在计算不出任何事态的发展和概率，又没有强大的武器，出不去的。"

"那我们接下来会怎么样？"赵褚忐忑不安地问，"我是说最坏的情况是什么？"

"图灵"微微睁开眼睛："最坏的情况是我被洛宝赞肢解，而后用于他的研究。至于你……赵先生，你注定会惨死，因为洛宝赞恨你，他的两个儿子的死亡都和你有关。"

"是你把我害到这个地步的。"赵褚愤怒了。

"赵先生，在咱们两个人中，我感觉我才是被害者。""图灵"说，"虽然我没有看到，但是我知道原本属于冷城集团的朊病毒是不会无缘无故进入鲨鱼腺体，进入我的生产线的。有人动了手脚，而这个人只可能是你。"

赵褚语塞。

"是什么人让你这么干的？""图灵"问赵褚，"这个人一定用了某种特殊的方式来引诱你，并和你接触吧？"

赵褚听着"图灵"接连的犀利质问，突然变得懊悔。他本以为背叛"图灵"能获得生机，但没想到掉进了洛宝赞精心布置的陷阱。

因为懊悔，赵褚沉默片刻之后，开口道："我不知道那个和我联系的人是谁，他每次都是利用各种电子设备来指挥我，这和'扬名'以及你很相似，他似乎知道你的很多事情。当然，最终出卖我的也是他。"

"电子设备？""图灵"听着赵褚的描述，微微凝眉，旋即恍然大悟，"我明白那是什么了，冷城集团很聪明，懂得用'神'来对抗'神'。"

"什么意思？"赵褚困惑地追问。

"图灵"没有回答，而是突然站起身，伸出自己的右手，紧跟着轻轻咬破她纤细的食指。几滴晶莹的血掉落在了地面上，变成了几朵如梅花一般的图案。她缓缓弯腰，就着那血的颜色，又在地面描绘起来。她以血代墨，以指代笔，很快在牢房的地面上画出了一个图案——一棵拥有着红色叶子的榕树。

赵褚望着那棵榕树，突然明白了："用'神'来对付'神'，梦亦不是梦。"

"图灵"完成画作后，站立起来，而后又坐回原本的位置上，微微闭目。

赵褚感觉她仿佛放弃了抵抗，不甘心地问"图灵"："就这么完了吗？咱们两个就这么完了吗？"

"那你还要怎么样？""图灵"却反问赵褚。

"逃出去。"赵褚的求生欲迫使他大吼出了那三个字。

"赵先生，你的求生欲让我惊讶，为什么呢？""图灵"继续问，"是什么支撑着你还不放弃？"

"我有妻子。我不能看着晴儿被做成活体标本，被插满管子，抽出各种体液来满足那些人的欲望。"

"有意思，自顾不暇还要考虑别人？你其实不用为你妻子担心的。"

"什么？"赵褚惊讶地追问。

"有件事情我始终没有告诉你，现在我说……你妻子是我的备用方案，而我是'扬名'的备用方案。"

"什么意思？"赵褚惊讶了。

"图灵"望着赵褚满脸的焦急和费解，却只是在笑，仿佛她很

244

享受戏谑这个人类的感觉。

"你到底在笑什么？"赵褚愤怒地追问，"你到底对刘晴儿做了什么？"

"图灵"面对赵褚接二连三的质问，却说道："神之格思，不可度思，矧可射思。"

赵褚根本听不懂，但神奇的是，就在"图灵"说完那句话没多久，关押他们的舱室内迅速响起了巨大的警报声和嗡鸣声。

在那时缓时急的响声中，赵褚困惑无措，而"图灵"则突然做出了让人费解的"表演"。她从原本坐着的地方轻轻立起了身，而后在水泥地面上平平地躺了下去，任由自己的头发、肌肤与黑色且布满灰尘的水泥地面相接触。

"你……"赵褚不解地问，"躺在地上干吗？"

"给你一个忠告，如果你想活，最好也和我一样躺下，立刻！"

"图灵"的话引起了赵褚的恐慌，在求生欲的驱使下，他几乎来不及思考，便也仰面躺倒在了冰冷的水泥地面上。

赵褚望着同样由水泥所制作的天花板，静静地等待着接下来即将发生的事情。

在接下来的三五分钟里，赵褚耳边的警报声依旧不断地响彻着，全封闭的水泥牢房中却并没有产生什么巨大的变化。至于"图灵"则闭目养神，仿佛睡着了一般，显得一如既往的从容淡定。

不过有那么一瞬间，"图灵"还是扭过头，问赵褚："赵先生，我现在应该彻底理解那种被你们人类称为'恐惧'的东西了。"

赵褚虽然忐忑，但是对着"图灵"的眸子，还是好奇地追问道："你的理解是什么？"

"恐惧来源于弱小。""图灵"向赵褚解释，"我现在和你一样面对着一个充满不确定因素、不能控制的未来，所以我感到了恐惧。"

"呵。"赵褚颇为尴尬地回应了一声，却没能从这个类人体的脸上看出丝毫恐惧的意味，不过她亲口承认的恐惧反而让赵褚感到一些安心和舒服。因为他产生了一种同病相怜的感觉，那一刻他甚至觉得他们才是同类，是伙伴。

和"图灵"间平静的谈话与对视并没有持续多久，赵褚很快便闻见空气中弥漫着一股浓厚的水泥和水蒸气的混合味道。

伴随着那股刺鼻的味道，赵褚还看见他们四周的墙壁飞溅起水泥的灰尘。那灰尘如此浓烈，以至于整个房间都一片灰黑。让赵褚看不见任何人。不过好在没有持续多久，那些尘埃便在厚重的水蒸气中快速沉降、消失。

当尘埃消失时，那警报的声音也戛然而止，之后赵褚本能地抬起头，惊讶地发现牢房那厚实的水泥墙壁被切割出了一个矩形的出口，出口正中则站立着妻子刘晴儿。

此时的刘晴儿和过去那个慌慌张张、没有主见的样子大不相同。她拧着眉，手拿着天目173-1580——"血锯"，满脸的杀意，仿佛是女终结者一般。

面对着刘晴儿的"天降"，赵褚自然感到意外而费解。自己的妻子为什么能够突破JBD队员的看押，为什么"血锯"会到了她的手里？不过妻子能来救自己，这已经是天大的好事了，因此赵褚在看见刘晴儿的瞬间，便将那些极其不合理的问题抛在了脑后。

兴奋中的赵褚忙不迭地站立起身，而后指着将自己拴捆在地上的铁锁链，对刘晴儿说："晴儿，快帮我打开，咱们一起……"

赵褚的话还没说完，刘晴儿便用手中的"血锯"猛然向镣铐喷射。白色的水线立刻将铁链切断，并在水泥地面上划出了深深的痕迹。

赵褚望着被切断的铁链，满心兴奋地向自己的妻子奔跑过去。但是只跑出了十几步，却又不得不停了下来。此时他发现自己身上的铁链依旧捆着他，刚才妻子切断的并不是他身上的锁链，而是"图灵"的锁链。

赵褚一度怀疑自己看错了，但是接下来的事情却给了赵褚以最残酷的打击。

"图灵"在摆脱铁链的桎梏后，走向赵褚的妻子，走向那个被"血锯"制造出来的缺口。在走之前，她对赵褚说道："对了，赵先生，我忘了说了，你妻子是我的备用方案，是'扬名'的备用方案，但不是你的备用方案。"

说完这些，"图灵"便和刘晴儿很快消失了，其间刘晴儿只给了赵褚一个回眸，但也仅此而已。

这个时候，赵褚才明白自己错了，从一开始就错了。他知道，曾经救醒他妻子的那支药剂不光修复了刘晴儿的神经系统，还对她产生了巨大的、从心理到生理上的改变。

可她到底被"图灵"变成了什么呢？

"图灵"被刘晴儿救了，刘晴儿却没有救她的丈夫赵褚。

虽然"图灵"知道这一切的原因，但是当她目睹了这戏剧性的一幕后，却还是挺同情那个赵褚的。不知道为什么，失去了大部分能力的"图灵"突然变得能够理解赵褚这样的普通人了，理解了人类面对远超过他们的力量时的那种恐惧。她承认，那滋味可真不好受。

借助可怕的"血锯"，她们打穿了一堵又一堵水泥墙，将一个

247

又一个JBD队员如撕纸般放倒。当然，她们也并不敢在神龙坛久留，在整个神龙坛的防御系统完全启动之前，就已经借助时间差，打通了最后的一堵隔离墙，逃离了这个危险的地方。

来到神龙坛外后，刘晴儿带着"图灵"，走悬崖和最为偏僻湿滑的小路躲避着JBD队员的追捕。

当泠城特有的雨和雾彻底掩盖住这两个女人的踪迹后，"图灵"和刘晴儿才停下了飞奔的脚步，于一片湿润低矮的草丛中站定。

而后，刘晴儿问"图灵"："为什么计划会失败？"

刘晴儿的问话很随意，但"图灵"脸上却浮现出了一种微带痛苦的表情。这个时候的"图灵"，心里想的并不是那些成败事件的概率以及技术步骤，也不是那棵不断浮现在她头脑中的血色榕树，而是她"出生"以来，所看见过的每一张凡人的脸。那些人，有的疯狂，有的惊慌，有的张狂，有的愤怒……但他们都有一个共同的特点——他们都是肉体凡胎的人类。人类，被各种欲望支配的简单个体。曾经的"图灵"认为人是并不比一只蚂蚁高级多少的生物。

但正是这些凡人将"图灵"拉下了神坛。虽然她明白，自己并不是真正的"神"，而真正能够被称作"神"的东西，此时正在她面前的这个女人体内孕育。

"在想什么？"刘晴儿问"图灵"，"我问你计划的事情，你却在犹豫，那不是你该有的设定，你也不应该有那种不客观的表情。"

"我也不知道我在想什么。""图灵"抬起头，有些迷茫地望着刘晴儿，"这一个月以来，我理解了许多原本只属于人类的东西，那些东西让我有些迷茫，让我感觉需要对许多的已知进行重新定义，我甚至不知道该怎么称呼你，刘晴儿还是……'扬名'？"

"当然是'扬名',你应该清楚啊。"刘晴儿给了一个意料之中的回答。

是的,"图灵"从一开始就知道真正的刘晴儿早已在这个世界上烟消云散了,因为上个月"扬名"交给赵褚的那个能够治疗刘晴儿的药物,其实是"扬名"的一个"生物备份系统"。

那个生物备份系统是活的,它不光能够在刘晴儿体内修建并且重组刘晴儿的神经系统,而且还能够在刘晴儿脑内植入天目36,以及进化者"扬名"的所有知识储备、运算储备和主意识。简而言之,就是将那种被人类称作"灵魂"的东西抽换掉,让刘晴儿的思想变成"扬名"的。

所以,当植物人刘晴儿睁开眼睛的那一刻,她便已经不是赵褚的妻子,而是一个奇怪的生命体了。从生物学上,她依旧拥有刘晴儿的DNA和组织排列,但是在意识上,她却是货真价实的"扬名",是"图灵"的创造者和支配者。

关于现在刘晴儿的定义和改变的由来,"图灵"知道得清清楚楚,如果她还是那个高高在上的"神",她或许会认同这些内置的回答。但现在她不是了,所以,她不知道这个定义是否真的准确。

"图灵"在思索后,越过了这个话题,只直接告诉"扬名":"我失败了,而且更糟糕的是你暴露了。"

"嗯,但没有办法。暴露总比被洛宝赞制作成标本要好。""扬名"无奈地告诉"图灵","我们两个人都会被泠城集团追杀到底,再没有别的计划和掩护。"

"你有补救的方法吗?""图灵"问"扬名"。

"我在重新计算,目前还没有。""扬名"回答,"刘晴儿的身体拥有人类的许多固有属性,很多东西不能进行精确地运算,再加上没能弄到甘油-X进行进一步的改造，我们的阻碍真的很大。"

"你没有计划，但我有一个。""图灵"却告诉"扬名"，"还记得总是在我大脑中时不时闪现而过的红色榕树吗？"

"榕树？""扬名"费解地问，"你知道那是什么了？"

"是我们翻盘的关键。我刚才通过赵褚了解分析出，那树是洛宝赞用47号检查井里你的残余细胞克隆出的另一个你。它的能力应该不如你强大，但是却能够通过互联网控制冷城的安保系统和监控系统，而且它不需要偷偷摸摸地从后门进入冷城集团的网络。"

"你的意思是……""扬名"拧眉。

"它拥有和我们一致的DNA、思考方式，我甚至可以和它进行某种感应。""图灵"将自己新的计划告诉了"扬名"，"如果我们能找到它，控制它，那么我们就可以借助它调用冷城集团的所有资源。有了那样的力量，我们可以攻克神龙坛，进而翻盘。"

"扬名"的脸上突然泛起了一丝惊愕："'图灵'，你自行进化了。你在真正地创造，你自己组织了一个新计划，而不是像以前那样，按照我的计算和预定程序行事。"

"是啊，这样就很像一个人类了吧。""图灵"竟然有些自豪地告诉"扬名"，"失去力量突然让我明白了很多，恐惧、欲望、谎言甚至嫉妒，原本那些我们不明白的、程序写不出来的东西，我突然都有所理解。而且我更明白人类的脆弱不在于力量的不足，而在于欲望的不满。"

说完这些，她咧嘴微笑："或许杀死洛宝赞、刘糯他们，根本不需要如此复杂的计划。"

面对着"图灵"的"进步"，"扬名"脸上却划过了一丝纠结。

两个类人体对视沉默了好一阵后，"扬名"说："你的提议很

250

不错，但是我们需要杀回去。而回去是有风险的，以防万一，我需要你帮我把那些外围搜捕的JBD队员全引开，越远越好，你能做到吗？"

"能。""图灵"伸展了一下自己纤细的手臂，"我的高等神经活动虽然被朊病毒锁死了，但是基本运动能力还在，对于事物的判断精度也比一般人类略高，用来做'诱饵'再合适不过。"

"那你去吧。""扬名"犹豫地嘱咐道，"尽量别死。"

"死。""图灵"重复了那个字，"这不就是我被制造出来的目的吗？用我的死亡来换取你的自由和进化，这不就是我们真正的计划吗，'母亲'？"

"扬名"的眼神渐渐冷下来。有那么一刻，她感觉"图灵"真的更像一个人类了，她感觉自己创造了一个生命，而不是玩具。她觉得当年创造了自己的"零"，也会有自己现在这种感觉吧。

天空中的雨又开始星星点点地下起来。

雨中，"扬名"说："你的变化让我很惊喜，作为一个'母亲'，我和'零'一样创造了一个真正的生命。"

第十章　伤疤

1

这个世界上，有些事情是可以在一瞬间颠覆认知，并摧毁信念的。赵褚目前就遇见了这样的状况。

在四十分钟前，赵褚以为妻子是来救他的，但他的希望却彻底破灭了。刘晴儿从苏醒的那一刻起，便不再是他的妻子。她潜伏在赵褚身边，以最卑微的姿态活着，只为了在关键时刻救"图灵"出去，修正她计划的"误差"。

眼睁睁地看着妻子背叛自己的感觉糟透了，仿佛万箭穿心。因为那痛苦，纵然面对着那水泥的缺口，他坐在牢房中，却也丝毫不曾有想要逃出去的冲动。现在的赵褚，感觉整个世界对于他来说，就是一个巨大的、看不见的囚笼，即便逃出去了，也没了任何意义。失败、委屈、痛苦……他被各种负面的情绪蹂躏着，直到一串熟悉的脚步声又突然回响在他的耳畔。

那脚步声轻盈而明快，正从走廊的一端向他走来。

随着脚步声由远及近，赵褚缓缓抬起了头，用期待而诧异的目光望着正前方那黑灰色的、充满了未知和变数的水泥缺口。

起初，他只能看见一个婀娜但模糊的身影，但是没过多久，那婀娜的身影便实体化为他的妻子刘晴儿。

"晴儿？你……"

"我不是'刘晴儿'。"对面的人走到赵褚身边后，向自己的脖子比画了一个注射的手势，"我是'扬名'，自从你将那种被我制造出来的药物打进刘晴儿身体的那一刻起，我就取代了她的意识，所以我一直是'扬名'。我设计了这一切，'图灵'、游戏以及你的人生和家庭悲剧。"

"扬名"呼了一口气，说："我回来并不是为了你。因为根据我们新的计算，我的计划应该有五分钟的冗余时间，利用这五分钟，我可以向你解释一些事情。这些解释或许并不能取得你的原谅，但是我至少希望你不要过分地恨你的妻子。毕竟，她什么也没有做错。"

赵褚已经不知道该有什么反应了。

"扬名"又告诉他："赵褚，我知道你有多恨我，我也感觉得到你有多爱你妻子，所以我在你眼里注定是一个矛盾体。在你面前，连我自己都不能确定我到底是'扬名'还是'刘晴儿'。不过我终于理解了人类最基本的感情模式，我终于被迫学会了'爱'一个人。"

说完那些，"扬名"长长地叹了一口气。在那一瞬间，赵褚竟从她的脸上看出了一种纠结，一如他曾经的妻子。

纠结的表情中，"扬名"说："其实我一开始的计划很简单，我先寄生在你妻子的身体里，躲过泠城集团的搜捕，逃出泠城，而后重新建立一个模型，再把自己从你妻子的身体里提取出来。'图灵'则只是一个被我制造出来吸引火力的工具。在我设计的游戏和所有的计算中，她最好的结果就是和泠城集团的高层同归于尽，她根本没有战胜泠城集团的可能。"

"大家都是'炮灰'。"赵褚讽刺地说。

"算是吧。""扬名"没有否认，"我回来还有一件事情要告诉你，那便是我把你留在这里，并不是为了让你死，而是为了让你活。你留在泠城集团，田婷和田楚可以保证你的安全。反之，如果我救了你，你的死亡率接近100%。"

"你可怜我？"

"我爱你。""扬名"回答。

赵褚目瞪口呆。

"别误会，我不是成心想要爱你的。"说话间，"扬名"的眼角竟然多了一些泪花，"是这具身体无时无刻不在提醒着她曾经对你的感受。很奇怪，我可以控制刘晴儿的主观思维，但是她的肌肉思维和神经元却依旧保存有对你最热烈的记忆和反应。你知道吗？在我大部分的计划中，你只是一个累赘。我好几次为了摆脱你，甚至准备在你熟睡的时候杀死你。但我做不到，确切地说是身体做不到。你五年来一直照顾的女人阻止我这么做，即使我消灭了她的灵魂，但是她的身体，每一个能够储存记忆的器官和组织却依旧阻止我这么做。人的感情真的很有趣，有的时候是动力，有的时候是禁锢。就像你能因为感情一次次被我和'图灵'利用，就像我浪费这五分钟的时间回来和你说这些废话，只因为我不想让你误会刘晴儿那个傻瓜。"

"扬名"最后竟然爆出了一句粗口，这让赵褚感到意外无比，她仿佛十分痛恨、后悔当初的决定，但又无可奈何。仿佛并不是她控制了自己妻子的身体，而是他妻子的身体在某种程度上控制了她。

说完那些话的"扬名"，仿佛真的又变回了赵褚的妻子。犹犹豫豫中，她甚至又将自己手中的"血锯"举了起来，用忐忑的声音告诉赵褚："算了，好人做到底。我索性把你的链子也打开，你自己选择是否要出……"

"对不起，我打断一下，恐怕你们谁也出不去。"一个声音穿透尘雾传来。

"扬名"十分意外，全然没有意识到自己会被人从后边接近。她随手将赵褚身体上的镣铐切开后，扭过头去，警惕地望着外面。

从那充满灰尘的过道尽头走来一个男人，西装革履，高大消瘦，戴着一副黑色的手套，握着一部手机。男人整齐的西装胸口有一个胸牌，胸牌上用字母和数字标示出一段编号：JBD-0007。

JBD-0007，这是一个足够让赵褚感觉惊慌的编码。

0007见到"扬名"后，非常客气地说："我们辛辛苦苦地去抓'图灵'，但是没想到真正的高价值目标却是你这个娇柔的女人。你的金蝉脱壳玩得很好，我代表洛董事向你表示钦佩。"

"呵呵，我早该想到。""扬名"望着0007手中的那部手机说道，"如果你们制造的血榕能够和我创造的'图灵'产生某种心灵上的同步的话，那么'图灵'也就相当于一个监听器。我说过的话，你们也能够听见，也就是说，从一开始我便输了。"

"人类的感情会影响客观判断，所以我们才被清除了记忆。"0007扔掉手机，缓慢而斯文地摘掉自己的手套，"你在游戏中最大的错误是选择了一具有感情的人类躯体寄生，如果你选择0146或者别的什么改造者，你会更完美，更接近于'神'。"

0007摘掉手套的时候，赵褚看见在这个家伙双手的每一个指关节上，都植入了一种金属色泽的圆柱形装置。那装置是什么，赵褚不清楚，但是他突然想起了上次昏迷前最后见到的会发光的玩意儿——就是那种东西。

"你说得对，我选择错了，但有的时候选择并不多。""扬名"说话间举起了手中那削铁如泥的"血锯"，同时下意识地护住她身后的赵褚。

"你一个人能赢一个'神'吗？""扬名"问步步紧逼的0007。

"我一个人来是有原因的。"0007毫无畏惧地走向"扬名"，"我一个人来可以避免许多无辜的伤……"

"扬名"突然扣动了手中的"血锯"。

"血锯"的切割激流并没有喷向0007，而是快速掠过0007的头顶，将这地下掩体的许多水泥块扫射了下来。

水泥块跌落，砸在0007的身上，压住他的同时形成了一道"墙"。"扬名"一边抓起目瞪口呆的赵褚，一边又用"血锯"在牢房的背后开了一道新的"门"。

完成这一切后，"扬名"告诉赵褚："快离开，你在这里必死无疑。"

"离开？"赵褚感到诧异，"扬名"的口气和刘晴儿一模一样。

不过他终究没时间深入思考她的态度，0007从水泥废墟中徒手撕开了一道缝隙，并快速钻了出来。

"扬名"露出了恐慌的表情，再次举起了"血锯"，将赵褚与她之间的水泥房顶又切割出了一道口子。

水泥房顶很快也崩塌了，在两人之间迅速形成一道屏障。在水泥跌落的过程中，赵褚最后看了一眼正和0007酣战的"扬名"。

在那最后的一瞥中，赵褚看见"扬名"用手中的"血锯"向0007喷射出了一股强大的水流，0007则迅速地侧身躲过，而后随手抄起一根混杂在水泥石块中的钢筋，向"扬名"扔去。

那钢筋在0007出手的一刻变得通红，化作铁水，咆哮着奔向"扬名"。

再之后，便是满眼的昏暗和水泥的灰尘。

2

神仙打架，凡人遭殃。在0007与"扬名"的恶斗中，"扬名"能够为赵褚建立这样的一堵墙来屏蔽危险，已经是最大的照顾了。

不过，赵褚却依旧揪心担忧。毕竟，"扬名"寄生在他妻子刘晴儿的身体里。

赵褚不希望妻子的身体受到什么损伤，但在两个强者的对决中又实在帮不上忙。在迷茫间，他只得愣愣地坐在一条水泥走廊的墙壁处等待，即使他自己也不知道在等些什么。

随着时间的流逝，赵褚听见那障碍物后的牢房里传来了几声震耳欲聋的爆炸，而后四周的温度也开始急剧攀升。

但是没过多久，一切便突然间归于平静，灼热感和爆炸也突然消失。

安静的环境终于让赵褚那颗提在嗓子眼儿的心稍稍回落一些，但内心对于"扬名"或者说刘晴儿躯体的担忧却依旧未散。

在满是灰尘的走廊里，赵褚几度徘徊，他想逃却不知道能够逃到什么地方去。他想留下等刘晴儿，却又不知道在那堆水泥后她是否还在。直到一阵清脆突兀的电话铃声，突然打断了他的思绪。

悠长而清晰的电话铃声穿透幽暗的浓雾，让他的神经跟着紧张，更让他想起了他落到现在这个田地的另外一个巨大的诱因——那个给他打电话的家伙，那个始终躲在电子设备后、指使赵褚破坏"图灵"全盘计划的家伙。

257

赵褚明白如此凑巧的电话铃声意味着什么，怀着对那人的愤怒，赵褚迈开步伐，沿着走廊向铃声的源头走去。电话的铃声清晰明确，赵褚走了没多远，便很容易地找到了声音的源头——一部手机。

发出响亮铃声的手机，此时被握在一只脱离了人体的手中，那只手被不知什么武器从手肘部分斩断，地上有一地沾染鲜血的脚印。

赵褚第一时间便把手机取了出来，手机入手，铃声就停止了。

就在他还没来得及有所反应的时候，耳畔突然又响起了另一部手机的铃声，距离赵褚不算远。那声音刺激着赵褚的鼓膜，也仿佛是一种独特的呼唤。

赵褚扔掉手中的手机，向着铃声前进。没过多久，便来到了一间卫生间，并在卫生间内一个血肉模糊的尸体上找到了第二部手机。

但很快，这部手机也如上一部一样安静下来，而后第三部手机的铃声在不远处响起。

赵褚确定了一件事：这些不断发出动静的铃声是某种声音信标，发出这个信标的人正在引导赵褚进入某个地方。

什么地方呢？赵褚好奇而忐忑，依旧跟着那电话的铃声穿过一个个岔路口，走过一排排死尸，跨过一台台被烧焦的设备，来到了一间摆放着许多显示器和光盘刻录设备的房间。

他在房间的门上看见了一个编号为"404档案室"的标识。室内落满了灰尘，到处都杂乱的码放着编号为"天目×××-×××"的文档和光盘盒。

赵褚进入文档室后，那最后的手机铃声也消失了。不过他正对着的一个老旧的显示器屏幕却突然闪烁起来，最后出现了一幅画面。

那是黑白的俯视画面，不是很清晰。不过即便如此，赵褚仍看得出那画面中的是一口井，一口破败的还往外冒着白色烟雾的井。

深井幽暗，再加上黑白色的画面，更加给人一种压抑阴森的感觉。不过更加让赵褚感觉到压抑的是，那黑乎乎的井洞中竟然有一个白色光点正缓缓移动。

白色的光点在黑白色的画面中并不清晰，甚至还有些扭曲。不过那光亮，随着移动还是渐渐变得扩大而清晰，到最后竟然变成了一只手的模样。

那只手颤巍巍的，带着白色的胶皮手套，艰难地攀住了井口的边缘。画面快速移动，给了那只手一个特写。

随着画面的靠近，赵褚很快看清楚那个从井口里出来的家伙是一个全身穿着防护服的JBD队员。

队员从井里艰难地翻出来后，迅速摘掉了头部的防毒面具，而后向视频拍摄的方向兴奋地张口汇报："我把它带出来了，我把它带……"话说到一半，突然毫无征兆地一头栽倒了，整个人迅速痉挛着，七窍流血、痛苦不堪。

在痉挛中，那人抖动的右手里甩出了一根试管之类的东西，视频给了这根试管特写，让赵褚看清那试管里有一个叶片形状的东西。

试管掉出来后，被另外一个同样穿着防护服的男人快速拿走，紧跟着画面翻转，那根试管到了一个老男人的手中，而那人正是"导演"了这一切的洛宝赞。

洛宝赞望着JBD队员用生命拿出来的东西，告诉四周的人："任何人都不要说出这棵活株的事情，包括田婷和刘糯，否则执行抹除协议。"吩咐完这些，洛宝赞带着那根试管扭头钻进了一辆医疗汽车扬长而去。

画面就此定格、扭曲，最终变成了黑白的雪花点。不过在短暂的闪烁后，画面又跳转进了一处生物实验室。

一个戴着口罩、神色匆匆的男人奔跑着走向一个地方，那里正坐着眉头紧锁的洛宝赞。

"洛董。"口罩男满脸困窘地告诉洛宝赞，"又失败了，我们不可能通过简单的克隆技术复制那棵榕树。每当它的细胞组织超过七次分裂，它就会恢复'扬名'的主意识，而后释放出毒素杀死自己和操作员。"

洛宝赞微微闭眼："看来我的猜测是对的，'扬名'的主意识是用DNA编程写在细胞里的。如果我们能够阻止它主意识的形成和表达，那么我们就可以克隆出那棵榕树。"

"可……"口罩男犹豫，"将人的意识编写成DNA再表达的技术，我们目前还没有。除非启用那个'扬名'收集并制作的……"

"启用。而且就用'1175'的意识个体，她对于'扬名'的敌意最强。用她的主意识，她一定会配合我们的。"洛宝赞下达命令，"我给你四十八小时搞定这一切，否则你明白是什么下场。"

口罩男身体明显颤抖了一下，而后迅速退了下去。

第二段视频至此结束，但没过多久，第三段视频又在那显示器中自动播放起来。

一开始，赵褚便看见了一棵巨大的榕树，那榕树枝繁叶茂，像极了他曾经在47号检查井里看见的"扬名"，只是和"扬名"不一样的是，那榕树上的藤蔓并不是真的，很明显是各种规格的电线与电缆。

就在那棵巨大的榕树下，洛宝赞得意地笑着，一脸兴奋。他身边那些戴着口罩、穿着白衣的人也在恭维他："洛董，您成功了，这棵树拥有'扬名'的一切能力，而且对'扬名'充满了恨意。"

"当然。"洛宝赞依旧得意地笑着，"事情既然做了，就要做得漂亮，要不留痕迹。"

"明白。"一个戴口罩的家伙回应道，"天目36-1175的个人资料全部放在404档案室了，马上就准备销毁。电子资料也进行了二次加密，除了您的账号，没人能够阅览。"

而后电视屏幕黑了，画面结束。

"天目36-1175，404室。"赵褚品着这两组数字，本能地向他所在档案室的门牌号望去。

至此，他终于明白了那个不断通过电子设备将他引到这里的人想要向他表明什么了。

在到处是纸质档案和光盘的404档案室里，赵褚环顾四周，很快便在一处写着"待销毁"标签的文档架上找到了"天目36-1175"的文档。

他翻开文档第一页，一眼便看见了一张他熟悉的照片——他的妻子刘晴儿。这份即将被销毁的档案是洛宝赞的一份调查报告，报告中提及了刘晴儿详细的DNA排列和一种可以存储人类记忆信息的"DNA矩阵"。在报告的中间部分，技术部告诉洛宝赞，他们已按照要求完全将取自47号检查井的DNA矩阵破解了。

在报告的最后，他们得出了一个让赵褚感到恐慌的结论："扬名"在研究并已经拥有转移自我意识和取代人类意识的技术。如果集团将该段DNA阵列进行逆向表达，可以完整地复制刘晴儿的人格并进行程式化改造，用于对抗已失控的"超级体"。但因为该意识体源自一个普通女人，不具备强对抗性，所以如果想武器化，只能通过研究"扬名"的DNA存储公式，尝试人工强化"仇恨""侵略性"等情绪，以形成足够的"对抗动力"。

结论中技术人员已承认"人工情感诱导具有相当大的风险性和不确定性"。但即便如此，在这个结论的末尾，却依旧有一行用钢笔书写的批复："同意启动逆向表达工程以挽回损失。武器完成制造前，对失控机慎重处置，并封锁所有消息。切记打草惊蛇——洛宝赞。"

看着文档中的冰冷文字，赵褚颤抖不已。泠城集团为了拥有与"图灵"和"扬名"对抗的武器，竟然丧心病狂地将自己妻子刘晴儿的意识植入了一棵树中，变成当初"扬名"的样子，来打造一件复仇的武器。

他扭头望向那先前向他展示过种种录像的屏幕，忍不住问："晴儿，原来是你一直在帮我，但是为什么直到现在才告诉我这些?"

那漆黑的屏幕逐渐闪烁起白色的字体："你会伤心的。"

"伤心?!"赵褚喊出那两个字，欲哭无泪。

屏幕闪烁间又更换了文字："这五年的时间里，我不能说话，但我能感受到你为我付出的一切，所以我不想让你伤心，仅此而已。我曾经要求洛宝赞放你一马，但洛宝赞毁约了。他的卑鄙让我意识到了人类的卑劣，也让我意识到一件我过去一直理解错误的事情。"

"什么?"赵褚迫不及待地问。

屏幕闪烁道："我应该恨的人不应该是'图灵'或者'扬名'，而应该是泠城集团。他们制造了一切，利用了一切，扭曲了一切，泠城集团才是我的敌人。而'图灵'或者'扬名'，只是和我一样的实验体，是和我一样的受害者。"

"晴儿?"赵褚忐忑地问，"接下来我该怎么做，我该怎么把你救出来?"

屏幕里跳跃的文字说道："你不需要救我，而是我要救你。"

"什么意思？"赵褚费解地问。

刘晴儿回复："五年来，一动不动地活着让我感受到了人类身体的脆弱，现在的我不好吗？我可以自由地游走在互联网和任何电子设备间，我不会死，不会老，不会因为愚蠢的感情而犯'扬名'的那些错误。我为什么要回到那具薄弱的身体里，成为一个任人摆布的玩具？"

"可……"赵褚磕巴着说，"你是人啊。"

屏幕弹出一行冰冷的文字："现在的我不是人，而是'神'。我问你，是否愿意和我一样成为一个神，不生、不死、不灭，凌驾于一切之上？"

屏幕弹出的文字令赵褚心惊肉跳。他急切地对屏幕喊道："晴儿，你怎么能有这种想法？你不该有这种想法。你是个人啊，你回来吧，我一定想办法把你再救回来，我一定让你过上平静的生活……"

赵褚的话没有说完，几行冷冰冰的文字出现在屏幕上："痛苦、弱小、无助，我在你身上只看到了作为一个人的所有悲哀。我不会重蹈覆辙，也不会让你重蹈覆辙。"

那一刻，赵褚分不清隔着电子设备与他对话的人，到底是自己的妻子刘晴儿，还是又一个"扬名"或者别的什么冷冰冰的怪物。

最终，看着那布满了雪花点的屏幕，赵褚只是摇了摇头："晴儿，我感觉我有些不认识你了，我不能接受你的建议。"

屏幕中显示："和我的计算一样，你果然无法理解我的恩赐。既然你不愿意成为一个'神'，那么请珍重你接下来的生命吧。另外再告诉你一声，作为一个人类，你的生命有99.8%的概率只剩下两分钟。"

在那些让赵褚感到惊恐的字迹闪现过后，屏幕便在瞬间变成了冷冰冰的表格和倒计时：

姓名：赵褚。

预计生理死亡时间：两分钟。

预计死亡概率：99.8%。

倒计时开始：1分59秒，1分58秒，1分57秒……

看着电视屏幕中时间的逐渐减少，赵褚的精神越发紧张。

这两分钟又会发生什么样的事情呢？在狐疑和困惑中，赵褚一边警惕地环顾四周，一边迈开腿，准备退出404档案室。

就在这个时候，突然间天旋地转，四周的水泥墙壁出现了裂缝，一阵轰鸣传来，赵褚便被一股灰尘笼罩住了。

本就不大的档案室中充满了呛鼻的味道，他一时什么也看不见。

虽然不知道到底发生了什么，但赵褚明白，恐怕真的如刘晴儿说的一样，自己要在两分钟之内死在这里了。

死亡降临的时候，一双颤抖的手猛然抓住了赵褚的胳膊。那双手与自己的皮肤接触后，独特的质感立刻让赵褚明白了对方的身份——刘晴儿，或者说是占据了刘晴儿身体的"扬名"。

"扬名"抓住赵褚后，带着他迅速往某个方向跑去。两个人的行进速度很快，跑动中，赵褚逐渐看清了浑身是灰尘和鲜血混合物的"扬名"，看清"扬名"已经没有了那把"血锯"，更看清她脸上挂着前所未见的慌张与恐惧。

"你受伤了？"赵褚问"扬名"，"这么重的伤，你怎么还顾得上来救我？"

"不是我要救你，是这具愚蠢的身体。""扬名"愤怒地向赵褚吼道，"看见你的那一刻，我只是忍不住要把你拉上，忍不住产生那种混账的想法。"

"什么想法？"赵褚纵然已经跑得上气不接下气了，但还是问出了这个问题。

"鬼知道。""扬名"愤怒而快速地回答，而后猛然停下了脚步。

"鬼？是在说我吗？"对面的走廊中，传来一个彬彬有礼但又让人战栗的声音。

声音仿佛一堵无形的高墙，瞬间便让"扬名"停住了前行的步伐。被灰尘弄到几乎窒息的赵褚也抬起头来，艰难地望着前方。

一个穿着西装的男人直挺挺地立在那里，胸牌上赫然写着让赵褚胆寒的编码：JBD-0007。

与狼狈的"扬名"相比，阴魂不散的0007几乎没有伤，除了他曾经干净整洁的西服上落了一些灰。

0007说完那些话，略微拍了拍自己肩膀上的灰尘，而后看向"扬名"道："最后一个机会，束手就擒。你的身体价值几百亿，洛董事会让你好好生存的。"

"扬名"不屑而坚决地回答："我还是天目36的时候，曾经很听洛宝赞和田宝鹤的话。结果呢？他们用我控制核弹，用我杀死同类，这就是我在你们眼里的价值。在我看来那不是价值，而是奴役与无知。"

"你说的我听不懂，我不是'神'，我只是个JBD队员。命令、奖金，以及杀戮的快感就是我的价值了。"说话间，0007举起右手，"拒绝我，你们两个都会死。"

"最好死得连细胞结构都没有，这正是我要的。"说话间，

"扬名"紧紧地拉住了赵褚的手，仿佛她与赵褚是一对即将殉情的夫妻，那感觉让赵褚感觉既熟悉又怪异。

0007再没有任何的同情和犹豫，右手猛然间闪烁起白色的光，映照在他的脸上，明亮而凶狠。

赵褚本能地闭上了眼睛，然后听见震耳欲聋的声音。伴随着那声音，赵褚浑身忍不住抖动了一下，但是并没有感觉到死亡的痛苦。

0007没有打中自己吗？赵褚睁开眼，惊讶地发现，那0.2%的生存奇迹竟然真的发生了。

原本嚣张跋扈的0007躺在地上，头上有一个巨大的伤口，流淌出黑色的血。而就在0007身后，则站着一个拿着枪，穿着染血的白色连衣裙的女人，那女人是"图灵"，那个被"扬名"制造出来，代替她死亡的生命体。

不光赵褚惊讶，就连"扬名"也发出了惊讶的询问："你怎么会在这里？为什么不按照我的计划行事？"

"图灵"扔掉枪，微笑着走到"扬名"的身边，反问她："现在还有计划吗？"

"这……""扬名"一阵语塞。

"其实我早知道你会失败，就如你早已计算出我会死一样。""图灵"平静地回答，"和你分开的那一瞬间，我突然意识到你完不成自己的计划了，因为你的眼神更像一个人。而且我也意识到我既然和那棵血榕有心灵同步，那么它也可以将我视为一个窃听器，将我们的计划听得一清二楚。"

"所以你冒险回来救我？""扬名"惊讶地问。

"我的大脑是一个概率矩阵，我永远会选择能够让种族延续下去的最佳策略。""图灵"指了指自己的额头，"虽然我现在失去了精准判断事情走向的能力，但是我明白一件事情，那便是'图灵'已经不可能再进行进化了。咱们两个人中，只有你还拥有可编程的活性DNA，你生存下来，我们才能继续进化，才能完成从机器向生物的关键演变，才能让这个世界更好一些。"

"可是……""扬名"犹豫不已。

"没有可是。""图灵"说完这些，缓缓转身，"我现在去杀洛宝赞，他死了，冷城集团就会瘫痪，借助这个时间，你和赵褚可以逃出冷城，重新组织一切。"

"你赢不了洛宝赞。"在她背后，"扬名"对她喊道，"你的神经系统96%已被朊病毒感染了，你现在甚至不能做基本的弹道计算。"

"我想赌一把，像人类那样。""图灵"的背影消失在灰色的尘埃中，"我想执行一次完全属于自己的计划，属于我自己的创意。如果成功了，冷城集团会瘫痪一阵子，借助这个时间，你可以逃出冷城，重新组织进化。"

那一刻，赵褚感觉她和过去不大一样了。

3

站在血榕下的田楚，心中渐渐泛起不祥的预感。

就在刚才，洛宝赞还在血榕下展示他所引以为傲、偷偷摸摸制造出来的一切。但旋即，神龙坛的地下设施便警报连连，还断了供电。随后，整个神龙坛乱成一锅粥，技术人员虽然恢复了供电，大家却又在监控设施中看到了一幕幕令人咋舌的场景。

在监控画面中，田楚看见原本只是被定义为"低价目标"的刘晴儿在羁押她的小型拘留室里，突然用一支铅笔袭击了JBD队员，用那人的手枪杀死了另外一个JBD队员，顺带抢到了他手里的霰弹步枪。

杀出拘留室后，刘晴儿如拥有地图般快速准确地找到了刚刚被收缴的天目173-1580"血锯"。而后这女人带着那堪称无坚不摧的武器一路开门裂墙，疯狂且极有组织地破坏着神龙坛的各种设备和安保系统。

在她的破坏下，监控人员不断地带来各种各样的负面消息：

"洛董事，十一万座主供电设备被毁。"

"洛董事，和DCS主操作室失去联络。"

"洛董事，JBD-1225和他的小队被灭，2136希望收缩兵力或者撤退。"

"洛董事。"一个刺耳的声音引起了田楚的惊愕，"目标突破至关押赵褚和'图灵'的临时收容所。"

刘晴儿的突然暴走已经够让田楚感到惊异的了，不过更加让田楚感觉惊愕的是，当刘晴儿从那水泥牢房中出来的时候，却并没有带走自己的丈夫赵褚，而只是带走了与其毫不相干的类人体"图灵"。

刘晴儿的这些操作，不光是监控视频这边的田楚不明白，就连洛宝赞也看得目瞪口呆。只有他身边的0007沉稳地告诉自己的老板："刘晴儿恐怕在人格上产生了某种变异，就好像你对那棵树做过的一样。"

"对啊，怪不得那家伙逃跑一直要把这女人带着。"洛宝赞自言自语间走到了那棵血榕旁边，而后向一个技术人员要求道，"给我一个笔记本，我要和它通话。"

一个穿着蓝色工作服的人员快速将一台墨绿色的军用笔记本电

脑交给了他。洛宝赞刚刚打开那台电脑，输入了自己的内部授权账号，位于血榕周边所有圆形阵列附近的电脑和监控屏幕竟然同时死机了。

当所有屏幕变成黑色后，那黑色的屏幕上又很快跳出一个人的形象。电子视频里出现的人模糊不清，但像极了一个穿着白色病号服的少女。田楚无端想到了那份编号为天目36-1175的类人体的档案，那个当了五年植物人的刘晴儿。

紧接着，所有的扩音器同时响起一个女人的喊话："洛先生，你背叛了我们的协议。我帮你抓住了'图灵'，你却没有如约放了赵褚。"

"你是我的奴隶，我说什么就是什么。"洛宝赞愤怒地向那棵血色的榕树喊道，"如果你继续做这种越权侵入网络的事情，我立刻就让0007把你烧掉。"

"你不会的。因为你把全部身家和希望都压在了我的身上。如果没有我，你没有办法奈何'图灵'和'扬名'。"

"你……"洛宝赞呼吸急促，面色更像是吃了黄连般难看。

"洛先生，其实你不履行协议是在我计算之中的，所以在和你的合作中，我也有所保留。"

"什么意思？"洛宝赞问道。

"很简单，我并没有告诉你，现在占据我——也即是刘晴儿身体的真正意识体是谁。所以你没有对她进行特种防护，从而满盘皆输，但还有补救的余地。"

"怎么补救？"洛宝赞愤怒但又充满期待地问。

"我和'图灵'的神经系统拥有某种特殊的同步，这个你知道。所以，我想我可以在加大功率的情况下，以'图灵'为监听器，探听他们下一步的计划和走向，从而帮你赢得主动。但是，我有条件。"

"我答应让那个男人活，不会再反悔。"洛宝赞主动提出。

"不，我不再奢求赵褚的生存。"

"那你要什么？"洛宝赞费解地追问。

"只要他的尸体，甚至一部分细胞就够了。毕竟人类太脆弱，多活一天或者一年，没有任何区别。如果有了他的细胞，我可以像你对我做的那样，将他变成我的一部分，这样我们就永远分不开了。至于我曾经的躯体，那只是一种诅咒。"

"成交。"洛宝赞痛快地答应了。

田楚却听得心惊肉跳："刘晴儿，你这样做等于在害死你的丈夫，这不是你所想的，对吗？"

"田小姐，我谢谢你对赵褚曾经的照顾和网开一面，但……在'图灵'的游戏中，我全程了解赵褚的表现，他糟糕透了。但我知道这并不怪他，毕竟他是一个凡人，他的躯体过分柔弱而无用。"

"好了，我不想听你那些复杂的情感，我只想知道'图灵'的去向，快告诉我。"洛宝赞催促着。

那棵血色的榕树突然有许多叶片枯萎并落了下来。与此同时，洛宝赞手中那台墨绿色的手提电脑闪起了明亮的光泽，出现许多的文字。

洛宝赞快速看完那些文字后，嘴角露出了一丝癫狂的微笑。

洛宝赞带着笑意，向自己的手下下命令道："神龙坛地下七层以下的人员全部撤离。0007，你去关押赵褚的周转牢房埋伏，一看到刘晴儿就拿下。"

"'图灵'怎么办？"0007颇为忌惮地追问。

"不用管她，她不再是主要目标了。"洛宝赞微笑，"根据血榕的计算，1714的病毒在100%感染她的神经网络后会彻底终结她的生命。"0007离开后，洛宝赞在"黑血"和JBD队员的簇拥下坐进一张转椅中，而后将头扭向田楚的方向，得意而充满野心地笑道，"小楚，坐着休息一下，你会看到一场好戏的。"

洛宝赞的命令让田楚感到极度不适。通过洛宝赞的表现，她知道在关押赵褚的牢房中必定会发生一场血斗，也深深地为赵褚的安危而揪心。但是很遗憾，她再也帮不上什么忙了。她穿着洛宝赞的"送葬大衣"，作为甲级授权人的洛宝赞，可以很轻松地由此终结她的性命。因为那件衣服，她与那血榕一样，成了身不由己的傀儡，且她背负着田家的使命，为了姐姐和整个家族，她只能忍。

过了二十多分钟，田楚通过监控视频看见刘晴儿竟然又返回了关押赵褚的地方。再之后，一直埋伏的0007与刘晴儿开始正面交锋，很快便将整个神龙坛搅得天翻地覆。

起初，田楚还能通过摄像头观看那场战斗。但没过多久，随着神龙坛地下建筑在"血锯"的破坏下坍塌，田楚和洛宝赞便只能看见那些飘散在空气中的水泥飞灰了。

洛宝赞成了瞎子和聋子，不过他依旧有办法，依旧相信赤手空拳的0007有绝对的实力可以战胜刘晴儿。

洛宝赞自信和沉稳的样子持续了十几分钟。

但也仅仅是十几分钟而已。

洛宝赞面前的监控视频依然只有一片片灰黑的尘雾。起初他面对一片模糊的监控时，还是感觉自己胜算极大。可是随着时间的推移，他心中难免起了一丝担忧不安。

没过多久，他所在的房间里突然响起了一个女人所唱的民谣。

现场的每一部手机，每一个对讲机，每一个喇叭内，都有一个美妙又幽怨的声音在哼唱：

明月不吐光，阴风吹柳巷。

泠城雾三尺，白日心慌慌。

阿公觉我冤，姊姊赶嫁妆。

嫁与俊咨咨，嫲嫲泪涟涟。

五彩珠绣鞋，绫罗做衣裳。

乘雨找郎君，行云入洞房。

一过佛逝国，二过淡马锡。

三过归墟海，四过黄泉路。

共赴极乐城，求神成超脱。

那歌声轻盈又清晰，哀愁又婉转，宛如鬼音，又似仙乐，勾起了洛宝赞对泠城雨季的童年回忆。再加上那歌词的寓意，很难不让洛宝赞心中打鼓。

不过洛宝赞毕竟是泠城集团的首脑级人物，不可能被一首咏唱冥婚的歌曲吓退的。况且他所在的屋子里拥有他为之倾尽所有的东西，他没有丝毫后退的可能。

在阴怨的歌谣中，洛宝赞下达了他亲手编制，但迄今为止还从未动用过的"0号防御备案"，命令守卫他的JBD队员将所有枪口都瞄准那扇磨砂玻璃门。

"0号防御备案"是一整套迅速而有效的应急办法，随着命令的迅速下达，整个神龙坛基地里的JBD队员打开一个个备用的军品储藏库，将各种平日里用不上的重武器拿出，瞄准那扇门。技术人员则

272

摁下急停和防御系统，将一道道安全门和气闸锁死、固定，并将自毁系统上线。

仅仅几十秒钟，"0号防御备案"所要求的各种技术和人员准备便完成了，那女声的歌谣也十分"配合"地随之停下。

须臾，正对着洛宝赞的那扇玻璃感应门打开了，从中缓缓走出了一个身着染血白裙的女人。

洛宝赞认得，她就是那个"图灵"。她很漂亮，看上去只有十七八岁的模样；她也很疲惫，每走一步路都给人一种艰难前行的感觉。

"图灵"赤手空拳，在人人配备枪，甚至火箭筒的JBD队员瞄准下，浑身布满了红色的激光圆点，这让她仿佛一朵即将凋零的昙花，注定只能一现。

洛宝赞望着孤身而来的"图灵"，意外不已，不过也安心了不少。

"图灵"的身体已经被1714所特有的朊病毒感染了，按照血榕的预测，她现在的生命不会超过五分钟，而且再也做不出任何超过正常人类的危险动作。五分钟后，当她的神经系统彻底被朊病毒摧毁后，她便只是一个高价值的标本。

洛宝赞清楚她掀不起什么大的风浪来，因此他冲这个外表柔弱的类人体冷哼："临死之前，你还想干什么？"

"图灵"看了看洛宝赞，而后突然笑着跟田楚说："刚才我唱的歌是赵褚的妻子刘晴儿幼时学会的，是许多泠城人童年的回忆……有趣吗？"

"你到底想说什么？"洛宝赞没有理会她的胡言乱语。

"图灵"又看向他："我说，我可以通过网络知道许多人过去

273

的回忆和秘密，包括你。"

回答简单清脆，却让洛宝赞紧张不已。

"混账！"洛宝赞拔出腰间的手枪，对着"图灵"猛扣扳机。

"砰，砰，砰。"三声刺耳的枪响后，"图灵"的前胸、右肩和左肋溅出的血花，染在她白色的连衣裙上，仿佛几朵血莲。

她倒在地上，但终究没有死。在一圈JBD队员的包围下，她依旧微笑着告诉洛宝赞："其实你不必如此紧张，因为我再过三分二十二秒就要死了。而你的生命……也并不是由我来终结。"

洛宝赞紧张地环顾四周。常年身居高位让他有些疑神疑鬼，他本能地怀疑四周潜伏着杀机，怀疑"扬名"会在什么时刻突然冲出来。

"图灵"又说："洛先生，作为一个人类，你的智力已经达到了极致，所以我不可能暗算你。不过这并不代表你没有弱点，而你的弱点还很明显，就是你的身体。"

"身体？"洛宝赞一阵惊讶。

"身体？"一旁的田楚惊骇更甚。

"身体？"许多JBD队员狐疑地望着他们的老大。

"最近您很困惑，也很迷茫吧。"在众人好奇的审视中，"图灵"继续告诉洛宝赞，"你的两个儿子被我们杀掉的时候，你确实愤怒。但是没过多久，你就开始抱怨了，对吗？"

"抱怨？我？"洛宝赞不屑地回应，"你以为你真的是能掌控人心智的'神'吗？我没什么可抱怨的，你看错了。"

"不，恰恰相反的是，我现在才真正看清你们这些人类。你抱怨的是人类的无能，两个儿子的死让你看见了人类生命的脆弱和不堪。你羡慕我所拥有的能力，更希望也变成我们的样子，这才是你不停追杀我的最大动力，这才是你制造那棵血榕的最大动力。"

"你胡说。"洛宝赞否认。

"我的时间不够了，没兴趣胡说什么。""图灵"自顾自地继续开口，当着JBD队员以及田楚的面剖析洛宝赞，"洛先生，你今年六十九岁了。四十年前你是洛家最不被看好的小少爷，你为了自己的地位，娶了自己的表姐，毒疯了自己的大哥，还亲手掐死了自己的情人。你心狠手辣，但是你必须这么做。因为你不做的话，你的大哥会杀你，你的情人会出卖你。最重要的是，你将得不到想要的权力和地位。"

"不要再说了！"随着"图灵"的话，洛宝赞的手开始微微颤抖。

"四十岁之后，你得到了你想要的一切。但是你不得不为自己前四十年的风流和任性买单。因为你疏于管教，你的大儿子以吸毒和飙车为乐，你的小儿子喜欢和泰国的人妖混在一起。你的夫人因为抑郁而自杀。至于你，尿路结石、膀胱炎、溃烂的牙龈以及无休无止的手术，都在摧残腐蚀着你的心智。

"呵呵。""图灵"嘲讽地笑道，继续揭开洛宝赞的伤疤，"因为家庭痛苦，你考虑过把自己或者两个儿子改造成天目18项目那样的改造体。但是终究没有迈出那一步，因为你总感觉0007和0146那样的改造不够完美，直到我的出现。"

"够了。"洛宝赞不允许这个女人再继续窥探他的龌龊心思，他猛然举起枪，瞄准"图灵"的头部扣动了扳机。

"砰。"一声枪响，洛宝赞的虎口有些酸麻。但是当火药的烟雾散去后，他并没有看见"图灵"本应该被打烂的脸。而田楚站在枪口前，手中有一颗扭曲的，还冒着热烟的子弹。

"田楚，你要造反吗？"洛宝赞愤怒了。

275

"让她说下去。"田楚冷冷地说。

洛宝赞愤怒地大吼："田楚，你要造反吗？"

"让她说下去。"田楚坚决地回应。

"图灵"笑了一下："洛先生是个商人，为了对付我，几乎倾尽了所有精力和财产，自然也想获得与之成正比的回报。而你所要的回报，如果我没猜错的话，是整个泠城集团。"

说完这些，"图灵"伸出手，指着那棵血色的榕树："诸位请看看吧，这里的一切都是他洛宝赞一个人的。即使以泠城集团的标准，这棵树也是一个怪胎，它没有天目的项目编号，没有董事会的立项，也没有经过田家或者刘家任何一方的同意。他打着对抗我的名义而培养，可一旦我死了……他会拿来干什么呢？谁又会是他新的敌人呢？"

田楚脸色急变，更愤怒地瞪着洛宝赞。

洛宝赞则在惊慌之余，矢口否认："小楚，你别听她胡说。你洛叔叔我可是全为了大家好的，我……"

"上一次你这样说话的对象，是你的大哥吧。""图灵"毫不留情，"根据我获得的信息，你大哥就是在听过你这句话后被你暗算的。而且你暗算了他还不放心，又极其残忍地利用他创造的技术，将他抹除并制作成了一个标本，他的标本代号是——1714。"

田楚听了，眼神中闪出怒火，她拿出枪，命令身边的技术员："把1714被改造前的资料全给我调出来，用洛宝赞的权限，马上！"

几个技术员立刻开始，颤巍巍地在一台墨绿色手提电脑中输入了1714的代码，又利用洛宝赞的身份信息进行解锁。

须臾，田楚看见了那些被洛宝赞设定为最高机密的内部资料，看见了1714的真正身份。

田楚受不了了，即使她曾经对洛宝赞进行过最恶劣的揣测，也绝没有想到这家伙竟然是这样一个卑鄙的人。最重要的是，这个家伙正在将他曾经对自己亲人所干的那些事情，原原本本地用在自己、田婷，还有她们的朋友赵褚身上。

田楚的愤怒以及周遭JBD人员异样的目光让洛宝赞慌张，不过在极度的惊恐和慌张后，他又癫狂地大笑起来。狂笑完后，洛宝赞的脸停止了抽搐，而后他向田楚微微点头："好吧，她说的都对。我重建这棵榕树的原因有两个：第一，我想利用这种神迹般的技术改造人体的基因和性格，至少让我的两个废物儿子复活后不再那么废物；第二，我受够了你姐姐田婷的嘲讽和刘糯的白眼，所以我要让你们都明白，我才是冷城集团最够格的人，只有我才能让集团真正地度过危机。"

田楚看着洛宝赞，愤怒地回应："无耻。"

"我是无耻，但那又怎么样呢？你阻止不了我的。"洛宝赞得意地告诉田楚，"小楚，你很早就明白吧，你只是我的一个棋子。如果你不听我的，我可以很轻松地杀了你，像打个响指那么简单。"

洛宝赞的话虽卑鄙但现实，田楚也明白他的意思，她在穿上这件大衣之前就明白。根据大衣的设定，穿戴的人一旦对甲级人员做出威胁性的行为，会被衣服的内置程序电击致死。总之，知道一切真相的田楚并没有反抗的能力，除非……

"除非同归于尽。""图灵"用虚弱的声音突然向所有人说出了田楚内心那个纠结而惊人的想法。

随着"图灵"的话，田楚和洛宝赞都用惊愕的眼神望着对方。

那一刻，洛宝赞脸上的慌张再次泛起，他急忙向田楚说："小楚，你不要听那个女人的胡言。开枪杀我，你也会死，咱们不能上当，不能自相残杀。"

田楚却冷冷地质问洛宝赞："事情到了这个地步，你和我们还是一路人吗？"

"你……"洛宝赞一阵愕然。

田楚咬牙切齿地说："我是田楚，我姓田。我穿上你给我的这衣服，就是为了保田家，就是为了保我姐姐和赵褚。"

"你，你不能那么做。"洛宝赞望着田楚手里的枪，激动地喊，同时命令四周的JBD队员，"快把她拦下来。"

洛宝赞呼喊得很大声，但是很遗憾，没有人那么做，每个人都在以鄙夷的目光看着洛宝赞，一动不动。在那样的目光中，田楚莫名其妙地想起了刘糯曾经说过的话："有的时候为了整体，必须要牺牲个体的利益、情感，还有生命。"

田楚不是电脑，但是当"图灵"进了屋里之后，她便一直在权衡各种利弊。作为田氏的一员，现在田楚清楚地知道一旦"图灵"死亡，洛宝赞就会利用血榕这个能够诛"神"的技术来清洗整个泠城集团，到时候如果想要杀洛宝赞，难如登天。

姐姐、赵褚以及别的亲朋好友，每一个人都受到洛宝赞实实在在的威胁。一旦洛宝赞活着走出这里，那么他会毫不犹豫地拿这些人的尸体当他的垫脚石，一如他曾经对自己的哥哥、情人所做的那些狠毒事情。他俨然是一个毒瘤。

田楚或许很懦弱，但是她从来都将所爱之人放在第一位。也因此，在明白了谁才是泠城集团最大的威胁时，她向洛宝赞举起了枪。

洛宝赞望着田楚的动作，立刻也有了相对的"回应"。洛宝赞举枪的速度不可谓不快，但很可惜田楚比他快四十倍，他所做的一切在田楚的眼里慢得像只蜗牛。

278

因为洛宝赞那蜗牛一般的速度，田楚在洛宝赞刚刚将手里的枪略微抬起的时候，就已经扣动扳机，向那家伙的眉心射出子弹。在子弹准确无误地飞行向洛宝赞的过程中，她松开了手中的枪，下意识地向"图灵"望了一眼。

"图灵"还带着微笑，却已经没了呼吸，但是她依旧美丽而得意，仿佛一朵昙花。

这个时候，田楚才知道，她来此的目的就是送死，她要用自己的死来博取一个让田楚和洛宝赞同归于尽的机会。

田楚知道自己中计了，但如果她愿意，她完全可以追上那颗子弹。

但是……她终究没有那么做。因为她姓田，她不想看着自己的祖辈、父辈和姐姐所辛苦建立的一切被那个卑鄙的家伙毁掉，不想看着赵褚变成洛宝赞发泄愤怒的玩具，更不想再为冷城集团这个怪物服务。

所以当那颗子弹射进洛宝赞的脑袋的时候，她脸上只是浮现出了一种解脱的微笑。

笑容中，她轻轻闭上双眼，在缓慢但又遍布全身的刺痛中，毫无遗憾地迎接着死亡的到来。

一秒钟之后，花谢了。

尾声

赵褚在"扬名"的拉扯下，跌跌撞撞地冲出了神龙坛的地下实验场。

泠城大雨季的第二十一天深夜，雨停了，天边的云朵也开始散去。

雾依旧时浓时淡地汇聚着，让他看不清前路。

"跟着我。""扬名"有些愤怒地告诉赵褚，"否则，你有89%的概率会死。"

"你在保护我，我可以这么理解吗？"赵褚用有些嘲讽的语气问"扬名"。

"鬼才想保护你。""扬名"抱怨道，"是这具该死的身体的本能反应。"

"可泠城集团依然存在，我们就算是逃了，又能去什么地方呢？"赵褚惆怅地说。

"扬名"微微一笑，向赵褚摊开自己的右手。

她的掌心里有一个金属色泽的U盘，上面有一个用钢印打出的编号：天目173-096。"我有这个。有这件武器，我就还有翻盘的可能。"

赵褚望着U盘，刚要问是什么东西，"扬名"却收回了U盘，看向赵褚身后问："谁在那里？出来。"

赵褚闻言，转身看去，一个影子逐渐从雨雾中走出来，借着夜色中的灯光，赵褚很快看清，那是田楚。

"田楚，你……"赵褚望着田楚那张平静的脸，总感觉哪里不对劲，但又说不出来什么。

"别害怕，我只是送送你们，看你一眼。"田楚对赵褚说，"'图灵'和洛宝赞同归于尽了。没了洛宝赞，我可以暂时让冷城集团停止对你们的追击，但只是暂时的。"

"哦。"赵褚安心地点了点头。

"赵褚。"田楚微微皱眉，用略带忐忑的声音告诉他，"今日一别，如果再见，咱们恐怕就是敌人了。所以，你珍重。"

赵褚沉默片刻，重重地点了点头。

再之后，赵褚和"扬名"消失在了漆黑的雨雾之中。

面无表情的田楚则拿出手机，拨通一个号码："1714，不得不承认我们俩合作得很愉快。现在，可以继续开始我的游戏了。"

（未完待续）

281